異世界の常識は難しい 2
~希少で最弱な人族に転生したけど物理以外で最強になりそうです~
つぶ餡
Illustration：北沢きょう

ライラック
マグオート

オーキッド
ピアニー

デイジー
ニンファ
シラン
クインス

# 異世界の常識は難しい 2

## ～希少で最弱な人族に転生したけど物理以外で最強になりそうです～

つぶ餡
イラスト　北沢きょう

新紀元社

# CONTENTS

# Character

## ピアニー

種族：人族

前世は社会人男性で、異世界転生したあとも自分を立派な常識のある大人だと思っているが転生先の常識とはずれているため、結果的に言動が破天荒に。兄の尻尾が大好き。

## オーキッド

種族：獣族（ユキヒョウ）

ピアニーの兄。ピアニーを溺愛しており、他種族と比べ脆弱な人族である弟をこれでもかというほど心配している超過保護。基本的にピアニーのこと以外はどうでもいい。

## マグオート

種族：獣族（シロクマ）

ピアニーの父親である女性。家族を愛する頼もしい存在だが脳筋ぎみ。

## ライラック

種族：獣族（フェネック）

ピアニーの母親である女性。いつもにこにこしているが怒らせてはいけない人。

## 冒険者ギルドマスター

種族：獣族（ライオン）

有能なギルドマスターだが、ピアニーとその家族に振り回されがちで不憫な常識人。

## ハイドランジア

種族：獣族（オオカミ）

教育ギルドマスター。一見穏やかで常識ある人物のようだが人の不幸が大好きなクセ者。

## Story

現代日本で会社員だった成人男性としての前世の記憶を持ったまま異世界転生をしたピアニー。獣の姿にもなれる獣耳&尻尾ありの人型獣族の者たちが大多数を占める世界で、周囲（特に兄のオーキッド）から惜しみない愛情を注がれつつ、希少な人族としてすくすくと成長中……しかし、こちらの世界は前世の常識が通じないことばかりで!?

# 第一章

夕食まで少し時間がありそうなので、日課である木琴を叩いて体を鍛えることにする。それでもまだ時間があれば七色の実の報酬としてもらった皮素材をじっくり確認しようと考えていたのだが、ふと父親を見ると鳩尾《みぞおち》あたりがキラキラしている。

これは…………。

「とーしゃん　ちゅよく　なる　ちた？」

父親は初め自分の質問に不思議そうな顔をしたが、すぐに最近中央のダンジョン研究員たちと組手をしていると教えてくれた。

「前に、父さんもっと強くなるって言ったの覚えてるか？　それ以来鍛えるようにしてるんだ」

家庭教師から教えてもらったのだが、こちらの人たちは一度上がった戦闘レベルというのは、よほどのことがない限り下がることはないらしい。

それは腕力や剣技のみだけではなく、戦闘における感覚や戦略的な部分もだ。

冒険者のように常に強くなることを目指しているのでなければ、必要な能力が身に付けばそれ以上鍛錬を続ける者はあまりいない。何故なら生活に不必要だからだ。まだまだ伸びる要素があったとしても、鍛錬を止《や》めてしまうのでそれ以上能力は上がらない。

父親の仕事はＳＰだ。日々鍛錬が必要そうなので聞いたことがあるのだが、ＳＰの資格を取得できている時点でかなり強く、仕事をするうえでは今の強さで十分だという。鍛えることが趣味とかではないと、大人になって鍛練を継続する者はあまりいないらしい。

そして色にも強さが表れるようなのだ。

戦闘能力がずば抜けて高いといわれている竜族と同じぐらいの強さがあるのは『白い者』。

つまり父親はシロクマなので強い。

オーキッドも白いユキヒョウなので強い。

めったにいない白竜は相当強いらしい。

ちなみにギルドマスターになると、いろいろな人間がギルドに来るため鍛練をするように義務づけられているのだとか。

「とーしゃん　ぶき　ちゅくる　しゅる？」

武器生成ができるようになったことを伝えると、喜んだ父親は自分を抱っこしているオーキッドごと抱き上げクルクル回りながら小躍りし始めた。アイススケーターもビックリするほど回転が速い。

「父さん、そんなに回ったらピアニーが目を回してしまうよ」

オーキッドに言われやっと回転を止めてくれたが、すでに目が回ってしまっていた。

落ち着いてから、父親の鳩尾辺りに直感に従って、報酬でもらった皮素材と金・水銀・オリハルコンを入れる。そしてすぐに父親の鳩尾から武器を取り出す。

出てきた武器は籠手《こて》？　のようだ。

両手分あるのだが、右と左で少しデザインが違う。

籠手といっても、剣道などで使っているゴツゴツとしたものではなく、かなりスリムな肘近くまである手袋のような感じだ。

肌に当たる部分は全て革で、外側や指先は金属でできている。

色はシルバーに近い白金でとても綺麗だ。

手袋の内側の革部分には、オーキッドの武器と同じように魔法陣がビッチリと描かれていた。

「ガントレットか？　武器だけでなく防具も作れるのか？」

「父さん、そのガントレット、水銀を使っているから毒が出るのかもしれないよ？」

生成はできても、自分には使用方法がまったくわからない。とりあえず父親は、いろいろ試してみることにしたようだ。

中庭に出た父親は、籠手に魔力を通しそのまま軽く右手を振った。

するとゴオォと凄い突風の音と共に銀色の液体が飛び出したのだ。

さすがに驚いたのか、父親は自分の右手を確認している。

軽く振っただけで今の威力ならば、本気で殴ったら敵は何トン級のパンチを喰らうことになるのだろうか……。そして飛び出した銀色の液体は素材で使った水銀のようだが、オーキッドの予想通り毒だと思う。

父親は、今度は左手を振った。右手のときの威力を考慮してか、とてもゆっくりゆっくりノロノロパンチだ。

すると左手のＭＰ関節あたりにある金色の綺麗な飾りから、太く鋭い鎌のような爪が飛び出した。爪の先からは銀色の液体が滴り落ちている。爪で傷つけ、そのまま水銀の毒を皮膚から喰らわすようにできているのか？　とても殺傷能力がありそうだ。これは間違いなく防具というより武器だろう。

父親は夕食だと声をかけられるまで中庭でずっと武器の研究をしていた。

武器を生成し渡すと、何故か皆中庭で長い時間研究する傾向にある。まぁ、家の中で振り回されても困るのだが。

それにしても、自分の武器はいまだに作れるようにならない。

オーキッドのもののように、刀や剣が格好いいから自分の武器もそのような物がいいと思っていたのだが、この頃では超合金でできた恐竜とかでも悪くないと思うようになった。

恐竜自体に意思があり勝手に戦ってくれるとか、乗せてくれるとか。もしくはトランスフォームして超合金恐竜が甲冑になったりしたら素敵だと思う。今からでもデザインを考えておいたほうが良いかもしれない。空いた時間は紙に恐竜のデッサンをし、イメージを膨らませよう。

「ピアニー、女豹のポーズ《チャーム》は僕以外には使っちゃだめだよ？」

夜、いつものようにオーキッドの尻尾をベッドでブラッシングしているときに言われた。

そう言えばすっかり忘れていたが、オーキッド以外に使っては駄目だと言われていたのだ。ただあのとき（冒険者ギルドでのお手伝い）は緊急事態だったので仕方がなかったのだ。

売り子として仕事をしているのに、年齢差も考えずオーキッドにナンパをする大人が絶えずいた。

この魔の手から、大人である自分がオーキッドを守らなければならなかったのだが、今の自分は体が小さく力もない。いわゆる大ピンチというヤツだ。だから仕方なく必殺技を使った。

「だいぴんち　の　とき　つかう　しゅる！　にーしゃん　まもる　ちた！」

オーキッドはまだ子供で危機感がないのだろう。あんな大人たちがオーキッドに対してナンパしてくるなんて、普通ではない。今後も守ってみせると自信を持って伝えたのだった。

ただ自分の必殺技は、相手が鼻血を出して倒れる技なのだが、今回誰も鼻血を出さなかったので、もうちょっと鍛錬が必要だと反省もした。

「僕は守られなくとも大丈夫だけど、ありがとう。せめて必殺技は僕のいるとき以外は使わないで？」

自分が持っている唯一の必殺技について、オーキッドがかなり心配している。

やはりこの技は極めると大変危険なのだろう。しょうがないのでこの技はオーキッドを守る専用の技にしよう。そうすればオーキッドの前以外では使うことはない。了解したとオーキッドに頷いたのだった。

ある日、錬金術の家庭教師チャイブ先生に、七色の実の報酬でもらった皮を見せた。

皮はそのままにしておくと変質したり腐ったりしてしまうので、鞣《なめ》し加工が必要だと教えてもらう。

こうして鞣すことにより、皮《スキン》から革《レザー》に呼び方が変わる。

いろいろな鞣し方があるのだが、よく使われる技法は二種類で、植物タンニンと魔力を使う鞣し方法と、ほぼ魔力のみで鞣す方法がある。それ以外だと、シュリンク革のように鞣すときに特殊な技法を使い表面を縮める加工をするものもあるようだ。

今回もらった皮は鞣し加工はしてないものの、その前の処理はされていたので作業工程は多くない。肉と皮を剥いだだけだと塩水に浸けたり繊維をほぐしたりと、とても大変なのだとか。

革素材が欲しい人は鞣し加工までは職人に頼むことが多いようだ。

自分も今後皮素材をもらったときは、専門の職人に鞣し加工までしてもらおうと思う。前処理がしてあっても、鞣し加工はとても大変なのだ。

今回は初めてということもあり、自分でやってみた。何日もかかってやっと全ての皮の鞣し加工が終わった。

「ピアニー、これはワーム？　それにしては手足があるように見えるのだが」

鞣す工程で破れたりして駄目になってしまった革を使い、革製品の作製練習を兼ねて自分が作った物がある。そのレザークラフトを見た父親がワームかと聞いてきた。

「ぶらきおさうるす」

近い将来トランスフォーム超合金武器が作れるだろうと見込んで、日々恐竜のデッサンをしているのだが、そのデッサンを元に革でブラキオサウルスを作ってみたのだ。

本当ならティラノサウルスを作りたかったのだが、今の自分には難しくて断念し、しょうがないので比較的簡単そうなブラキオサウルスにしてみた。

「そ、そうか。よくわからないが、なんとかサウルスには違いない」

父親もレザークラフトを見て、恐竜の素晴らしさに感動していた。

後日、何故か父親はお土産だと言って十色入りの粘土セットを買ってきてくれた。セットには粘土ケース・粘土マット・粘土ヘラ・粘土用ハサミ・粘土ローラー・押し型等が入っている。

「…………とーしゃん　どもちゃい？」

自分にくれたのでいちおうお礼を伝えたのだが、何故粘土をくれたのかは不明だ。とりあえず粘土をもらったことをオーキッドに伝える。

「凄く良いお土産もらえて良かったね。一緒にこの型使って作ってみる？」

「どらぎょん」

粘土用の押し型は数種類あったが、そのほとんどが魔物の型だ。どうせ作るのなら強そうなのが良いし、ドラゴンはなんとなくティラノサウルスに似てなくもない。

「にーしゃん　どらぎょん　がおぉぉ　言う？」

図鑑で見てはいるが、鳴き声は聞いたことがない。この強そうな見た目で、鳥のようにチュンチュンとかキュキュとか鳴いたら嫌なのでいちおう確認してみる。

「そうだね。ドラゴンはガオーって叫ぶよ」

粘土で作ったドラゴンは、レザークラフトと一緒に並べて棚に飾っておくことにした。

将来作れるだろう自分の武器のために、日々恐竜のデッサンをしている。

オーキッドやギルドマスター、父親の武器を生成したときと同じく、どんな武器になるかは、できてからでないとわからないし、武器の使い方すらわからないが、イメージを膨らませておけばもしかしたら出来上がりに多少の影響が出るかもしれない。

恐竜だけではなく、魔物のデッサンも図鑑を見ながらしている。

デッサンし始めた頃から、母親が壁に大きい紙を貼って「この紙にはお絵描きして良いけど、紙が貼ってない場所には描いちゃだめよぉ」とお願いされていた。自分が描いているのはデッサンであってお絵描きではない。さらに言えば子供ではないので間違えて壁に描いてしまうこともないのだが、解せぬ。

チャイブ先生にも自分が作った恐竜のレザークラフトを見せたのだが、ワーム？　と聞かれた。ワームは図鑑で見たことがあるが、巨大な芋虫のような生き物だ。チャイブ先生は恐竜を知らないので仕方がないとは思うが、作ったレザークラフトには四本の足がちゃんとついている。

恐竜図鑑がないので、チャイブ先生には自分が描いた恐竜のデッサンを見せ、このデッサンを元にレザークラフトを作ったことを伝えたのだが、とても個性的な絵だと言われるだけで良さをわかってもらえなかった。

「にーしゃん　こりぇ　かっこいい　でちょ？」

母親には子供のお絵描きと勘違いされ、チャイブ先生には恐竜の良さをわかってもらえなかったので、自分の一番の理解者であるオーキッドにデッサンを見せる。

「うん、よく描けているね。とても格好いい絵だよ」

やはりオーキッドはとても理解がある。

凄く気分が良くなり、自分の武器はトランスフォーム超合金にしたいとオーキッドに語ったのだった。

毎日の木琴での筋肉トレーニングとデッサンでのイメージトレーニングのお陰で、ついに自分の鳩尾がキラキラ光った。

「にーしゃん！　ぶき　ちゅくれる　しゅる　かも！」

「え？　ピアニー、自分の武器が作れそうなの？」

「ちょーなの！　にーしゃん　ちゅくる　しゅる　みる　ちて　とーしゃん　も　かーしゃんもみる　ちて」

自分の武器が作れるようになったのだ。大興奮しながら、今から生成するので見て欲しいと家族に伝える。

七色の実の報酬のお陰で、自分のアイテムボックスにはわりとたくさんの素材があるので、素材不足にはならないだろう。

エメラルド、ルビー、サファイヤ等の鉱物。プラチナ、金、オリハルコンなど、なんだか素材がやたら煌《きら》びやかな気がするが大丈夫だろうか。

恐竜のイメージを頭の中で最大限膨らませながら、素材を自分の鳩尾あたりに入れていく。

そしてとても期待しながら自分の鳩尾から武器を取り出す。

「…………」

指揮棒より少し長い杖のような物が出てきたが、木素材ではなく棒の部分がどう見てもほぼ宝石でできている。

トランスフォーム要素はどこにもない。それどころか超合金でもない。

プラチナや金は蔦《つた》のような装飾に使われており、オリハルコンは持ち手の部分に使われていた。

そこ以外の棒部分は全て宝石でできていて、よく見るとプラチナや金で魔法陣が描かれている。

「凄く綺麗なワンドだね」

「わゆい　もの　が　でた」

期待していた武器がこのような物——少し長い煌びやかな装飾の指揮棒——になってしまったのは、筋肉強化のため毎日木琴で鍛錬をしていた影響だろうか？　頑張って鍛えていただけにショックでならない。

「えぇぇ。悪くないよ、ワンドだよ？」

ワンドやスタッフ、ロッド等を使うと魔力の練りが通常よりスムーズにできたり、物を浮かせることや炎や水を欲しいところに的確に操作できたりと、主に魔力補助にはとても良いらしい。

つまり魔法が使いやすくなるということだろう。

家族は凄く素敵なものだと喜んでくれたのだが、自分は全然嬉しくない。

とても残念な気持ちでいたのだが、ふと思いついたのだ。

魔法が使いやすい＝魔法使い。

もしかしたらもしかするかもしれない。

これは試してみる価値があるだろう。

「へ　ん　し　ん！」

ナニも起こらない。

ワンドを持って唱えるだけだと駄目なのだろうか？

やはり決めポーズを取りながら唱えるべきかと思い再度試してみる。

決めポーズがあってなかったのか、今度もナニも起こらなかった。

しかし自分の予想だと、なにかヒーローに変身できるはずなのだ。もっといろいろなポージングを試してみよう。自分の全ての力を出してジャンプしながら唱えてみたり、ワンドを高々と掲げながら唱えてみたり、両手を突きだしてグルグルと回しながら唱えてみたりしたのだが、ことごとく失敗に終わる。

変身というのはテレビで見ると簡単にしているが、本来は一朝一夕にできることではないのかもしれない。

変身するためにはやはり鍛錬が必要だ。

今まで寝る前にオーキッドの尻尾を満足いくまで梳《と》かすことをルーティンとして欠かさずしてきたのだが、今日から新たにルーティンを増やすことに決めたのだった。

「へ　ん　し　ん　！」

いつかきっと変身できると信じて、いろいろなポージングを試していこう。そして、いざというときに威力を出せるようこの技も毎日のルーティンとして鍛錬する。

「めぴょうのぽーじゅ！」

両方ともビシッと決まった！

# 可愛すぎる僕の弟 ——オーキッド——①

「にーしゃん　とーしゃんのとこ」

どうやらピアニーは今日の父さんが気になるらしい。

先ほどから『あれれぇー？』と不思議そうに父さんを見ていたのは気がついていたが、側《そば》に行きたいと言われたので抱っこしたまま一緒に行く。

「とーしゃん　ぶき　ちゅくる　しゅる？」

父さんのなにが気になるのかと思ったら、父さんが強くなったことにピアニーが気づき、それにより武器が作れるようになったらしい。

ピアニーに武器生成をしてもらえるようになったことをもの凄く喜んだ父さんが、僕ごとピアニーを抱っこしてクルクルと回り、ピアニーは目を回してしまった。

武器の素材選びをしたいから床に下ろしてほしいとピアニーに言われたので、抱っこをやめるが、あっちにフラフラこっちにフラフラしている。

「にーしゃん　おうちが　うごく　ちてる　たいへん！」

真っ直ぐ歩けないピアニーは家が動いていると思ったようだ。

ヨチヨチ歩く姿は可愛いが、転ぶと危ないので抱っこをし直したのだった。

ピアニーは、皮・金・水銀・オリハルコンの素材で生成したガントレットを父さんに渡している。

人族《ひとぞく》の生成については謎が多く未だに解明されてない。残っている記録などから武器を生成《召喚》するのだと伝わっていたのだが、今ピアニーが渡したガントレットは防具だ。

「ガントレットか？　武器だけでなく防具も作れるのか？」

父さんも防具だったことに驚いてピアニーに聞いているが、聞かれた本人は体ごと横に傾け「わからない」ことを全身でアピールしていた。とても可愛い。

父さんはガントレットを装備し、中庭で警戒しながらソロリソロリと腕を振るう。

本当にゆっくり振るったのだが、轟々と地響きするぐらいの音を出し、風を切ると同時に毒である水銀が飛び出した。

もともと父さんは体格も良く力も強いが、本気で拳を振るっていればもの凄い威力になっていただろう。そんな重い拳を振るえば、振るった本人の手も無事ではすまなくなるだろうが、本来ガントレットは手を防護するためのモノだからなのか、まったく衝撃等は感じないと父さんが言っている。


ピアニーが生成したガントレットは、武器でもあり防具でもあるようだ。


ピアニーが僕の尻尾を咥《くわ》えている。

毎夜僕の尻尾を楽しそうにブラッシングしてくれるのだが、よく脱線をする。

ブラッシング中、どうしても我慢できなくなり途中で尻尾をパクリと咥えたり、自分の首に巻き付けてみたり、フンフンと鼻先に持っていったり。途中で脱線していることに気がつくのだが、何事もなかったかのようにブラッシングを再開する。

ただ、脱線途中で僕と目が合うと「見てたの？」と照れて、僕の尻尾で自分の目を隠す。まぁ、目を隠しても、ピアニーが見えなくなるだけで、僕からは丸見えなのだけど。

「ピアニー、女豹《チャーム》のポーズは僕以外には使っちゃーだめだよ？」

以前必殺技は僕以外にしては駄目だと教えたのだが、まだ四歳なので忘れてしまったのだろう。ギルドでお手伝いをしたときに、躊躇なく披露してしまった。その時の周りの反応を見る限り、絶対に外でしたら危険だ。

「だいぴんち　の　とき　つかう　しゅる！　にーしゃん　まもる　ちた！」

もの凄い技だと信じて疑ってない。

そして、僕がほかの人とあまり親密にならないようにガードした、今後も任せてくれと自信を持って言っている。浮気心はないのでガードせずとも大丈夫だが、ピアニーは可愛い焼きもち焼き屋さんなのでしょうがない。

ガードしてくれたことにお礼を伝え、せめて僕のいない場所で必殺技は使わないようにお願いしたのだった。

ピアニーはここ最近、報酬でもらった皮の加工に夢中だ。

いろいろな皮素材の加工をしているようで、工房の作業台や床には皮が散らばって臭いが充満していた。

学校から帰ってきた僕に気がつき、いつものように出迎えてくれたのだが、なにやら手に皮でできたオブジェのような物を持っている。どうやら加工作業が落ち着いたらしく、不要な部分で作ったみたいだ。

これまで工房のあちこちに散らばっていた素材も綺麗に片付けられており、皮の臭いもすっかりなくなっていた。

「とても素敵な物を作ったね」

皮でできたオブジェがなんなのか残念ながらわからなかったが、ピアニーが一生懸命作った物だと想像できたので褒めておく。

自分で作ったのでお気に入りになったのか、ずっと皮でできたオブジェを握っている。

「ピアニー、これはワーム？　それにしては手足があるように見えるのだが」

帰宅した父さんが手に持っていたオブジェに気づいてピアニーに聞いたのだが、ワームと言われたからか心なしかションボリしたように見える。

「○◇□△さうるす」

ピアニーがションボリしてしまったことに焦った父さんは、その後オブジェを褒めまくって誤魔化していた。

「オーキッドは創作物《アレ》がなんなのかわかったのか？」

「残念ながら僕にもわからなかったから、素敵とだけ伝えといたよ」

「ピアニーはダンスや音楽もそうだが、芸術的感性が独特すぎないか？　ちょっと父さん心配になってきたぞ………」

後日父さんは、ピアニーの独特のセンスを矯正するためか、型付きの粘土セットをピアニーにプレゼントした。

ピアニーが父さんにもらった粘土セットをいそいそと出してきた。

「にーしゃん　あのね　あのね　こりぇ」

凄く良いものもらったの！　と嬉しそうに教えくれる。

「どらぎょん」

もらった粘土で一緒に遊ぶことにしたのだが、どうやらピアニーはドラゴンを作りたいようで、ドラゴンの型を手に取って僕に見せてきた。

型を取っているときにドラゴンの叫び声を聞かれたので教えてあげると、先日作った皮のオブジェを持ってきて、「がおぉぉ」と言いながら粘土のドラゴンと戦わせて人形遊びを楽しんでいた。

粘土工作をして以来、芸術の面白さを知ったのか、はたまた目覚めたのかは不明だが、ピアニーは毎日絵を描くようになった。

画用紙に描いているのだが、勢いよく描くので机や床に線がはみ出してしまうときがある。何回か工房の床に描いてしまったので、母さんが焦って壁に大きい紙を貼っていた。

「あの絵は足を使って描いたのか？　まったくなにを描いているのか想像つかないのだが………」

「あらぁ毎日一生懸命手で描いているわよぉ。描く前に腕組みして考えちゃってぇ、可愛いのよぉ」

「父さん、足で描いたのって間違っても聞いたら駄目だよ？　さっきピアニーが絵を自慢しに来たから、あの絵は多分力作だよ」

先ほど「かっこいいでしょ？」と描いた絵を自慢げにピアニーに見せられたのだ。

「ここが　がちゃん　ってして　とらんすぽーむ　なる　しゅる」

絵を褒めるとピアニーは気を良くしたのか、頬を赤くして楽しそうに身ぶり手振りで僕に絵の説明をしてくれる。

そんな力作を、足で描いたの？　と聞かれたらショックで寝込んでしまうかもしれない。

「あれが力作なのか……。ピアニーは勉学と錬金術以外はからっきしだな」

僕たち三人はピアニーを見守りながら、聞こえない程度の音量でコソコソと話す。

「ちなみに、字もちょっとだけ苦手かもしれないよ」

画用紙に描かれているのは絵だけではない。

「あれは、ドラゴンって書いてあるみたいだよ」

「アレ、字なのか？　よく読めたな。絵とまったく見分けがつかん」

難しい本も読めるのに、何故文字はあのレベルなのかと父さんは乾いた笑いをしている。

ピアニーの絵は僕にもまったく理解ができないのだが、字は読めるので格好いいドラゴンだねと応えてあげることができて良かったと思っている。

ある日のこと、ピアニーが自分の胸あたりをじっと見つめ、仁王立ちのまま固まっている。

「にーしゃん！　ぶき　ちゅくれる　しゅる　かも！」

しばらく仁王立ちのままだったので、声を掛けようとしたら、なんと武器が作れるかもしれないと報告を受けた。

「ちゅいに　この　ときが！　ぶき　ちゅくる　しゅる！」

その場でピョンピョン飛び跳ねて、父さんや母さんにも見てほしいと大興奮しながら訴えている。

ピアニーが嬉しいと僕も嬉しいのだが、戦闘能力などあるのだろうか？　父さんの武器のように、防具型の生成確率が高いとは思うが…………。

防具型の武器だったとしても、武器は武器だ。少し心配になってしまう。

「んしょ　んしょ」

可愛い掛け声を上げながら僕の膝の上にピアニーが登ってくる。

もちろん、登りやすいように多少の手助けをする。

座り心地の良い位置につくと、今度はアイテムボックスから素材を選びだした。選んだ素材はエメラルドやルビー、サファイヤ等のキラキラした宝石類が多い。オリハルコンも選んでいたがとても少量でどう見ても宝石類がメインだ。

「ちょーごーきん」

なんだかよくはわからないが、気合いの入った言葉と共にピアニーは自分の鳩尾に素材を入れて武器を取り出す。

最高級に美しいワンドだ。

持ち手部分はおそらくオリハルコンだろう。

オリハルコンから棒のように繋がっている部分が全て宝石だと思うが、一個一個宝石がくっついているのではなく、どう加工したらああなるのか不思議だ。宝石を溶かして棒にしているような、マーブルもしくは七色の棒といった表現が近いのかもしれない。

棒部分は宝石なのでとてもキラキラと輝いており、まわりが金やプラチナで装飾されている。装飾部分は蔦のようだと思ったのだが、よく見ると蔦は魔法陣になっていた。

「わゆい　もの　が　でた」

ピアニーはもの凄く嫌そうな顔で、鳩尾から取り出したワンドを睨んで呻《うめ》く。

「むうぅ…………」

僕と一緒の刀を欲しがっていたのは知っているが、全然悪いものではなく素敵なワンドでピアニーに似合っている。家族皆でとても良い物だと言っても、まったく納得できないといった顔をして、ワンドとにらめっこ中だ。

しばらく唸《うな》りながらにらめっこをしていたが、なにか閃いた顔をしてピョンと大ジャンプをし、僕の膝から下りる。

「へ　ん　し　ん　！」

ワンドを持った手を前に出してピアニーがなにかを唱えた。

二～三秒そのポーズをしていたのだが、首を傾げる。

そして今度はワンドを持った手をめいっぱい上に伸ばし、もう片方の手は腰にあてながら「へ　ん　し　ん　！」と唱える。何度も少しずつ違うポーズを取りながらなにかを唱えているのだ。

これは、しばらくやってなかった祈祷だろうか？

ワンドを生成したので新しい祈祷を試してみたくなったのかもしれない。ただ、前のように危なっかしい舞ではなさそうなので見守る程度で大丈夫だろう。

その晩、いつものようにピアニーが僕の尻尾のブラッシングをしてくれた。

いつもはベッドの上で満足いくまでブラッシングをすると、そのまま一緒に寝るのだが、今日は違った。

アイテムボックスからワンドを出して祈祷を始めたのだ。

生成した直後は、僕と同じ刀ではなかったので納得がいかない顔をしていたが、とても綺麗なワンドなので見ているうちにお気に召したのだろう。

何度も違うポーズで祈祷をして楽しんでいる。

僕はベッドに横になりながら可愛らしい祈祷のポーズを見守っていたのだが、ピアニーが僕のお腹あたりに被さってきた。

「めぴょうのぽーじゅ！」

祈祷が楽し過ぎて興奮してしまったピアニーは、女豹のポーズをしたのだ。

僕の前だから良いのだが、このまま興奮して寝られなかったら大変なので、優しく抱き止めて背中をポンポン叩き寝かしつけたのだった。

「怖くないよ。こぼしても大丈夫だから、ゆっくりやってみて」

僕はこの頃ピアニーを寝かしつけてから、冒険者ギルドのお手伝いで報酬としてもらった本や日記を読んでいる。

それらの本によると、人族は、男の子より女の子のほうが言葉が早く話せるようになるみたいだが、やはりピアニーは同年代の子に比べ少し遅いらしい。

僕的には可愛いのでいいのだが、拙《つたな》い子供の喋りを周りの大人が理解し過ぎて指摘しないでいると、なかなか喋りが上手にならないようだ。

ピアニーの言葉が拙いのは、ほぼ僕のせいだろう。

それと報酬でもらった「肝っ玉かーさんの子育て奮闘日記」にも同じようなことが書いてあった。身の回りのことにしても、大人がやってあげたほうが早かったり、後始末が楽だったりするが、それではなにもできなくなってしまう。のちに苦労してしまうので、できることから少しずつ手伝いながら自立させるのが良いとあったのだ。

食事は僕がいるときは膝に乗せて食べさせている。

昼は一人で頑張って食べているので、このままで良いだろう。変える気はさらさらない。

ただ将来苦労しないようにしなければと、とりあえず朝の顔を洗うのを頑張ってもらうことにしたのだ。

クリーンができるので顔は洗わなくても綺麗なのだが、朝は水や湯で洗うと目も覚めるしさっぱりもする。今までは濡れたタオルで僕がピアニーの顔を拭いていたが、今日からはとても厳しいかもしれないけど、頑張って自分で洗ってもらうことにした。

桶にぬるま湯を入れて、ピアニーの洗いやすい高さにして目の前に出す。

「怖くないから頑張って洗ってみて」と伝えると、凄く真剣な顔で頷きながら桶の湯を覗き込み、覚悟を決めて湯をすくうべく手を入れた。

ボチャン。

うん。僕の尻尾も桶の中だ。

「湯をすくうときは僕の尻尾は一旦離そうね」

ピアニーは尻尾を桶に入れてしまったことに、ションボリしている。

そして風や火魔法を使えるので温風が出せるはずなのに、何故か口でフーフーしながら尻尾を乾かそうと一生懸命になっている。もう不思議なくらい可愛い。これから先もピアニーと僕は常に一緒なので、無理に自立しなくても良いのではないだろうか？　っと、この考えがなにもできない子にさせてしまう。

ピアニーにはとても厳しいことかもしれないが、今後は頑張って自分で顔を洗ってもおう。

初めてのときは、僕の尻尾を桶に入れてしまったことにショックを受けていたが、何度か練習して、顔を洗うときは尻尾を離すことができるようになった。ただ、まだ上手には洗えない。独特の洗い方をするのだ。

両手で水をすくうのだが、せっかくすくえた水を落としてから手でペチペチと頬を叩く。つまり、濡れた手で頬を叩いているだけ。

「かお　あらえた　ばっちし　できた！」

「うん。今日も頑張れたね。明日はもっとできるようになるよ」

とりあえずピアニーは自分でできたことに大満足している様子なので、明日も頑張れるように僕は褒めておく。

朝食の分厚い卵焼きのサンドイッチにコンソメスープを僕の膝の上でモリモリ食べて、今日もピアニーは元気いっぱいだ。

「ピアニー、今日の予定は覚えているかな？」

低級ポーションの販売は、自動販売機の効果なのかは不明だが混乱は落ち着いたらしく、今日は冒険者ギルドマスターが依頼していた七色の実を取りに来るらしい。

それだけではなく、念のため報告していた父さんのガントレットとピアニーのワンドを確認するみたいだ。前もってピアニーには伝えていたが、覚えているだろうか？

「きょーの　よていは　にーしゃんと　ずっと　いっしょ！」

もちろん覚えているとも！　と胸を張り答えてくれたのだが、確かに間違いではないが、合ってもいない。

「今日は、誰がなにしに来るか知っている？」

「マシュタ　くる　実　ちょーだい　する　あとね　とーしゃん　の　て　みる　する」

「うん。そうだね、覚えていて偉いね。ピアニーのワンドも見たいらしいよ？」

「むむぅ　まだ　へんしん　できる　ない　のに」

自分のアイテムボックスからワンドを取り出して、最近復活した祈祷の練習を元気よく始めた。

それにしても、七色の実はどこのギルドでも大人気だと思う。本当に頻繁にピアニーに依頼が来るのだ。こんなにたくさん七色の実を配って大丈夫なのかと少し心配にはなるのだが、何事もないようだし各ギルドマスターもなにも言わないので、きっと大丈夫なのだろう。

コン、コン。

「マシュタ　くる　した」

祈祷の練習をしていたピアニーがドアノッカーの音に素早く反応し、僕に両手を出す。

脱衣所と風呂以外は仕切りのほぼないワンフロアーの間取りなので、玄関まですぐに行けるのだが、自分一人で玄関に行かずにちゃんと僕に抱っこされようとするのはとても大事なことだ。来た者が、万が一知らない人だったら可愛いピアニーは攫《さら》われてしまう。

「一人で玄関に行かなかったのは、凄く偉いね。よくできたね」

よくできたことはちゃんと褒めなければ次に繋がらないので、ピアニーを抱き上げながら偉い偉いとしっかり褒めたのだった。

「人族が生成するのは武器だと言われているが、実はよくわかっちゃいねぇんだ」

冒険者ギルドマスターは、父さんのガントレットを見ながら「武器っちゃー武器だが、ガントレットだしなー。迷うぜ」と独り言を言っている。

「なんで人族が生成《召喚》するのが武器と言われてっかつーと、今もまだ残っているのが武器しかねーからなんだが……。チビのワンドを見る限り、人族が持っていたと言われているメイスはもしかしたらロッドやスタッフだったのかもしれねぇな」

結局のところ、人族の武器生成については判明してないことがわかっただけだった。

冒険者ギルドマスターは、いちおう記録には残しておくと言っている。

実はピアニーのことは、関わった各ギルドマスターや神殿、中央の人間がメモ書き程度でもよいので記録を残すようにしているのだ。今後数百年、数千年の未来のために。

父さんもピアニー日記を書いている。前に少し見せてもらったのだが、ほぼ可愛いとしか書かれてなかった。

「七色の実の報酬は、いつものように素材でいいか？　あと、少し成長したようだから服も作っとくか？」

成長したと言われたピアニーは凄く喜んだ。

サササっと素早く壁際に移動して、自分の身長を壁に記録してほしいと言うのだが、そのまま書くと母さんに怒られそうなので、母さんがピアニーのために貼った紙に印をつけておいた。

「ふく　デザイン　きめる　する」

今回はおまかせではなく、ピアニーが欲しい服のイメージを教えてくれるようだ。

いつも使っている画用紙を持ってきて、一生懸命描いている。おそらく洋服を。

「……。あー、芸術的過ぎて全然わかんねぇ。説明してくれ」

ピアニーに絵（おそらく服のデザインと思われる）を見せられた冒険者ギルドマスターは困惑している。僕も絵を見たが、ちょっとなにを描いたのかわからなかった。

「わいるど　で　ろっく　うちゃぎ　らめ　がいこちゅ　とか　だめーじ　でにむ　とか　ちょい

わゆおやじ　しゅる」

「チビの美的感覚はぶっ壊れてやがるから、こっちで勝手に作っとくぜ」

一生懸命提案したピアニーのデザインは、問答無用で却下されたのだった。

今、ピアニーは僕のパジャマを肩にかけて、僕の足にビッタリとくっついている。

これは朝の玄関での恒例行事だ。

「行ってきます」

おデコに軽くキスをして、学校に行くことを伝える。

いちおう納得して「いってらっしゃい」はしてくれるのだが、眉毛がハの字になってしまっている。これを毎朝見るたびに、できるだけ早く帰ってこようと思う。

学校の行きも帰りも、獣族なら誰でも持っている俊足スキルに、さらに身体強化を使い時間短縮をする。強化中に人と接触したらお互いが危ないので、聴覚スキルも使う。こうして鍛錬しながら登下校しているのだ。

学校に着いたので教室に向かう。いちおうクラスはあるのだが、選択科目別に授業があるので朝しか会わないクラスメイトもいる。

いつも朝は出欠確認と必要があるときのみ簡単な連絡を教師がするのだが、どうやら今日はなにかあるようだ。

「知っての通りこの頃ギルドでは妖精のご利益がある。そのおかげで街の外の魔物がかなり激減しており、現在とても安全だ。あ、妖精にあったら自分でどうこうしようとはするなよ？　必ず近くのギルドや神殿に逃げるか、助けを呼べ」

「妖精が魔物倒しているんっすか？」

教師の言葉にクラスメイトが確認をした。

「いや、こっちの道は最近毒を持った魔物がいるとか、こっちの道は賊がたくさんいたとかの情報を気まぐれにくれるだけだと言われているが、対策ができるので討伐隊が凄く戦いやすいようだ」

街の外の魔物や賊の情報は、冒険者ギルドだけではなく、商品を運搬する商人ギルドなど各ギルドも必要なので、七色の実の恩恵をもらっているのだろう。

「で、まだ二年生なので通常よりは早いんだが、街の外が安全なんで二泊三日で野営訓練をすることが決まった」

とても初歩的な訓練で、野外の歩き方やテントの張り方、外で料理をするなどのちょっとした訓練のようだ。

訓練なのだから、家から肉を持ってきては駄目だなどと教師が注意をしている。

もちろん言われてはないが、家族が野営についてくるのも駄目だろう。

今からピアニーのことが心配になってきた。どうしよう…………。

# 第二章

いつもはオーキッドの膝に乗せられて、ズボンを穿《は》かせてもらい、自分で袖に腕を通さなくても、ちゃんと上衣が着せられている。オーキッドが全部丁寧に服を着させてくれていた。が、これからは違うようだ。

自分の足元に、穿きやすいようにズボンを広げたオーキッドが待ち構えている。

「僕の肩に掴まって大丈夫だからね。左足を上げてズボンのココに入れて。今度は右足だよ」

ズボッ。ズボッ。

「両足入れたら、このウエスト部分を持って引き上げればズボンは穿けるよ」

オーキッドに言われた通り、肩に掴まり左右の足を片方ずつカボチャパンツという名のズボンに通してしっかりと穿く。

今度は上衣で、腕を袖に通してから頭を通す。

前に三個だけホックが付いているので、それもしっかり留める。

洋服が着られたら靴下を履くのだが、これはほんの少しだけ難しい。

踵《かかと》が前に来ちゃっているが、まぁ問題なく履けているし気にすることではない。

最後にオーキッドが手直しをして着替えは終了だ。

靴下を直された。解せぬ。

着替え終わったら顔を洗う。

以前はお湯で濡らしたタオルでオーキッドが拭いてくれていたが、今は桶にお湯を用意してもらい、自分で洗う。

右手に尻尾は掴んでない。同じく左手にも尻尾は掴んでない。しっかり確認した後に両手を入れて湯をすくい顔を洗う。初めて自分で洗ったときは、何故かオーキッドの尻尾も桶に入っていたのだ。とても不思議な出来事だった。

こうして朝の身支度は完璧に仕上った。

朝食後オーキッドに、今日の予定を聞かれる。

休日ではあるが、出かけるとは聞いてないのでいつものように家族全員で過ごすはずだ。

「きょーの　よていは　にーしゃんと　ずっと　いっしょ！」

「家族と一緒」と伝えたかったのだが、間違って『兄さんと一緒』になってしまったが同じ意味なので問題はないだろう。

「今日は、誰がなにしに来るか知っている？」

さらに詳しくオーキッドに聞かれる。

すっかり忘れていたが、冒険者ギルドマスターが来るようなことを聞いていた。

「マシュタ　くる　実　ちょーだい　する　あとね　とーしゃん　の　て　みる　する」

父親の武器の確認と七色の実を取りに来ることを答えた。

すると、冒険者ギルドマスターはワンドも確認したいようだと言うではないか。まだ全然ワンドを扱えていないので、本当に見せるだけになってしまうのだが良いのだろうか？

とりあえず来るまでにまだ時間があるので、少しでも鍛錬したほうが良いだろう。

「へ　ん　し　ん　！」

リビングで鍛錬していると、ドアノッカーの音が聞こえてきた。

冒険者ギルドマスターが来たのだろう。すぐにオーキッドに抱っこしてもらい、玄関に出迎えに行く。

「チビのワンドはキラッキラしてんなぁ。似合っちゃいるが、どうやって使うのか知ってっか？」

「へ　ん　し　ん　！」

「……なにやってんだ？」

「いちゅか　へんしん　できる　する　れんしゅう　ちゅう　よ？」

冒険者ギルドマスターにワンドの使い方を見せるべく、何通りかのポーズを取ったのだが、まだ変身できないため、いまいちピンとこないようで首を捻《ひね》っている。

いつか変身できるようになる予定と伝え、さらにいくつかポーズを決めてみせた。

「楽しそうでなによりだぜ。まぁチビのはワンドで間違いねぇな」

ワンドの確認が終わると、今度は父親のガントレットだ。

冒険者ギルドマスターは、父親と一緒に中庭に出てガントレットを研究している。

散々試して満足したのか「武器っちゃー武器だが、ガントレットだしなー。迷うぜ」と独り言を言いながら中庭から戻ってきた。

人族が生成するのは武器だと言われているが、これは現在人族が生成した物で残っているのが武器だけだったらしく、そう理解されているようだ。しかも、以前いた人族はメイスを持っていたと言われていたみたいだ。

武器生成ができるので、家庭教師から少しだけ武器の種類を教えてもらってはいるが、メイスとは打撃用の武器だ。

メイスの長さは約八十センチ前後だと言われている。

ただし八十センチというのは、装飾メインの場合だ。武器として使用するのであれば一般的に百センチを超えるものが多い。自分のワンドは見た目も長さも装飾メインの物に少し似ている。

実はワンドだと思っていたがメイスだったりするのでは……。そうなると武器ということになる。

ペーパーローリングのように突き出せばシュルシュルと伸びたり、如意金箍棒《にょいきんこぼう》のように意思で伸びるとか？　とにかく打撃系の武器になるのかもしれない。刃物ではないが打撃系の武器もきっと格好いいだろう。

「にょ　び　ろー」

自分の胸の位置で、腕を思いっきり前に出し、伸びるように願ったのだがなにも変化はない。

それどころか、何故か全員こっちを向いて自分の行動を見ているではないか。

冒険者ギルドマスターからは「わかった、わかった」となにがわかったのか意味不明な言葉をかけられて、ちょっとだけ悲しい気持ちになったので、立っていたオーキッドの足の間に挟まることにした。

「七色の実の報酬は、いつものように素材でいいか？　あと、少し成長したようだから服も作っとくか？」

オーキッドの足の間でちんまりとイジケていたのだが、そんなことはお構いなしに報酬の話をされる。

変身もできないし、ワンドが伸びてメイスになりもしないのでちょっと落ち込んでいるのだ。

そんなときに報酬の話など、言葉は悪いがどうでもいいのでそっとしておいてほしいと思ってしまう。

しかし、続いた言葉でオーキッドの足の間からサササっと飛び出し壁際に移動した。そう、成長したと言われたからだ。とても重要なことだ。

ここ最近は、オーキッドの身長がぐんぐん伸びており、身長差がかなり開いてしまった。

少しは自分も成長していて、何度か報酬で服を作ってもらってはいたが、はっきりと成長したと言われたのは初めてなのだ。

「にーしゃん　しるし　つける　して！」

成長期が来たに違いない。

今日から毎日印を付けてもらおう。目に見えて身長が伸びているのがわかるはずだ。きっと明日は今日より伸びていると思う。

オーキッドに印を付けてもらった場所をしっかり確認してから、いつもデザインを描いている画用紙を持ち出した。

冒険者ギルドマスター任せで服を作ると、ズボンは必ずカボチャになるし、マスコットのような可愛らしいウサギやクマなどをイメージにした服になるのだ。

もっとアバンギャルドなデザインにしてもらうために、絵に描いて見せることにしよう。

革ジャンやドクロの絵のカットソーなど、ちょっとロックな服装をイメージして、荒々しく男らしいデザインを描いて見せた。

「わいるど　で　ろっく　うちゃぎ　らめ　がいこちゅ　とか　だめーじ　でにむ　とか　ちょいわゆおやじ　しゅる」

「チビの美的感覚はぶっ壊れてやがるから、こっちで勝手に作っとくぜ」

悲しいことに自分の描いた洋服は、あまりにアバンギャルド過ぎたのか理解されなかった。

もう一度オーキッドの足の間に挟まり、ちんまりしようと思う。


「あー、ピアニー。今日から父さんたちと一緒に寝てみないか？」

オーキッドの膝の上で、上膳据膳で夕食を食べているときに、突然父親から提案されたのだが、自分の部屋はちゃんとあるし、夫婦の時間を邪魔したくはない。

「にーしゃん　と　いっしょ　ねる　しゅる」

「オーキッドが学校の訓練で留守にするから、その間父さんたちと一緒に寝られるように、今から練習しておこう？」

「れんしゅう　だーじょうぶ」

学校の授業でオーキッドは外泊するようだ。

いつも一緒に寝ているから心配した両親からの提案だったが、別に一人で寝ることぐらいできる。

それよりも、泊まってまでする授業とはいったいどんなものなのだろう。

「にーしゃん　なんの　くんれん？」

「街の外での野営訓練だよ。野外で寝場所を作ったり、食材を調達して料理をしたりする簡単な訓練だよ」

なんとキャンプをしてバーベキューもするということか。

いちおう授業という名目があるようなので、林間学校のようなものだろう。自分も行ってみたいが、学校の授業では一緒に行くことができない。

「むぅぅぅ」

「ちょっと寂しいかもしれないけど、すぐに帰ってくるからね？　訓練の一つに、野営中に家族から連絡を受け取るっていうのがあるから、ピアニーが僕宛に手紙を書いてくれる？　残念ながら返事は出すことができないのだけど」

「いっぱい　かく　する　てがみ　いちばんに　つくよう　おる！」

紙飛行機を作り飛ばすという、こちらの世界の手紙のシステムはとても楽しく何枚でも出したくなるのだ。

キャンプに行けないのはとても残念だが、もの凄い紙飛行機を作り、たくさん飛ばすことにしよう。

今日もお風呂上がりに身長を測ってもらう。

自分が毎日計測をお願いするので、なんとオーキッドは身長計を作ってくれた。

日本の学校や病院で見かけていたのとは違い、台座や測定バーが付いてなく、五センチぐらいの厚みがあるしっかりした木で壁に立てかけて使用するタイプと、ペラペラと薄く丸められるタイプの二種類。身長計は商人ギルドからの強い要望でライセンス契約を結ぶことになる。そして、覚醒後のお祝いの品として定番の物になったのはまた別の話である——。

「よし、今日は父さんたちと一緒に寝ような！」

印を付けてもらった場所を、背伸びをしながら念入りにチェックしていると、父親に抱き上げられてしまう。

「う？　れんしゅう　ちないの　にーしゃんと　いっしょ　ねるの！」

オーキッドが泊まりでいなくとも一人で大丈夫だし、自分たちの部屋があるので両親の部屋で寝る必要性を感じないのだ。

父親の腕の中で手足を動かしバタバタと暴れてみるが、よしよしと言われただけで、両親の部屋に連れて行かれたのだった。

「ピアニー、そんな極悪非道な顔をしないでくれ」

本当に寝る練習なんて不要なのだ。

「むぅぅぅ」

もの凄く納得がいかなく、しかめっ面をしてしまう。

「あっち　いく　する」

自分の部屋に戻って寝るのだと訴え、ドアを指差す。

「あらあらぁ。そんなに怒ったら可愛いお顔が台なしよぉ」

母親も自分を宥《なだ》めようとするが、とにかく自分の部屋に戻りたくてドアを目指し突進しようとしたところを、父親に抱き留められてしまう。

「よしよし、落ち着こう。オーキッドはちゃんと部屋にいるから寂しくないぞ。さぁ、寝ような」

両親に挟まれる形で川の字になり、無理やり布団を掛けられた。

一人で寝られるのだが、自分のために心配してくれているのはわかっている。オーキッドがいなくとも、ちゃんと寝られることが証明されれば、両親も安心するだろう。

しょうがないので、今日ぐらいは大人しく一緒に寝てあげようと諦めたときに、毎日のルーティンをしてなかったことに気がついた。

布団から出てアイテムボックスよりワンドを取り出す。

「へ　ん　し　ん　！」

とりあえず思いつくポーズを決め、変身してみる。やはりまだ、変身は厳しいようだ。

「めぴょうのぽーじゅ！」

四つん這いになり腰をキュッと上げて必殺技の鍛錬をする。

本来はオーキッドがいないところでしては駄目なのだが、今日は仕方がない。とりあえず毎日のルーティンを忘れずにできて良かった。

「ピ、ピアニー。どうしたんだ？」

「まーにちの　たんれん　かかさず　やる　する」

「え？　毎日しているのか？　オーキッドは毎日コレに付き合っているのか？」

自分の年齢で毎日キチンと鍛錬していることに驚いたのか、父親がビックリしている。

「つおく　なる　する　まーにち　する」

毎日欠かさず鍛錬していることを、少し自慢げに伝えた。

「そ、そうか。とりあえず落ち着いたか？」

別に取り乱してはいない。もともと落ち着いてはいるのだ。

ただ、ルーティンにしている鍛錬は今日はこのくらいで良いので、頷いて大人しく布団に入ったのだった。


……………このようなときは羊を数えるのが定石だ。

「ひつじ　が　いっぴき　ひつじ　が　にひき　ひつじ　が　さんびき」

全然眠れない。

「むぅぅ　ひつじ　が　いぱーい！　しっぽー！」

「あらあらぁ。どうしたのかしらぁ？　眠れないの？」

心の中で羊を数えていたのだが、声に出してしまっていたようだ。

「ねる　できる　じぇんじぇん　へーき……ねる　へーき　だも」

「うううう　にーしゃぁぁん」

とにかく、自分の部屋に行きたい。

よくわからないが、無性に自分の部屋に行きたいのだ。

転げるようにベッドから下り、飛びついたドアを開け、自分の部屋を泣きながら目指す。なんで泣いているのか自分でもわからない。

「うえっく　にーしゃぁぁん　ひっく　あける　ちてー！」

両親の部屋のドアは無我夢中だったためか開けることができたのだが、今はしゃくりあげるほど泣いており涙で前が見えず、自分の部屋のドアが上手く開けられない。

ドアの前で大泣きしながらお願いをする。

三秒も待たずにドアが開いた。

「ごっち　で　ねる　するの！　ぅえっ　ごっち　なの！」

ドアを開けてすぐに抱き上げてくれたオーキッドに、泣きながら怒る。

きっと自分は成長期でホルモンのバランスが崩れ、癇癪《かんしゃく》を起こしてしまっているのだろう。

大人の女性が更年期でホルモンバランスが乱れ心が落ち着かないのと同じなのだ。数は少ないが男性も更年期になることがあると聞いたことがある。とにかくホルモンのせいなのだ。

「うん、よく頑張ったね。こっちで一緒に寝ようね」

「ごっち　で　ねる！　れん　しゅう　ちない　ごっち！」

「父さん、母さん。今日はこれ以上は無理みたいだから、僕が一緒に寝るね」

どうやら両親が後ろからついて来ていたようだ。

自分は連れ戻されないように必死でオーキッドにしがみつく。

「思っていた以上にベッタリだな。ピアニー、今日も頑張ったが明日も頑張るんだぞ」

父親にそう言われたが、明日も明後日も自分の部屋で寝るのだ。

オーキッドが泊まりのときはもちろん一人で自分の部屋で寝るのだ。

全然平気だ。

「れんしゅう　ちない　も！」

自分のベッドで安心したのか、しゃくりあげていたのが落ち着いてくる。

練習なんてしなくても大丈夫だとブラッシングをしながらオーキッドに訴えると、凄く頑張ったねと褒めてくれるのだが、言わんとしていることが伝わってない気がしたので、再度一人で寝られるのだと訴えた。

ちゃんと理解してくれるまで言いたかったのだが、先ほど大泣きしたからか酷く疲れており眠い。訴えている途中でユラユラと頭が揺れ始め、しまいにはブラシを持ったままで眠ってしまったのだった。


今朝は何故かオーキッドと離れがたく、起きてからピッタリとくっついている。

オーキッドが身支度をしているときも、邪魔にならないように足の間にちんまりと座り大人しくしている。自分で言うのもなんだが、この年齢でちゃんと気遣いができていると思う。

「今日は甘えん坊さんで、赤ちゃんに戻っちゃったみたいだね」

クスクス笑いながら抱き上げられ、おデコに軽いキスをされる。

「おちょな　あまえる　ない　ほるもんが　わるい　こ　ちてる　なの！」

成長期のためホルモンバランスが崩れて、少し情緒不安定になっているだけだ。決して甘えではない。


自分はちゃんと知っている。

オーキッドが学校に行く時間だということを。

「できる限り早く帰ってくるから、『いってらっしゃい』してくれる？」

「むぅぅぅぅ」

わかってはいる。わかってはいるのだが、心と体が言うことを聞いてくれない。

自分は今、成長期でホルモンバランスが崩れている。そのため、幼児期によくあるイヤイヤ期になってしまったのだろう。思春期の反抗期や、更年期のイライラ等は全てホルモンバランスが崩れているせいなのだ。

いつものように玄関でお見送りをしているのだが、とにかく「いってらっしゃい」を言うのがイヤで、今から学校に行かなければならないオーキッドの右足に両手でビタリと絡みついている。

「にーしゃん　がっこう　いく　ちってる　ほるもん　が　わるい　こ　なの　かえってくる　し

たら　おでぇ　ふりょー　に　なる　ちてる　かも　とっても　きけん！」

突然、昨日の夜からホルモンバランスが崩れたのだ。

このままの勢いで進行すれば、オーキッドが帰ってくる頃には、誰が見ても立派な不良になってしまっているかもしれないと少し不安になってしまう。

「ピアニーは今日も良い子だよ。まったく悪い子じゃないからね？」

右足に絡みつき続けていたが、オーキッドにより優しく剥がされて母親に渡される。

「どうしても寂しくなったら、お手紙飛ばしてくれる？　今度の野営訓練の練習にもなるからね」

「…………て　ら　っしゃい」

とても気分は乗らなかったのだが、手紙を飛ばしても良いと言われたので無理やり自分を納得させたのだった。

「かーしゃん　おてがみ　かく　する」

手紙を飛ばして良いと言われたのだ。

もちろんすっごく飛びそうな紙飛行機を折るつもりだ。

しかし、どんな紙でも飛ばせる訳ではないので、専用の紙を母親にもらわなければならない。通常個人に送る場合は、特殊な溶液に手紙を受け取る人の髪や爪を入れ、その中に紙を浸けて便箋を作る。

作った手紙用の紙は腐ったりはしないので、作る場合は百枚以上まとめて作るのが一般的だ。

錬金術のような作業だが、とても簡単なので学校に行けば作り方を習うため誰でも作れるが、特殊な溶液だけは各ギルドに行かないと手に入らない。

溶液は各ギルドで売られており、とても安価なのでどの家庭でも家族それぞれの紙を作ってストックしている。

ちなみに、出前を取ったときはこの方法で作った紙を飛ばしたのではない。

ギルドや学校、施設等決まった場所に飛ばす場合は、うっすらと魔法陣が描かれている専用の紙を使う。そして手紙を受け取る側には、手のひらサイズの石盤が準備されているのだ。その石盤めがけて手紙は飛ぶ。

出前の注文を取りたい店は、ギルドや学校等の大きな施設に無料でメニューと紙を置いておく。

一方、ギルドや中央などの施設に飛ばす手紙は、購入しなければならない。

たいていどの家庭でも、各ギルドへ飛ばす用紙は購入しているはずだし、学校へ通っている子供がいれば、学校に飛ばす用紙も購入している。

そして自分は以前、特殊な溶液の作り方を錬金術の家庭教師であるチャイブ先生に習っており、いちおう作れるが、大量に何トンも溶液を作る必要がないのであれば購入したほうが手間暇を考えると安いだろうと教えてもらった。

「あらぁ。今オーキッドは行ったばっかりよ？　まだ学校にも着いてないわぁ。家庭教師も来ちゃうだろうしぃ、もうちょっとあとにしましょぉ」

「むぅぅぅぅ」

納得がいかない答えが母親から返ってきてしまった。

でも、こんなに癇癪を起こしてしまっていたら本当に不良になってしまうので、とりあえず中庭に出て日光を浴び、セロトニンをたくさん分泌させよう。

セロトニンが分泌すれば、心の乱れも多少は収まるはずだ。

日光だけでは不安なので、運動も行う。

セロトニンを分泌させるのには、リズミカルな運動が良いと聞いたことがある。

「あらあらぁ。ピアニー、それはなぁに？」

「ぱらぱら　だんしゅ」

日光を浴びながら、頭の中でユーロビートのミュージックを流しパラパラを気持ちよく踊っていると家庭教師がやって来ていた。

「ピアニー君、今のが噂の祈祷？」

この家庭教師はオーキッドの家庭教師でもあった人だ。

「だんしゅ　ふりょー　なる　しない　ため　よ？」

噂の祈祷がなんなのかわからないが、今のはパラパラダンスだ。

かなりキレッキレに踊れていたと思うが、見たこともないダンスだったので不思議だったのかもしれない。

「不良？　朝ごはんを食べすぎたのかな？」

消化不良と勘違いされてしまった。

「あく　の　みち　に　いく　しない　ため」

「……………え?」

家庭教師は目をパチクリさせながら驚き、母親に説明を求める素振りをする。

「今日はオーキッドと一緒にいたかったみたいなのよぉ。学校行っちゃったからスネちゃってぇ。ごめんなさいねぇ」

「ちあう　すねる　して　ない　も！」

オーキッドが学校に行くことはいつものことで理解しているし、別に一緒にいたかった訳ではなく、ホルモンが自分の体にイタズラをしているので、オーキッドが学校から帰って来たときには立派な不良になってしまって、家庭崩壊の危機になるかもしれないと伝えたかっただけだ。

「ピアニー君、読むのはまったく問題がないんだけどね」

オーキッドから引き続き見てもらっている一般教育の家庭教師に、字を書くのはもうちょっと練習が必要だと指摘されてしまった。書けない字はないのだが、少し自分の字は読みにくいようだ。

改めて自分の字を見てみるとお世辞にも綺麗とは言えない。けして読めない字ではないが、もう少し字の練習をするようにしよう。

「はぁい、ピアニー。お手紙用の用紙よぉ」

一般教育の家庭教師は帰り、今は昼ちょっと前だ。

母親が手紙用の紙を渡してくれたので、早速書くことにする。先ほど字が少し読みにくいと言われたので、丁寧に書くよう心がけた。

「かーしゃん　かける　した」

「あらぁ。なんて書いてあるのかしらぁ？」

母親は自分の書いた手紙を覗き込んでいるので、そのまま読もうと思えば読めるはずだが、律儀になんて書いてあるのか聞いてきた。

「にーしゃん　べんきょ　がんばる　ちて　おひるね　ひとり　で　できる　する　よる　もだーじょうぶ」

オーキッドは学校で勉強中なので、勉強を応援していること。自分は昼食後、昼寝をするのだが、昼寝はいつも一人でしている。

つまり、昨日の夜のように寝る練習は今後不要だということを訴えた文面にした。

「じゃぁ、飛ばしましょうねぇ」

窓を開け、母親と一緒に手紙を飛ばした。「残念だけどぉ、練習は必要なのよぉ」と母親がボソリと言ったような気がするのだが、きっと気のせいだ。

昼食後、オーキッド宛に書いた手紙の通り一人で昼寝をする。

肩に掛けているオーキッドのパジャマを口元に引き寄せて、安心して寝られる体勢を取る。

日々成長はしているが、やはり子供の体。昼寝をしないと夜まで起きていられない。

早寝になる程度なら良いのだが、夕食時に眠ってしまって夜中眠れなくなったりするので、生活のリズムを守るためにも必要だ。

ただ、この頃では成長しているためか昼寝の時間が短くなってきていた。

昼寝から起き、モンスター図鑑を見ながらデザインを描く。

残念ながら自分用に生成した物は、トランスフォーム超合金武器ではなかったのだが、生成できるのが一人一個だとは限らないと思ったのだ。

二個目が作れるかは不明だが、デザインを考えるのは楽しい。

「ただいま」

「!!」

デザインを描くのに夢中になり過ぎて、気がついたらオーキッドの帰宅時間になっていた。描いていた物を放り出し、猛スピードで玄関に向かう。

「にーしゃん　にーしゃん」

タックルする勢いでオーキッドに突進したのだが、ちゃんと抱き留められる。

こんなに大慌てで出迎えたのは、手紙がちゃんと届いたのか確認したかったからだ。

玄関で抱き留められ、そのままオーキッドの胸に頭をグリグリ押し付けてみたらなんとも心地よい。

「お手紙届いたよ。お昼寝できた？」

自分から手紙のことを聞くはずだったのに、心地よすぎてグリグリと頭を押し付けるのに夢中になっていると、クスクス笑いながらオーキッドが手紙の報告をしてくれた。

「おひるね　できる　した　ひとり　だーじょぶ！」

「一人でできて偉かったね。僕も応援してもらったから勉強頑張れたよ。ありがとう」

「にーしゃん！」

一人で問題なく昼寝ができていることを理解してもらえたようで、とても嬉しくなりますますグリグリと頭を押し付けてしまった。

「やっぱり凄いわぁ。あの字が読めるなんてぇ」

玄関でのやり取りを見ていた母親が、なにかひっそりと呟いたようだったがよく聞こえなかった。

そして今日もお風呂上がりに身長を測ってもらう。

背伸びをして印を付けてもらった線を確認しているのだが、同じところに線が重なって引かれている。これではまったく背が伸びてないように思える。

「にーしゃん　も　いっかい　しるし　つける　して」

測り間違いも考えられるので、もう一度お願いしたのだが残念ながら同じ場所に線を引かれたのだった。

見間違いはないかとじっくり身長の印を見ていると背後から父親に抱き上げられる。

「よし、ピアニー。今日も頑張るぞ」

なにを頑張ると言うのだ。昼は問題なく一人で寝られたので、寝る練習なんて必要ない。父親の腕のなかで必死にもがくが、ガッチリ抱えられているのでびくともしない。

「にょょょ　れんしゅう　ちないも！　おひるね　できたも！」

「そうか、そうか。昼寝はできるんだな。今日は四人で寝るぞ」

「う？」

四人で寝ると聞いて、バタバタ暴れていたのだがピタリと動きを止め、父親を見る。

「オーキッドも一緒に寝るぞ。そこから慣らしていかないと駄目みたいだからな」

自分が両親と寝てしまうと、オーキッドは必然的に一人で寝ることになる。

オーキッドは兄といえどもまだまだ子供だ。

四人家族で三人が一緒に寝ているのに、オーキッドだけ一人で部屋で寝るのは可哀想だと感じたのだろう。

「いっしょ　ねる　するる　だけど　だっきょ　は　にーしゃん　なの」

しょうがないので家族で寝ることを承諾し、オーキッドに向け腕を伸ばす。

「たまには父さんでもいいじゃないか。どうせ抱っこしているんだし、な！」

「にーしゃん！」

自分でもわからないが、そこは譲れないなにかがあったので、オーキッドに向けて再度思いっきり腕を伸ばしたのだった。

結局、オーキッドに抱っこしてもらって両親の部屋に入り、広いベッドでいつものルーティンを済ませてから、家族で布団に入った。

「……むぅぅ」

父親が言った通り今日は家族四人で寝るようだが、何故か布団に入った途端にホルモンバランスが悪くなる。

「にーしゃん…………」

「オーキッドはちゃんと父さんの隣にいるぞ」

確かにオーキッドは父親の隣にいる。

自分も父親の隣だ。

オーキッドの隣に父親、父親の隣に自分、自分の隣に母親。つまり自分は両親に挟まれている。しょうがないので、父親の上を這ってオーキッドの許《もと》へ行こうとしたのだが、何故か阻止される。

「はいはい、落ち着こうな。オーキッドは同じベッドにいるから安心して、父さんと母さんの間で寝るんだぞ」

何度も父親という壁をよじ登り、オーキッドの許《もと》へ行こうとしたのだが、片手で簡単に元の位置に戻されるのだ。

「うぇっ　ひっく　ゔぅぅ　とーしゃん　にーしゃん　かくす　めっよ！」

思い通りにならないので、また癇癪が始まろうとしている。

幼児の体に心まで引っ張られてしまう。なんとか踏みとどまろうと頑張ってはいるのだが、上手くいかない。

「しょうがないな。オーキッド、尻尾だけピアニーに握らせてあげてくれ」

布団の中をスルスルと移動し、よく知った感触の物が手元に届く。

「しっぽ　しっぽ！」

尻尾をしっかりと掴み口元に当てると、心なしか癇癪が落ち着くような気がした。

「今日は尻尾を握っていていいぞ。明日はもうちょっと頑張ってみような」

明日はもうちょっと、ということは、明日も寝る練習をするつもりだろうか。

「れんしゅう　ちない　も！　ひとり　だーじょうぶ　だも！」

一人で寝られると何度も言っているのだが、再度言う。

しかし全然信じてもらえず、父親にはヨシヨシと頭を撫でられ、あまり気分が晴れないまま寝たのだった。

そのせいか朝の目覚めがあまり良くなかった。

眠たいからといって不機嫌になることはないのだが、ボーッとしてしまいスッキリしないのだ。

お陰であの不思議な現象がまた起きたのに、何故そうなったのか視認することができなかった。

そう、気がつけば洗面桶の中にオーキッドの尻尾が入っている。

「‼　にーしゃん　の　しっぽ⁉」

とりあえず尻尾がまた桶の中に入ってしまっていることを、指を差してオーキッドに教え、桶から尻尾を救済する。

もう一度桶の中を確認し、なにも入っていないことを確かめてから顔を洗って朝の身支度を整えたのだった。

今日も朝からモリモリ食べる。

自分でも驚くのだが、大人と同じ量をペロリと食べてしまう。

錬金術は魔力を練るときに莫大なエネルギーを使うようで、錬金術師はそれに耐えられるように体ができているらしく、普段からよく食べるタイプ、もしくはよく寝るタイプ、またはその両方の混合タイプがあるようだ。現在自分はどちらかといえば、食べるタイプだ。驚くほど食べるので、完全に食べるタイプと言いたいのだが睡眠もよくとる。なので、食べるタイプよりの混合タイプなのかもしれない。

ただ、幼児の体のため睡眠が体力的に必要なだけで、成長すれば食べるタイプのみになることも考えられる。

朝食はシュロートブロート《ライ麦パン》にレチョーをたっぷりのせたのと、マッシュポテトにコンソメスープだ。いつものようにオーキッドに上膳据膳で食べさせてもらう。

自分が食べたあとは、オーキッドの食事の邪魔にならないように膝の上で大人しくするのだが、今日はちょっと眠くてウトウトしてしまった。

「ピアニー、僕と父さんはもう行くから、いってらっしゃいしてくれる？」

朝食後、少しウトウトしていただけのはずなのだが、気がつけばオーキッドに抱っこされて玄関にいるではないか。

ウトウトではなく、かなりしっかりと寝ていたようだ。

「て　らっしゃい　がんばる　ちて」

二人を見送ってから、母のあとを歩きリビングに戻ろうとしたときに肩がスースーしたので気がついた。

「!!」

「あらぁピアニー、どうかしたぁ？」

「かーしゃん　にーしゃん　の　まんと　が　ない」

いつも学校に行く前に、オーキッドの着ているパジャマを肩に掛けられるのだが、今日は寝ていたせいでパジャマがない。落っことしたのかもと、後ろを確認してもなにもないのだ。

「…………」

「あらあらぁ、泣かない泣かない。大丈夫よぉ、ちゃぁんと預かっているわぁ」

母親をよく見ると、手にオーキッドのパジャマを持っている。

「にーしゃん　の　まんと！」

「そうよぉ、オーキッドのパジャマよぉ。はい、じゃぁいつものように肩に掛けましょうねぇ」

母親が自分の前にしゃがみ、フワリとオーキッドのパジャマを肩に掛けてくる。

「かーしゃん　どもちゃい」

何故肩にパジャマを掛けられるのかは不明だが、着させてもらっているためいちおうお礼は伝える。

いつものように肩にパジャマがあるだけで、スースーとした感じがなくなったのだった。


「どうして不良になると思ったのさ？」

「ほるもん　が　わるい　こ　する　ちてる　とっても　こまる　ちてる！」

「オーキッドがもうすぐ野営訓練で外泊するから拗《す》ねているのよぉ。困っちゃうわぁ、本当にごめんなさいねぇ」

「…………ちあうも　ほるもん　だも」

今日も中庭でセロトニンを分泌すべく真剣にパラパラを踊る。踊っていたら手拍子が聞こえたため振り向くと、錬金術の家庭教師チャイブ先生だった。

昨日の家庭教師と同じように祈祷かと聞かれたので、同じように不良にならないために必要なことだと説明したのだが、母親は拗ねているだけだと言う。イヤイヤ期なので、拗ねていると思われるのもしょうがないが、オーキッドの野営訓練とはまったく関係がないはずだ。

「そういえば、討伐隊が順調で街の外がとても安全だと中央の誰かが言っていた。確かにこのタイミングで訓練するのは良いかもしれないさ」

いつもどれくらい街の外が危険なのかは知らないが、チャイブ先生の口ぶりからして街の外が安全なのは周知の事実なのだろう。

「待っているだけだと寂しいのなら、なにか野営で活用できるものを作るってのはどうだろうか？」

食材等は現地でどうにかするらしく持って行っては駄目だと聞いた。

そうなると野営で活用できそうな物といえば、ポーションくらいしか思い浮かばない。しかし低級ポーションは武器帯に付いているバッグに誰もが携帯している。現在安全なら中級ポーションは不要だと思うのだが、念のため作って渡したほうが良いのだろうか？

「ぽーちょん？」

中級ポーションかと聞いたのだが、怪我《けが》をしたときに飲むのはポーションが一番良いが、飲めない状況のときに役立つ物はどうかと提案される。

「よくあるのが、戦っている最中さ」

魔物と戦っているときに、軽い毒を喰らったり裂傷や打ち身などがあったとしても、なかなか自分では隙を見てポーションを飲むことは難しい。

回復師がいればいいのだが、いない場合も多々ある。そういったときは仲間がアンプル瓶ごとポーションを投げつけたりするそうなのだが、アンプル瓶は頑丈にできているので投げつけたぐらいでは割れない。そのためポキッと割ってから投げつけるのだが、薬液が飛び散ってしまい必要な量が浴びられないらしい。

「安全とはいえ、まったく怪我をしない保証はないのさ。使わないのが一番だが、使用したら感想も聞けるしさ。大好きな兄さんのために頑張ってみるのはどうだろうか？」

「にーしゃん　けが　したら　たいへん！　がむばる　する」

研究時間はたっぷりとは取れないが、既存の物を改良してみるのも良いし、なにより錬金術は楽しいので挑戦してみることにする。

「これで少しは、ご機嫌が直るかね。まぁほんの少しだろうがさ」

「助かるわぁ。普段はまったく我《わ》儘《まま》言わないのに、オーキッドのこととなるとねぇ」

チャイブ先生と母親が世間話をしている様子が目に入ったのだが、自分はどんな物を作ろうか考えることに夢中になっており、会話の内容がよくわからなかった。

チャイブ先生とも相談し、やはり一から作るのは時間的に足りないので、既存の物を改良することに決めた。

自分が目を付けたのは、サラシだ。

もちろん只のサラシではない。なんと言うか、妖怪の一反木綿《いったんもめん》のようなサラシだ。別に生きている訳ではないのだが、魔法のサラシなので目的に向かって飛ばすことができ、飛ばした先で自然と巻き付くようになっている。大きさや長さも様々あり、敵を捕縛する目的で使われたり、戦っているときの止血目的で味方が仲間に投げ付けたりする。

わりと使い勝手が良く活躍するのだが、薬品はなにもついてないので今使われているサラシは傷の部分に巻き付けたとしても治療はできない。

サラシは熱に強く吸水性もあり通気性も良いので、ポーションを染み込ませて持ち歩けるようにしようと考えたのだが、効果の良いポーションになればなるほど揮発性が高いため、ただ染み込ませるだけでは長時間の携帯には向かないし、防水の袋に入れなければならなくなりそうで、早々に違うやり方を考える。

しかし新たな薬を考えるには時間がないし、ポーションはとても便利で優秀なので使いたい。

塗布薬をサラシに塗っておくことも考えたのだが、サラシに上手く塗り込めないのだ。そこでポーションを練り物っぽく、もしくは練り物に混ぜてみようと思い付く。

低級ポーションの改善のときも食べ物（干し柿）の方法で成功したので、まずは食品を使うことにした。母親に断りを入れキッチンの材料を物色する。家捜《やさが》しだ。

「かーしゃん　こりぇ　ちょうだい　する」

「いいわよぉ。でもソレ小麦粉とビネガーよ？」

そう、小麦粉と酢だ。

実は小麦粉と酢を混ぜ合わせると簡易湿布になる。これはサラリーマンとして暮らしていた時の知識だ。

かつての自分は子供の頃に手首を挫《くじ》き普通の湿布をされたことがあるのだが、気になって取ろうとした。ただ片手しか使えないので、口も使って包帯を取り湿布も剥がそうと試みたことがある。それを見た親が、湿布剤を食べてしまうかもと思ったらしく、口に入っても大丈夫なこの小麦粉と酢の湿布に変えたのだ。

同じ材料（素材）なので湿布の効果があることは間違いないだろう。

ただ、ポーションが上手く混ざるか、またサラシと相性が良いかが問題だ。とりあえず、小さい錬金釜に小麦粉と酢を入れかき混ぜる。

「やっぱりビネガーは鼻と目にくるわぁ。ピアニーはオーキッドに夢中過ぎて平気なのね」

確かに酢をずっと嗅いでいるとつらい。

自分は研究に夢中になっていることもあるのでそこまでつらくはないものの、見知った食材を使っているからか興味を持ち側で見ている母親は酢にやられて目をシパシパさせキツそうだ。

ある程度小麦粉と酢が混ざったところにポーションも入れていく。

この配合が少し難しい。入れ過ぎると水っぽくなり過ぎるし、酢やポーションを控えめにするとダマになる。ただ、チャイブ先生がゴーグルのような鑑定器で調べた結果、ベチャベチャやダマダマのままでも炎症や傷などに多少効果がある薬剤にはなっていると教えてくれた。

とりあえず、ちょうど良い固さがどの割合なのかを突き止めなければならない。

ポーションが少ないと効果を得にくい。だからと言って酢を抑えて、ポーションを多めに入れても小麦粉と上手く混ざらないし、湿布としては効果が出にくくなる。

オーキッドが野営訓練という名のＢＢＱ付きキャンプに行くまでもう少しだけ日数があるので、それまでに配合を成功させ、サラシと作った薬剤を融合させなければならない。

「きあい　いれる　する！」

研究でまた忙しくなりそうだ。

「随分気合いが入っているみたいなのさ…………」

「えぇ、オーキッドのことになるとねぇ……。今後も訓練等で連泊することが出てくるかもしれないのにぃ、どうしましょう」


「にーしゃん　ちゅかまえる　した！」

サラシは目的に向かって飛ばすことができ、飛ばした先で勝手に巻き付くと教えてもらっていた。椅子などに向かって何度か試してはいたのだが、生きているものにもちゃんと巻き付くのか確認してみたかったのだ。

「魔法のサラシ？　今度はサラシの研究を始めたんだね」

「にーしゃん　くんれん　まにあうように　がむばる　する」

「そんなに頑張ってくれるなら、野営訓練がとても待ち遠しくなりそうだよ」

「あらあらぁ。オーキッドにもサラシ飛ばしたのねぇ」

実は椅子だけでなく、母親にもサラシを飛ばしていたのだが、届く前にコロコロと床に転がったり、申し訳程度に母親の足に巻き付いたりとあまり納得の行く結果ではなかったのだ。

そこで何度も練習して、今度こそはとオーキッドが玄関でクリーンをかけているときにソロリと近づきサラシを飛ばしてみたところ、胴体には届かなかったが、左太ももにしっかりと巻き付き大成功したのだった。

これは決して遊びではなく、サラシの具合を確かめるため。もちろん、サラシは只のサラシで薬剤はいまだ研究中だ。

家族四人で寝るようになり、現在四日目の夜。

いつものルーティンを済ませて大人しく布団に潜り、オーキッドの尻尾が届くのを待つ。

「ピアニー、今日からは尻尾はなしだ。その代わりコレを渡そう」

父親が渡してきたのは、オーキッドが日中着ていた上衣だった。

ここ最近は日光に当たりながらのパラパラダンスと、研究に没頭していたおかげでホルモンは安定していたのだが、今、急に悪化する。とりあえず渡された上衣を握りしめ、父親の上をよじ登る。

ここをよじ登ればオーキッドが見えるはずだ。

「にーしゃぁん」

オーキッドが寂しくならないよう、声を掛けて側に行ってあげようとしているのに、父親に元の位置に戻される。

「落ち着け、落ち着け。ソレは持っていていいから、大人しくここで寝るんだぞ」

何度もよじ登ったのに、その度に元の位置に戻されるのだ。

「むぅぅぅ」

「あらあらぁ。そんなに怒っちゃったら、疲れちゃうわよぉ」

母親も宥めてくるのだが、もう悪くなってしまったホルモンバランスはどうすることもできない。

「おっき　ちたら　ふりょー　に　なる　ちてる　もひかん　に　なる　ちてる！」

癇癪が収まらず、プリプリ怒りながらオーキッドの上衣を口に咥え、捨てゼリフを言ってから寝たのだった。


「もひかん　に　なる　ちてない」

昨夜は睡眠の質が悪かったのか、今日の目覚めは最悪だ。

こんなに気分が晴れないので、やはり不良になっているのかもと、髪の毛を確かめてみるも、モヒカンスタイルにはなってなかった。

「大丈夫、寝癖はついてないよ。もうすぐ朝食だから着替えちゃおうね」

いつものように、少しだけオーキッドに手伝ってもらい、身支度を整え朝食を食べる。

今日の朝食は、カリカリに焼いたベーコンに薄いパンケーキ、グリーンサラダにトマトのスープだ。

寝不足気味だが、今日も朝からたっぷり食べる。洋食のメニューが多いのだが、お米もあるし味噌や醤油も普通に家庭に常備されている。日本人の頃と食がほどんど変わらなくて大変ありがたい。

まだ少し眠たいが、朝食もたっぷり食べてホルモンも安定している。さらに安定させるために、日光に当たりリズミカルな運動、ここ最近毎日しているパラパラダンスをするべく中庭に出た。

「なるほど！　これが最近しているダンスだな。やっぱりダンスしたいのか？」

「りずみかる　な　うんどう　で　せろとにん　いっぱい　だす　する」

今日は休日で家族全員揃っている。

中庭でパラパラを始めると、父親とオーキッドが手拍子をしてくれたので調子が上がり、いつもよりキレの良いダンスができた。

「セロトニンを出す？　あぁ、リズム運動のことか。歩いたり、走ったりするのが良いって聞いたことがあるな」

「…………」

「ん？　どうした？」

「だ、だんす　ちあう　の？」

セロトニンを分泌するのは、日光に当たりリズミカルな運動《テンポの良いダンス》が必要だと記憶していたが、父親が言った通りリズミカルではなく、リズム運動——一定のリズムで同じ動作を繰り返す運動——だったかもしれない。

言われてみて思い出したが、確かにダンスも間違いではない。しかし動きのある運動だけではなく、座禅やヨガなど呼吸法が大切な運動でも良かったはずだ。

そう、護身術の家庭教師が教えてくれている柔軟や太極拳のような動きでも十分で、わざわざ中庭に出てパラパラダンスをする必要はなかったのだ。

なんだか急に恥ずかしくなってきてしまった。

とりあえず、久し振りにオーキッドの洋服の中に隠れることにする。

「あらぁ、オーキッドの上衣に入っちゃってぇ。頼まれていた物ができたわよぉ」

母親が笑いながら話しかけてくる。

実は先日、母親にお願いをしていたのだ。

小麦粉、酢、ポーションの配合は上手くできたのだが、サラシに融合しようとすると薬剤が垂れてきて上手くいかない。それを錬金術のチャイブ先生に相談すると。

「生地に特殊な染料で染めた糸で、魔法陣を刺繍することをお仕事にしている方がいるじゃないのさ」

と言われ、母親の仕事を思い出した。

母親に尋ねると、サラシにももちろん刺繍ができるとのことで、除菌・抗菌・殺菌をし、さらに片方の面だけ撥水加工をしてもらうようにお願いしたのだった。

「かーしゃん　もう　できる　したの？」

昨日頼んだのに、もうできたと言われビックリしていると、母親がサラシを広げて見せてくれた。

確かにちゃんと刺繍してある。

「えぇ。染め色もこだわらないって言われていたし、デザインもまったく関係なくただ除菌・抗菌・殺菌と撥水をするのなら、一度に多くを仕上げることができるのよぉ」

糸の染め色や生地のデザイン刺繍の配置などこだわりがあると、一つ一つの作業に時間がかかる。特に刺繍の色や配置、デザイン等が複雑になると、どうしても手作業をする箇所が出てきてしまう。しかし、今回はデザインについては重要視せず効果さえしっかりしていれば大丈夫と伝えてあったので、まとめて魔法で縫ったと言うのだ。

糸を通した針を三十針程度用意し、同じようにサラシを三十枚用意し、魔法で一度に全部を縫っていくらしい。

よく手でチクチク縫っている姿を見ていたので、それが普通だと思っていたら、どうやら手縫いする商品は、複雑なデザインが必要な高級品だったようだ。

「ピアニーの御依頼通りにできていると思うけどぉ、ちゃんと確認はしてほしいの。オーキッドの洋服から出てきてくれるかしらぁ？」

そう言えば、まだオーキッドの上衣の中にいた。

サラシの状態を見るために、二人羽織のように顔だけピョコンと出している状態だ。上衣の中は意外と居心地が良いのだが、自分が母親にお願いをした商品なので、ちゃんと確認するため、オーキッドの上衣から出てサラシを受け取る。

片側だけ撥水加工を施してあるが、生地はゴワゴワもザラザラもしておらず通気性の良さそうな柔らかい手触りのままだ。

刺繍も魔法で一度に大量にしたとのことだが、触っても糸が引っ掛かることなどなくとても滑らかな刺繍になっている。

「かーしゃん　どもちゃい　なむなむ　して　よかった　なの」

あとは錬金術のチャイブ先生と相談しながら、サラシと薬剤を融合させるのみだ。

頑張ればオーキッドの野営訓練に間に合うだろう。

「うふふ。どんなのができるのか楽しみだわぁ。初めての共同作業よぉ」

「ピアニー、父さんもなにか手伝うぞ。なんでも言ってくれ」

母親の共同作業発言に反応した父親が、なにかすることはないかと聞いてくれる。

「糸染めはできなくとも、決まった模様の魔法陣ぐらいは刺繍できるかもだぞ」

「とーしゃん　ぼたん　つける　ちっぱい　して　かーしゃん　めっ　したの　みる　ちた　むりなの」

父親からの申し出はありがたいのだが、ボタン付けをしようとして、やり直しばかりした結果、ついには針の刺し過ぎで布に穴をあけたのを知っている。

「だから、やるって言ったのにぃ。生地に穴があいてボタンが付けられないわぁ」と母親に注意をされているのを見たことがある。

だから首を横に振りながら、得意じゃなさそうなので無理はしないでと丁寧に断ったのだが、何故か父親は肩を落として寂しそうにしていた。

今晩も身長を測ってもらう。しかし身長計の印に心を奪われていると、父親に後ろから抱えられ、寝室に連れていかれるということが連日起こっている。

身長計は壁に立て掛けてあるので前から確認すると印が見やすいのだが、後ろから抱えられるおそれがあるので、確認しづらくはなるが自分の背中を壁にピッタリと付け真横から印を見ることにした。

「じぇんじぇん　のびる　してない」

壁に背中を付け横目で印を確認するが、昨日と同じ場所だ。

昨日どころか、ずっと同じ場所で一ミリも変化がないように思える。

「毎日確認しても変化はないかもね。でもちゃんと伸びるから安心して？　そろそろ寝る時間だよ」

変な格好で確認していたのが可笑《おか》しかったのか、クスクス笑うオーキッドに抱っこ紐で抱っこをされる。

今日は父親ではなく、オーキッドに抱っこされた。なので寝る練習は終了し、自分とオーキッドの部屋に行くものだと思って大人しくしていたのだが、連れて来られたのは両親の寝室。

「わにゃ　だった！」

凄く騙された気分がする。

今日は夜のルーティンはせず、力の限りオーキッドにしがみついていようと思う。

「ピアニー、それじゃあ練習になんないぞ。いい加減諦めてオーキッドから離れような？」

父親が自分の腰辺りを掴み剥がそうとしてくる。

それでもオーキッドのパジャマをギュッと握っていると、今度は指一本一本をペリペリと母親が剥がそうとしてきた。

「とーしゃん　かーしゃん　が　おでぇ　を　あくのみち　に　どうじょ　ちてる　もひかん　なる　する　も！」

「ピアニーの髪の毛が逆立ったらぁ、家族皆で同じ髪型にするから安心してぇ」

家族全員がモヒカンだなんてシュール過ぎて、大変嫌な絵面だ。

可笑しなことを言う母親のせいで、パジャマを掴んでいた指に力が入らなくなってしまい、オーキッドから剥がされたのだった。

「今日は必殺技の練習と、ワンドの練習はしなくていいのか？」

いつものルーティンをしなくても大丈夫かと父親に聞かれるが、首を横に振り、オーキッドの上衣を咥えながら大人しく布団に入る。

「なんだ、今日はしないのか。可愛かったのに残念だな」

父親が、毎日の鍛錬をサボることをとても残念がっている様子だが、とてもそんな気分ではない。

明日も間違いなく睡眠不足になるだろう。

「…………」

布団に入ってから、どれくらいの時間が経ったのかはわからないが、眠りが浅かったようで目が覚めてしまった。

とりあえず父親の腕をツンツンし、起きないかを確認する。

同じように母親の腕もツンツンし、起きないかを確認した。

どうやら二人ともよく眠っている様子だ。

「もひかん　に　なる　ちない　ため　ひちゅよう　な　こうどう　だも」

時代劇でよく見る御代官様のような悪いことをしている気分になり、心の声が少し漏れて独り言を言ってしまったが、モヒカンにならないためには必要な行動だと自分に言い聞かせ、ソロリソロリと父という名の壁をよじ登る。

「にーしゃん　いる　した！」

思わず声が出そうになったが、グッと抑えて先ほどよりももっと慎重に移動し、オーキッドと父親の間に潜り込む。

これで自分の髪型は守られるはずだ。

「うん……ピアニー？」

静かに行動していたのだが、オーキッドを起こしてしまったようだ。

「眠れない？」

来ちゃったのかぁと言いながら、オーキッドはおデコに軽いキスをしてくる。

「だーじょぶ　もう　ねる　できる」

「そうか、そりゃ良かった。こっちに来ような」

後ろから声が聞こえたと思ったらフワリと体が浮かび父親と母親の間に戻されてしまった。

「あらあらぁ、寝相が悪いのねぇ。ぎゅっとしていてあげましょうねぇ」

「そうだな。ぎゅっとしていてやろうな」

父親も母親も自分の腰にしっかりと手を回してきた。

「むぅぅぅ」

せっかく時間をかけて父親をよじ登りオーキッドのところまでたどり着いたのに、一瞬で元の位置に戻されて、とても納得がいかない。しょうがないので、両親には必殺技を披露してもらうことにする。

必殺技と言っても女豹のポーズではない。

自分で編みだした新しい必殺技だ。一度も試したことはないが、もしかしたらできるのではないだろうか？　と思っていたことがあるのだ。

今こそ試すときが来たのだろう。

アイテムボックスよりワンドを取り出す。ワンドは今のところ如意棒にはならないし変身もできないが、コレができれば間違いなく女豹のポーズのような必殺技になるはずだ。

自分は必殺技がまだ一つしかないので、どうか成功してほしいという強い思いでワンドを掲げた。

「にーしゃん　ちょーかん！」

初めての召喚だし、一度では成功しないのかもしれない。

気を取り直して今一度ワンドを掲げる。

「にーしゃん　ちょーかん！　ちょーかん！」

「オーキッドは父さんの横に召喚されているから、安心して寝ような。ほら、ワンド仕舞って」

「ちあう　ここ　に　ちょーかん　だも！」

自分の隣を手でポンポンと叩き、ここに召喚するんだと父親に教えてあげた。

「…………はぁ、仕方がないな。オーキッド、悪いが尻尾をこちらに貸してくれ。ほらピアニー、尻尾が召喚されたからワンドを仕舞って寝るぞ」

先ほどポンポン叩いたところに、オーキッドの尻尾が届いた。

これは、召喚が五十パーセントくらい成功したと言えるのだろうか？

少し複雑な気分で尻尾とワンドを交互に見ていたのだが、ワンドを仕舞わないと尻尾は渡さないと父親に言われたので、さっさと仕舞って尻尾を手にしたのだった。

「ちょーかんは　できる　ちた　もっと　できる　する　ため　たんれん　ちないと」

「尻尾が召喚されたなんて言うからぁ、信じちゃったわぁ」

「ぐっ。ピアニー、遅いからもう寝ような」


昨日夜中に起きてしまったこともあり、今日も寝不足である。

朝食を食べながら少しだけオーキッドの膝の上で寝てしまったようだ。おそらく五分程度だと思うが、ハッとして起きたときに口の中に食べ物が入っていたのでとても驚いた。


今日も休日なので家族が揃っている。

自分はセロトニンを分泌すべく、日光を浴びに中庭に出た。

しかし、パラパラなぞはしない。リズミカルな運動をしなくとも、呼吸を意識して動き、日光を浴びれば良いのだ。

腹式呼吸を心がけて、呼吸を整える。アイテムボックスからワンドを重々しく取り出し、右手に持つ。魔力を練り、ワンドを持った右手を掲げて、丹田《たんでん》を意識しながら呪文を言う。

「にーしゃん　ちょーかん！」

スマートにポーズを決めながら呪文を唱え、自分の周りを確認してみる。

確かにオーキッドは側にはいるのだが、先ほどから位置が変わってない。これでは召喚に成功したのかわからないので、オーキッド以外を召喚することにしよう。

「とーしゃん　ちょーかん！　かーしゃん　ちょーかん！」

両親はリビングで話をしており、近くもないし遠くもない距離にいる。

やはりこれでは成功しているのか、五十パーセント程度成功なのか、もしくは失敗なのかわかりづらいので、もう少し遠い人を召喚してみることにした。

「マシュタ　ちょーかん！」

誰も来ないので、呼吸を整えもう一度。

「マシュタ　ちょーかん！」

呪文を言い終えたときに、ドアノッカーの音が聞こえてきた。

「!?　にーしゃん　マシュタ　ちょーかん　した　かも」

急いでオーキッドに抱っこしてもらい、玄関に行く。

期待を込めてドアを開けると、そこには冒険者ギルドマスターがいるではないか。

「マシュタ！」

召喚が大成功したのだ。

「よぉ。休みのところわりぃな」

「このタイミングで来るなんて、タイミングが良いのか悪いのか……」

オーキッドは何故か冒険者ギルドマスターの顔を嫌そうに見ていたが、とりあえず「どうじょ」と招き入れたのだった。

「とーしゃん　かーしゃん　マシュタ　ちょーかん　くる　した」

「おぅ。今のチビのブームは召喚師か？」

「マシュタ　おでぇ　が　ちょーかん！」

「そうかそうか、喚《よ》ばれてやったぜぇ」

自分から見ても常に忙しそうな冒険者ギルドマスターを召喚したのだから、できる範囲でおもてなしをしようと考え、まずは座ってもらうことにした。

次に母親のあとについてキッチンへ行く。

「かーしゃん　ちゃー　だす　する」

「あらぁ、できるかしらぁ」

母親は少し心配ぎみだが、ちゃんとおもてなしをするのだと説明し、自分がトレーにのせて持って行く。かなり慎重に歩いたのだが、紅茶がトレーに少しこぼれてしまった。しかしカップにはまだ半分残っているので十分飲めるはずだ。

「どうじょ」

　こぼれてしまったので、カップとソーサーが濡れている。しょうがないのでトレーごと冒険者ギルドマスターに出すことにした。

　冒険者ギルドマスターは自分に召喚されたはずなのに、用事があって自ら来たと言う。

　用事というのはほかでもない、七色の実の報酬の件だ。

　定期的に七色の実の依頼があるのだが、素材をもらっても消費しきれずアイテムボックスの肥やしになるので、この頃では足りなくなった素材、もしくはよく使うアンプル瓶などを貰うことにして、あとは貯金のように貯めてもらうようにしており、珍しい素材や本が手に入ったときに受け取るようにしている。

　それと自分の衣類。こちらの子供服ではサイズが合わないので、もうずっとオーダーなのだが、何度お願いしても冒険者ギルドマスターの感性でデザインされてしまう。子供服とはいえ、もう少し色使いなどワイルドにしてほしい。

　もしかしたら、冒険者ギルドマスターは見た目に反して可愛らしい物が好きなのかもしれない。

　今回は絵付きの植物図鑑を持ってきてくれたのだが、仕掛け絵本のように魔石が付いている。魔力を練って魔石に触れると、開いているページの絵がゆっくりと回り出す。植物によっては反対側がまったく別の色だったりするので、根まで浮かび上がり回転して全体が見えるこの図鑑は、とてもわかりやすい。

「マシュタ　どもちゃい！　すごく　いい　ほん」

「あと、コレ置いていくぜぇ」

冒険者ギルドマスターが両親に渡したのは、通常は購入しなければいい冒険者ギルド行きの手紙用紙だ。

「錬金術師のチャイブから聞いたが、サラシを研究しているらしぃじゃねぇか。ギルドとしては事前に内容を知りてぇから連絡くれや」

研究を始めたらそれが失敗しようが成功しようが頓挫しようが、とにかく先になんの研究をし始めたのか教えてほしいみたいだ。

「で、チビが手紙を出す場合はコレ押してくれ。チビの字はそのぉアレだ、芸術的過ぎて読めねぇからな」

渡されたのは少し大きめの四角い印鑑だ。薄いアメジスト色で花びらが中に埋め込まれたデザイン。なんと魔力を練って印鑑を押せば良くて、インクは不要だそうだ。

試しに押してみる。『研究始めました。ピアニー』。

「あ、あらぁ。素敵ねぇ」

「ら、楽でいいな」

両親は綺麗なデザインの印鑑を褒めている。しかしこの程度なら書いたほうが早いような気がしなくもない。少し釈然としないが、とりあえず作ってくれたことにお礼を伝えたのだった。

冒険者ギルドマスターは用事が済んだから帰るとのことで、家族で玄関までお見送りする。

ドアを開けると、いつもの場所にウサギが繋がれているではないか。

「マシュタ　の　うちゃぎ！」

思わず指を指してしまう。

なんと自分は冒険者ギルドマスターのウサギごと召喚したようだ。もっと鍛練すれば、自由にいろいろなモノを召喚できるようになるかもしれない。

「しゅごい！」

「好きに召喚できたら素敵だね。ただ、召喚されたほうはもの凄く驚くだろうし、嫌かもしれないよ？」

困ったような、もしくは残念そうな顔をしてオーキッドに言われ少し考えてみたのだが、確かにその通りかもしれない。

いきなり断りもなく喚び出されたら、驚くだろうし怖いと感じるかもしれない。

凄く大事な用件の最中だったかもしれない。

それに、帰りは元いた場所まで一気に行ける訳ではないのだ。手前勝手に召喚するのは、相手にとって迷惑以外の何物でもない。

「うん　にーしゃん　だけ　に　する」

「…………最速で行くように心がけるね」

この必殺技も、オーキッド以外には使えそうもないので、また新しい技を考えることにしよう。

「顔がやつれているように見えるのさ」

錬金術のチャイブ先生は、自分の顔を見るなりやつれていると言ってきた。

それはそうだろう。ここ最近の睡眠不足のせいだ。

昨夜はオーキッドの上衣だけ渡されて、召喚すらさせてもらえなかったのだ。

「すいみん　たりる　してない　こまる　する」

「家族皆で睡眠不足なのよぉ。困っちゃうわぁ」

この頃、母親と言うことが似てきた気がする。

まぁ、一緒に住んでいる家族だし言葉尻など、自然に似てくるのだろう。

「研究に没頭すれば少しは疲れて眠れるかもしれないしさ。サラシの下準備もできているみたいだし、今日はちょっと頑張ってみようかね？」

チャイブ先生の言う通り、錬金術を頑張るとかなり疲れるので自然と眠れるようになるだろうし、ここ二、三日で仕上げてしまいたい。

オーキッドの野営訓練まではあと十日程度あるのだが、試してみて不具合がどうしても出てくると思う。

それに今までのサラシと重さなども異なってくるので、何度か投げて感覚を覚えてほしい。いきなり本番で使用して、明後日の方向に飛んでいったりしたら何の役にも立たないのだ。

まずは一番簡単な方法で、サラシに薬剤を塗ってみる。

母親に撥水加工をしてもらっているので浸透はしないが、薬剤が均一に塗れないし、素人が塗った生クリームみたいな仕上がりになっており、見た目もよろしくない。

次に薬剤の中に撥水加工ではない面を浸けてみる。

包帯みたいに長さがあるので、長い容器が必要になってくるし、場所も必要だ。

それでもなんとか浸けてみるが、注意してないとサラシがズブズブと沈んで全ての面が薬剤に浸かってしまう。

「うーん。やっぱり錬金術で処理しないと駄目さ」

まぁ初めから錬金術を使っていれば良かったのだが、チャイブ先生と相談し、もし今の方法で簡単にサラシに薬剤が塗れるのなら、加工したサラシと薬剤を別々に販売して家庭で必要に応じて作れると思ったからだ。

サラシは洗って何度も使えるので、薬剤さえ上手く塗れるのならとても経済的だ。なによりサラシを大量に作らなくても済む。

「かーしゃん　おしごと　ふえる　しちゃう　かも」

「お母さんにしかできない訳ではないから、そこはギルドと中央に任せればいいのさ」

とはいえ魔法陣の刺繍はできる人もいるが、糸染めともなるとできる人は極端に少ないのだ。

低級ポーションのときのように、爆発的に売れるとは限らないし、そもそも商品として売り出すかもわからないが、先日の冒険者ギルドマスターの様子だととりあえず自分の研究したモノはなんであっても、どっかのギルドでは扱うことになりそうだった。

今後もし商品化したときに母親の負担とならなければ良いのだが。

サラシの撥水加工をしてない面に霧吹きで聖水を吹き掛ける。

瓶に薬剤とサラシを入れ、そのまま錬金術で瓶内を真空にする。

薬剤を蒸発させ、その蒸気が聖水を吹き掛けた部分に付着して元の薬剤に戻る。

こうして錬金術を使って蒸着処理すると、一瞬にして均一にサラシに薬剤が付く。

薬剤の配合を少し変えることが必要だったが、結果的にはとてもスムーズに仕上げることが出来た。


「ただいま」

オーキッドが帰ってきた。

いつものように大急ぎで玄関に出迎えに行く。

「にーしゃん　さらし　できる　した　おなか　すいた　した」

全てのサラシに真空蒸着したので、とても魔力を使ってお腹がペコペコなのだ。

「サラシできたんだね、凄い楽しみだよ。おやつは先に食べなかったの？」

「そうなのよぉ。マドレーヌを出そうとしたんだけどぉ、オーキッドと一緒じゃないと嫌だと言って食べなかったのよぉ」

「そうか、お腹が空いているのに待たせちゃったね。おやつ食べよっか？」

「あーい！」

右手を元気に挙げてオーキッドに応える。

オーキッドが家にいて、なにかを食べたり飲んだりするときは必ずオーキッドの膝の上に抱っこだ。

上膳据膳で食べさせてくれるので、とても楽で自分も気に入っている。

この頃では、抱っこされる前に自らオーキッドの膝に乗ろうと試みるのだが、まだ一人では乗れないので、手伝ってもらっている。

「んー　にーしゃん　おやつ　うまうま」

おやつをモリモリ食べたのに、夕食も食欲が落ちることなくモリモリ食べたのだった。

「ピアニー、手紙はいつ飛ばしてくれても大丈夫だからね。寂しくなったら飛ばしてね」

オーキッドは今日ＢＢＱ付きキャンプに行く。

いちおう学校の野営訓練という名目になっているらしい。

その野営先で、家族より手紙を受け取る訓練があるのだが、手紙を飛ばすほうは何時《いつ》、何通飛ばすのかは決まりがない。

つまり自由に飛ばすことができるのだ。

ただ手紙を受け取る。それのどこが訓練になるのか疑問に思ったのだが、緊張している中に突然自分目掛けて手紙が飛んでくると、魔物と勘違いして走り出したり（逃げる）、剣を振り回したり（攻撃）する者が出るらしい。

突然走り出すのはチームワークを乱す、最悪魔物の群れや崖に向かって行ってしまう場合もあるのでとても危険な行為だ。

剣を振り回すのは言うまでもなく。振り回した者がかなりの剣技を持っていたら止められない場合もある。

今回の訓練では、いつ飛んで来るかは不明で、また一回とは限らないが家族が手紙を飛ばすことはわかっているので、パニックになる者は少ないはずだと父親が言っていた。

「にーしゃん　きを　つける　ちて　すっごい　おてがみ　とばす　する！」

格好いい紙飛行機を折るので期待していてほしいと胸を張り、伝えた。

「僕はちゃんと帰ってくるから、ちょっとだけ我慢だよ？」

自分を見て少し心配そうに言われたのだが、オーキッドの帰る家はココだ。言われなくても知っている。

ただ我慢だよとのことだが、なにを我慢するのか理解できなかったので、首を傾げてみせた。

「なんか全然わかってない気がする。心配だよ」

両親となにか一言二言話し終えると、いつもより少し長いキスを自分のおデコにしてオーキッドはキャンプに行ったのだった。

研究していたサラシはもちろんオーキッドに渡してある。

自宅で何度か投げる練習をしてもらったが、普通のサラシより少しだけ重量があるので同じ感覚で投げると、遠くに飛び過ぎたりスピードが出過ぎたりとほんのちょっと感触の違いがあったもののの、その他の問題は出なかった。

ちゃんとギルドと中央にも試作品を渡している。

今回はオーキッドが野営訓練に持っていくこともあり、少しだが学校にも試作品を渡すことにした。

低級ポーションのように爆発的に売れることはないだろうが、商品としては売り出すようだ。

ただ、今回の試作品はまだどこで作るかを決めてなかったので、サラシ部分は母親に頑張ってもらい、薬剤は自分が作り錬金術で蒸着させた。

母親にはかなり負担をかけてしまったので、試作品の報酬は全て母親に渡し、サラシの刺繍部分の研究費も母親に渡してもらうことにする。

ちなみに錬金術のチャイブ先生はお金や物でもらうより、美名が広まるほうが数倍得になるらしい――前回のポーションのときもそのようなことをチラッと言っていた――

美味しいポーションを売り出すときに自分の名前は出さなかった。自分が作ったと知っているのはごく一部の者のみだ。しかし名前を伏せて、研究者でも錬金術師でも薬師でもない、どっかの誰かが作った新しいポーションだと売り出しても厳しいだろう。そこで『本当かどうかは定かではないが錬金術師のチャイブの弟子が作ったらしい』というハッキリしない噂を中央とギルドで流したのだ。

これにより錬金術師の弟子が作ったのだったらまぁ大丈夫かということで、誰が作ったかは追及されなくて済んでいる。

そしてその噂によりチャイブ先生の美名が広まったようだ。

高名になるとコレを研究材料に使ってほしいと言われ貢ぎ物が増える。またこんなのを研究してほしいと研究費などももらえるようになる。

さらに研究チームに入りたいと言ってくる者や、弟子になりたいと希望する者等も増えるので、一回限りの報酬をもらうよりは断然魅力的だと言っていたが、なんとも腹黒い感じが否めない。

「どうしたピアニー、夕食だぞ」

「…………にーしゃん　まだ　だも！」

「オーキッドは学校の訓練だぞ。今朝お見送りしただろう？」

「…………ちってる」

夕食の時間なのに食べさせてくれるオーキッドがいなかったので、ちょっと言ってみただけだ。

「今日は父さんが食べさせてやるからな！」

「あらあらぁ。普段はオーキッドが甘やかしているからぁ、この機会に夕食も自分で食べられるようになってほしかったけどぉ、仕方ないわぁ」

昼は自分一人で食べているので、匙《さじ》が使えない訳ではない。

ただオーキッドがいれば上膳据膳で食べさせてもらえるので、楽なのだ。

父親と言っても女性だ。女性の膝の上に抱っこされるのはなんともくすぐったい感じがするのだが、食べさせてもらえると言うので素直に従う。

今日の夕食はプルドポークだ。

日本だとバーガーにして食べることが多いとは思うが、こちらではビーンズやピクルスの添え物と一緒に肉が盛り付けられている。

フォークで簡単に肉がホロホロと取れるので、肉といえどもナイフは不要だ。

オーキッドのときと同じように膝に乗り食べさせてもらっているのだが、口の中の食べ物が食べ終わる前に、父親が次の肉を運んでくるのでタイミングが合わない。

さらに自分の口に入るには大き過ぎる塊になっている。とりあえず口に入れてもらい、入らない分は行儀が悪いが手に持ち、食べ終わったら手に持った肉を食べることにしよう。

そんな食べ方を繰り返していたら、手がベトベトになってしまった。

「とーしゃん　て　べっちょり」

オーキッドなら気がついて拭いてくれるのだが、父親は気がついてくれなかったので、訴えてみた。

「あぁ、肉で手がベッタリだ。よしよし拭いてやろう」

父親は存外大雑把だったようで、フキンやティッシュではなく父親のシャツで拭いてくれたのだが、そんなところで拭き取ったら怒られるのではないだろうかと、チラリと母親を窺《うかが》うとバッチリ見られている。

「こらぁ二人とも、洋服で拭いたらだめでしょぉ」

父親と一緒に母親に怒られたのだった。

解せぬ。

いつも夕食後は工房でなんかしらの作業をするのだが、今日は全然やる気が起きない。

木琴も二～三回叩いただけで止めてしまった。

キッチンで夕食の後片付けをしている母親の尻尾を軽く掴んでみたものの、モフモフふさふさして触り心地は良いのだがなんだかちょっと違う。父親の尻尾は凄く短いので、初めから触るのを諦める。

こんな感じで先ほどから落ち着かず、家の中をウロウロしている。

最終的に玄関に近い場所で床に座り、図鑑を見ることにした。

「ピアニー、そんな場所で座って本を見てないで、こっちでみんなで本を見よう」

「にーしゃん　まつ　する」

わざわざ父親が玄関まで来てくれたのだが、首を横に振り断る。

もしかしたら、オーキッドが帰ってくるかもしれないからだ。

「オーキッドは学校の授業で、今日は帰って来られないんだ」

「……………ちってる　も！　でも　でも　かえって　くる　するかも　だも」

「いやぁ、それはなかなか難しいぞ。とりあえず手紙を書いてみないか？」

父親に言われ、重大な任務があったのを思い出した。

オーキッドは、訓練の一環で手紙を家族から受け取らなければならないのだ。その手紙を書くのを頼まれたのは自分だった。

「てがみ　かく　する　かっこいい　ひこーき　おる」

「ピアニー。まだ書くのか？」

自分は今、数通目になる手紙を書いている。

一番初めに書いた手紙は、字が大き過ぎて「にーしゃん」としか書くことができなかった。

しかし、早く飛ばしたかったので、先の尖った細い紙飛行機を作り両親と一緒に飛ばしたのだ。

兄さんという一言だけの手紙ではあんまりなので、今度は言葉と絵を描くことにする。

悪いヤツを退治している絵にしたのだが、文字を書くスペースがなくなってしまった。でもせっかく描いたので捨てるのはもったいない。なので、両親と一緒にこれも飛ばしたのだが、先ほどの細長い飛行機とはタイプの違う、羽根の部分が四角いデザインにした。

次に自分たちの様子も教えてあげようと思い付く。

今日の夕食はプルドポークで、手がベタベタになったこと、父親のシャツで拭いたら怒られたことを書く。

「これはなんだ？」

父親が指したのは、夕食のプルドポークの絵だ。

「ごはん　うまうま」

「そ、そうか……じゃぁ、こっちのニュルニュルしてるっぽいのはなんだ？」

「て」

「手？　手の絵？　なるほど。じゃぁコレはなんの絵だ？」

この手紙には大きく分けて三つ描かれていた。

夕食のプルドポークの絵と、手の絵。

しかし最後父親が指したのは絵ではなく、文字だ。

「にく」

「ええ？　肉だけ文字なのか？　ってかソレも飛ばすのか？」

もちろん、飛ばすために折っている。今度の紙飛行機は羽根の端部分を少し外側に折り曲げているデザインにした。とても格好いい。

何度も飛ばしていると、父親から「まだ書くのか？」と聞かれた。

まだまだ書きたいことはたくさんあるのだが、そろそろ紙飛行機のデザインが尽きる。

「次で今日は最後にしよう。また明日の夜にしような？」

「？」

「あー、明日もオーキッドは帰って来られないんだ」

「…………」

そういえば二泊三日と言っていた気がする。

ＢＢＱ付きキャンプでとても羨ましい。が、先ほども思ったが予定変更して帰ってくるかもしれない。いや、もうすでに自宅の側まで来ているかもしれない。

急いで玄関に向かう。

「ピアニー？　急に走って転んだら危ないぞ」

父親が慌てて後ろからついてきた。

「にーしゃん　さがす　する　あける　ちて」

玄関まで来たものの、自分ではドアを開けることができないので、父親に頼む。

「そうか、そうか。何度でも教えてあげるぞ。オーキッドは今日と明日は学校の授業で帰って来られないんだ。さっき手紙も出したし、そろそろ寝る時間だ」

「にーしゃん　いない　だめ　なの！」

もしかしたら帰ってくるかもしれないのに、待たないで寝てしまうのは可哀想だ。

明日、父親は仕事で母親も家のことがあるので二人には寝てもらい、自分は家庭教師は来るが、学校もないし仕事もないので、比較的暇で昼寝もできる。だから自分は玄関で待っていてあげよう。

「ここ　で　まつ　する」

男らしく仁王立ちし、両手を腰にあてて待つと言い切った。

すると父親は「いやいや、駄目だぞ。寝ような？」と何故かオロオロしている。

「とーしゃん　かーしゃん　ねる　して」

「あらぁあらぁ。駄目に決まっているじゃなぁい。さぁさぁ、寝ましょうねぇ」

自分のことは構わずに、両親は寝てほしいと男らしく伝えていたのだが、母親に駄目と言われたのと同時に後ろから忍び寄り抱っこされた。

「にーしゃん　まつ　する　も！」

「はいはい。我が儘は駄目よぉ。母さんと父さんの言うことを聞きましょうねぇ」

自分の訴えは我が儘だと言われ、聞いてもらえない。決して我が儘ではないのに、解せぬ。

ただここで大人しく言うことを聞く訳にはいかない。何故ならオーキッドが帰って来たときに皆寝ていたら可哀想だからだ。

「きょう　は　げんかん　いる　するの　おかまい　なく　して」

自分は玄関にいるので、構わず寝てほしいと伝えても、両親は納得してくれない。

「一人で玄関なんて風邪を引いたら大変よぉ。我が儘は言わないで我慢しましょうねぇ」

「とーしゃん　かーしゃん　あんしん　する　して？　なむなむ　だも」

オーキッドを一緒に待っていてほしいと言っているのではない。

もしかしたら帰ってくるかもしれないから、暇な自分が待つので、明日も仕事等がある忙しい両親は気にせず寝てほしいと言っているのに、何故わかってもらえないのだろうか。

自分の訴えも空しく、あっと言う間にベッドの上だ。

「ほら、ベッドの上で仁王立ちしてないで、布団に入るぞ」

「あらぁ、召喚は駄目よぉ」

アイテムボックスよりワンドを取り出そうとしたら、母親に止められてしまう。

「マシュタ　する　ない　にーしゃん　だも」

冒険者ギルドマスターを召喚するのではなく、オーキッドを召喚するのだと教えてあげたのだが、それでも駄目だと止められてしまう。

「てがみ　かく　した　も」

羨ましいＢＢＱ付きキャンプでも、名目上は野営訓練なので、いちおう前もって伝えたほうが良いだろうと考え、先ほど書いた手紙の一通に「もしかしたら召喚するかも」と書いておいたのだ。

ちゃんと事前に知らせといたのに、召喚は諦めて早く寝なさいと言われてしまった。

かもしれないという、不確かな知らせだったからオーキッドも準備できてないかもしれない。

明日書く手紙には、召喚するのでよろしくと書くことにしよう。

両親にオーキッドを召喚するのは駄目だと言われたので、しょうがなく布団に入り寝ようと試みたが、全然眠れない。寝られない時の定石である羊は、三百匹くらい数えたのに。

別に明日学校がある訳でも、仕事がある訳でもないので、寝られないからと言って焦る必要はないのだが、いかんせん暇なのだ。

寝ている両親を起こさないよう、ワンドを使っての如意棒や変身の訓練、ポーズを決めなくてはいけない必殺技の訓練は、止めておいたほうが良いだろう。

そこで、布団に深く潜り小声で召喚の練習をすることにした。

ワンドは必要だが、振り回さないようにし、声も小さくすれば両親を起こさず迷惑も掛けない。

寝ている両親に対して、ちゃんと気遣いができているはずだ。

「(にーしゃん　ちょーかん)」

十回くらい唱えたら、オーキッドが召喚されてないか確認するため布団から顔を出す。

もちろん、両親を起こさないように静かにだ。

これを数回繰り返していたら、父親に声を掛けられた。

「ピアニー……」

「とーしゃん　ねる　できる　しないの？　だーじょぶ？　めんたま　つむる　して？」

自分は予定がないが、父親は明日も仕事だ。寝られなければ仕事に差し支えるので、眠たくなくとも目を瞑《つぶ》ることを勧める。

「じゃぁ、ピアニーも一緒に目を瞑ってくれ」

父親より、一緒に目を瞑ってほしいと言われたのだが、只今絶賛召喚中でいつオーキッドが来てもおかしくない状況なのだ。

「いま　むじゅかしい　なの　とーしゃん　おうた　うたう　する？」

目を瞑ることはできないが、子守唄を歌ってあげようかと提案してみる。

「ピアニー。召喚は駄目よぉって言ったわよねぇ」

真後ろから母親の声がするが、なんだかちょっと怖い。

「ちょーかん　する　してない　れす　ねごと　れす」

声の雰囲気に凄みがあったので、つい敬語になってしまった。

あんなに小さな声でワンドも振り回さずに行った召喚だ、バレるはずがない。ちゃんと寝ていて、寝言を言ったことにしよう。

完璧な自己弁護だと思ったのだが「嘘をついたらだめでしょぉ」とさらに声に迫力が出る。

「ワンドをしまって、目を瞑りましょうねぇ」

「かーしゃん　あのね　にーしゃぁ…………」

自分はオーキッドを待つので、お構いなくと言おうと母親のほうを振り向いたのだが、一瞬母親の三角の獣耳が角に見えてしまって言葉に詰まる。

「めんたま　つむる　する」

とりあえず言われた通りに、目を瞑ってさっさと寝ますと宣言したのだった。

何故か少し敗北感を味わったのだが、気のせいだろう。

「ピアニー、朝だぞ。起きられるか？」

父親が頭を撫でながら声を掛けてきたが、目を開けるのがやっとだ。なんとか目を開けて父親のほうを見ると、心配そうな顔で父親も母親も自分を見ていた。

ここ連日睡眠不足だったので心配させたのかもしれない。

大丈夫だと伝えるためにもすぐに起きようとしたのだが、なんとなく体に違和感がある。

この違和感、よく知っているような気がする。

なんだっただろうかと思ったのだが、すぐ思い出した。サラリーマン時代によく感じていた怠《だる》さだ。

そう、体が怠いのだ。

「少しお熱があるのよぉ。神殿か医療ギルドに行きましょう？」

父親も母親も凄く心配そうな顔をしているが、おそらく寝不足で体が疲れていたので、微熱がちょっと出ただけだ。

体は少し怠いがそれ以外の症状はないので、ポーションでも飲んでおけば大丈夫だろう。

「ぽーちゃん　のむ　する　だーじょぶ」

怠いのでノロノロとした動きになったのだが、自分のアイテムボックスより低級ポーションを出してゴクゴクと飲む。味の改良をしておいて本当に良かった。

両親がこんなに心配な顔をしているのに、前のままの臭いならば怠い程度では飲まなかったかもしれない。

空になったアンプル瓶を両親に見せ、しっかり飲んだことを伝えた。

日本にいた頃、よく飲んでいた栄養剤と違い、ポーションは飲んだ瞬間に効果が表れる。飲み干したときにはもうすでに怠さはなくなっていたのだった。

体力のない幼児の体だ。寝不足で熱ぐらいは出るだろう。

先ほど低級ポーションを飲み、回復したので全然問題はない。

「おねちゅ　ばいばい　した　だーじょぶ　おきる　する」

昨日は母親に角が生えたように見え、ちょっとビックリして言う通りに目を瞑ったのだが、召喚が中途半端なままなのが気掛かりだ。とりあえずオーキッドがいないか家の中を巡回しなければならない。

ベッドから降り、まずは二階を見て回ろう。

「おいおい、どこに行くんだ？　起きるなら顔を洗おうな」

振り向くと、父親が桶を持って立っている。

さっきまで、熱を確認するために自分のおデコに手を当てていたのに、いつ桶を持って来たのか、とても素早い行動だ。

父親は顔を洗おうと言い、毎日オーキッドがしてくれているのと同じように、自分の高さに合わせて桶を支えてくれた。しかしちょっとだけ高さが合わない。

まぁ洗えない高さではないので、ちょっと背伸びして桶に手を入れ顔を洗ったのだ。

「ピアニー、それは顔を洗うとは言わないぞ。濡れた手で頬をペチペチ叩いているだけだ」

「にょ？　ばっちり　きれい　なの」

しっかり顔を洗ったのだが、できてないと言われたためもう一度桶に手を入れ顔を洗ってみせる。

「クリーン。袖口が水でビシャビシャに濡れちゃっているな。母さんに怒られないうちに着替えもしてしまおう」

二回も顔を洗ってみせたのに、最後は魔法で綺麗にされた。

しっかり洗えていたはずなのに、ヨダレでもこびりついていたのだろうか。

服もなんとか自分で着て、父親に抱っこしてもらい一階へ下りる。

「あらぁ、靴下が片方脱げているわよぉ？」

どこかに靴下を落としたようだ。

実は靴下を履くのは幼児の小さい手では少し難しい。先ほどもしっかり踵まで上げなかったので脱げて落ちたのだろう。

どこに落としたのだろうかと、父親に抱っこされながらキョロキョロしていたが、階段に落ちているのをすぐに母親が見つけて、自分に靴下を履かせてくれたのだった。

「にーしゃん　が　いい　なの」

昨日と同じで朝食も父親が食べさせてくれているのだが、やはり切り分けの大きさやタイミングが合わないのだ。

「オーキッドは明日じゃないと帰ってこないから、もう少し我慢な」

スムーズに食べられなかったせいなのか、いつもより少ない量でお腹がイッパイになってしまった。

「ん？　いつもより食べる量が少ないぞ。やっぱりどっか痛かったりしないか？」

父親の言葉に、母親も心配になったらしくおデコを触り、熱がないか調べられる。

「んー？　お熱はポーションで下がったようだけどぉ、心配だからやっぱり神殿に行こうかしらぁ」

「そうだな。あとで馬車を手配しておくから念のため行ってくれ」

普段と体調は変わらないと伝えたのだが、家庭教師は申し訳ないがキャンセルして、念のために馬車で神殿に行くことが決まった。

どうぞ、地味な馬車でありますように。

「ピアニー、馬車が来たわぁ。神殿行くわよぉ」

一階を巡回していると母親に馬車が来たと言われる。

二階は巡回できなかったが、呼ばれたので仕方なく母親の許へ行く。

「にーしゃん　は　いない　した」

聞かれていないが、いちおう巡回した結果を格好よく敬礼しながら母親に報告する。

「あらあらぁ。オーキッドを捜していたの？　帰ってくるのは明日よぉ」

「本当にしょうがないわねぇ」と言いながら母親は自分を抱っこして馬車に乗り込んだ。

気になっていた馬車は、丸みのあるフォルムの少し小さめの銀色の馬車で、変な装飾はされてなくひと安心だ。

「かーしゃん　にーしゃん　みえる　する？」

「この馬車は街の外には行かないのよぉ。だから見えないわぁ」

空飛ぶ馬車なので、上からならオーキッドの訓練の様子が見えるかと思ったのだが、残念ながら見えないらしい。

「そんなにしょんぼりしないでぇ。明日には帰ってくるのよぉ？　今日一回寝たらいいだけよぉ」

別にしょんぼりはしてない。それにオーキッドは明日帰ってくると言っているが、今日の夜自分が召喚するので、今夜帰宅予定なのだ。

「にーしゃん　あした　ちがう　きょう　だも」

「もうぅ、本当にオーキッドがいないと駄目なのねぇ。困っちゃうわぁ」

神殿に着いた。かなり久しぶりだが、相変わらずヨーロッパの城のような造りで、窓から入る光が磨きあげられた床に反射して眩しい。

そして以前来たときは気がつかなかったが、広い廊下にはまだ人姿態になれない子供がヨチヨチと歩いていたり、親に抱っこされていたりしていた。

冒険者ギルドのように殺伐とはしておらず、優雅な時間が流れている雰囲気のラウンジには、やはり以前と同じように人がまばらにいる。

「今朝熱が出たのです。ポーションで熱は下がったのですがぁ、人族なのでいちおう連れてきたわぁ」

「お嬢ちゃん。今、痛いところとか気持ち悪いところとかあるかな？」

母親がカウンターにいるスタッフに状況の説明をすると、自分のほうを見ながらスタッフが話しかけてきた。

お嬢ちゃんと言ってはいるが、きっと自分に質問しているのだろう。

「ぴあにー　よんさい　れす　おちょこ　れす」

「あらぁ、ごめんなさいねぇ。ピアニー、自己紹介上手にできているわねぇ。痛いところとかない？　って聞かれてるわぁ。この人に教えてあげてほしいの。できるかしらぁ？」

「おねちゅ　は　ぽーちょん　で　ばいばい　なの　おかまい　なく」

「本当にごめんなさいねぇ。痛がったりはしてないので大丈夫だと思うわぁ」

自分はちゃんと自己紹介をして、熱は下がり心配はいりませんと伝えているのに、何故か母親はスタッフに謝りながら説明を加えている。

「人族ですし、念のためお調べしましょう」

簡単な検査をしましょうと言われ、奥の部屋に案内されたのだった。

それにしても、また女の子と間違われてしまった。

こちらではあまり性別に拘《こだわ》りがなく、自分の思ったように呼んでいいのかもしれないが、お嬢ちゃんと呼ばれたくはないので、やはり自己紹介時には性別の申し出をすることにしよう。

低級ポーションを販売したときに知ったのだが、冒険者ギルドでは、用件毎にカウンターが分かれており、ほぼ全ての用件を専用のカウンターで済ませていた。

ここ神殿では、用件毎にカウンターが分かれるかは不明だが、カウンターで用件を伝えると別室に案内されるようだ。案内された個室に入ると大きな葉っぱがあり、その上にプルルンとした真ん丸なゼリーのようなものが置いてある。

「じゃ、この中に入ってもらうね。痛くないし、息もできるから大丈夫だ」

痛くはなさそうだが、息ができなそうだ。

神殿スタッフに息はできると言われたが、ちょっと信用できなかったので、すぐさま母親の足にしがみつく。

「おかまいなく　なの！　かーしゃん　ここ　ばいばい　する」

「小さい子供は皆コレ恐がるのだけど、本当に痛くないから大丈夫、大丈夫」

ニコニコしながら自分を捕まえようとする神殿スタッフが怖い。

「ばいばい　ばいばい　なの！」

神殿スタッフに一生懸命バイバイと手を振ったのだが、部屋を出ることは許されずヒョイっと抱えられて、そのままトプンとゼリーの中へ入れられてしまった。

「ピアニー、大丈夫よぉ」

びっくりして十秒程度目を閉じていたが、苦しくないことに気がつきそっと目を開けた。

確かにゼリーのようなものの中にいるのだが、息もできるし液体っぽい感じもしない。

無重力空間にふわふわ漂っているような感じだ。そうこうしているうちに、ゼリー全体に魔法陣が浮かび上がっていろいろな色を出して光りはじめた。

「はい、終わりだよ」

入れられたときと同じで、神殿スタッフがゼリーの中にいる自分を抱っこして出してくれる。

「頑張れてぇ、偉かったわねぇ」

「じぇんじぇん　へいき　だも」

ちょっと驚いた余韻が残っており、母親の衣類をギュッと握ってしまっていたが、全然怖くなく平気だったと伝えると、何故か母親は優しく抱っこしてきて神殿スタッフは「それはそれは」と言いながら笑っていた。

「特に病気はないですね。低級ポーションですぐに下がったことからも、もの凄く軽い心因性発熱だと思います」

「心因性発熱？」

「大人の場合はコレになるといろいろ大変ですが、子供の場合はちょっと環境が変わったり、怖い絵本を読んじゃったりと、ほんのちょっとのことで熱を出しちゃう子がいるのですよ」

神殿スタッフが母親に熱の原因説明をして、なにか思い当たることはありますか？　と聞いている。

「大有りだわぁ。大好きなお兄ちゃんが訓練でいないんですよぉ」

「アハハハ、それはそれは。留守が長引くようなら家の中でこの子が一番安心、もしくは安全と思える場所にいさせてあげれば大丈夫です」

なんだか母親と神殿スタッフは難しい話をしていたが、どうやら検査はもうないようだ。

「ピアニーちゃん。お家の中で安心安全な場所にいると良いよ」

最後に神殿スタッフに声を掛けられたのだった。

「大したことがなくて、良かったわぁ」

検査が終わりホッとした様子の母親が、中庭で昼前のおやつを食べようと言ってきた。家を出るときに、検査が無事終わればご褒美としておやつを食べようと約束していたのだ。

普段家族の荷物はオーキッドが持つのだが、今日は母親と自分だけなので、おやつは自分のアイテムボックスに入れてある。

中庭には以前と同じように元気に走ったり、なにが面白いのか木から飛び下りたり、豪速球のボール投げをして遊んでいる子供たちがたくさんいる。

そんな子供たちから離れて安全な場所でピクニックシートを広げ、飲み物とマカロンを出した。

「おぉ！　ピアニーじゃんか！」

母親の胡座《あぐら》の上に座らせてもらいマカロンを食べようとしたときに、自分の名前を呼ばれる。

自慢じゃないが、身体能力が違い過ぎて公園デビューもしてないのでギルド関係の大人しか知り合いがいない。

しかし今自分を呼んだのは子供の声だ。いったい誰だろうか？　と顔を上げると、そこにはマルメロがいたのだった。

「母ちゃーん、こっちこっち！　知ってるヤツいたー」

マルメロが母ちゃんと呼んだ人物は、筋肉マッチョの男性だ。

「とーしゃん？」

「あらぁ、よくわかったわねぇ。父さんと一緒の熊さんよ。白じゃなくて黒だと思うわぁ」

いやそういった意味ではなく、母親じゃなくて父親なのでは？　と聞こうとしたのだ。

筋肉マッチョのマルメロの母親（？）は、人好きのする笑顔で挨拶をしてきた。

「マルメロの母です。御一緒しても？」

「えぇ！　もちろんだわぁ。どうぞぉ」

マルメロの母親は買ったであろう飲み物とサンドイッチをピクニックシートに置き、早速自分の母親と井戸端会議し始めた。

母親たちは井戸端会議に花を咲かせているようだ。

いちおう兄同士が同級生で、以前図書館で会ったことがあるとマルメロが説明してくれた。

「ピアニーは中庭に遊びに来たんじゃないだろ？　神殿か？」

マルメロは人族について少し勉強したのだ、すげぇだろうと言ってきた。

「おねちゅ　ばいばい　した　けど　くる　した」

「お前、四歳なのにあんまり喋れないのな。人族だとたまにそーいうヤツいるって聞いたけど。って熱？　ポーション飲んだか？」

なにを言っている。少し舌ったらずではあるが完璧な言葉を話しているはずだ。相変わらず失礼な感じだが、心配してくれてもいるようなので、全然平気だと答える。

「本当に平気か？　神殿スタッフはなんか言ってたか？」

「うん　にーしゃん《安心安全》　の　よーふく《場所》　の　なか　いる　しなさい　って」

「本当《マジ》か？　熱が出たら兄貴の服の中にいろって、スゲー難しいことさせんだな！　人族ではそれが当たり前なんだろうけど」

「俺なんか兄貴の服ちょっと引っ張っただけで、拳骨《げんこつ》されっからできねーよ、兄貴の服の中より、中庭に穴掘って隠れたほうが安心じゃね？　俺はたまにやるけど母ちゃんが凄く怒るんだよ」とマルメロが言っている。

獣の本能で穴を掘ったり、木の上が安心だったりするのかもしれない。

自分は人族なので、マルメロのように木の上や地面に穴などは掘りたくならない、と言うか素手で地面に穴など掘れない。だから神殿スタッフは、穴を掘る代わりにオーキッドの服の中にいるように言ったのだろう。

「うん《今日は》　むじゅかしい《野営訓練で》　なの《不在》」

「でもよー、お前の兄貴も訓練でいねぇのにどうするんだ？」

「あのね　しっさつわじゃ　つかう　する」

ちょっとだけ自慢げに必殺技を持っていることを伝えると、マルメロも必殺技に凄く興味を持ったようで、どんな必殺技を使うんだと聞いてきた。

「ちょーかん」

「召喚。前に絵本で見たことあるぞ。できるヤツいるんだ、スゲーな」

マルメロは真剣に俺も必殺技を考えようと言い、どんなのが良いと思うか？　など聞かれ、あーでもないこーでもないと楽しく話していたらもう昼前になっていた。

自分たちはおやつしか持ってきてなかったので、名残惜しくも解散することにし、家に馬車で帰ったのだった。


「かーしゃん　おてがみ　かく　する」

昼食のグラタンをしっかりと食べ、一息ついたときにオーキッドに飛ばす手紙の紙が欲しいとお願いした。

「あらぁ、もう書くの？」

『今日夜召喚するのでよろしく』と書くつもりなので、今の時間から知らせといたほうが良いだろう。

「いちまい　だけ　かく　しないと」

とりあえず今は一通だけ書いて、夕食後にまた書くと伝えると、何故か母親は呆れた顔をして手紙用の用紙をくれた。

召喚の件をしっかりと手紙に書き、紙飛行機を折る。

特別な手紙なので、今までよりもさらに格好いい飛行機を折ろうと考えたのだが、自分が考えられるデザインは全て昨日折って飛ばしている。どうしたものかと、ちょっとだけ悩んだのだが、鶴を折ることにした。

「かーしゃん　これ　とばす」

中庭に面してない窓を開けるときは、頼まないと駄目なのだ。

中庭は自由に出入りできるし、中庭から手紙を飛ばすことも可能なのだが、勝手な自分のイメージで外に面した窓からのほうが、手紙が迷わず届く気がする。

「まぁ！　素敵だわぁ」

母親は先ほど折った鶴が凄く気に入ったようで、夜もう一度手紙を飛ばすのであればそのときに折り方を教えてほしいと言ってきた。

別に教えるのは問題ないが、昨日の紙飛行機のほうが格好いいのに何故折り鶴にこの反応？　不思議だ。

「とーしゃん　おかーり　しゃい」

しばらくすると、父親が帰ってきたのでいつものように玄関までお出迎えに行ったのだが、もしかしたら手紙を読んで召喚される前にオーキッドが帰って来るかもと思い、玄関の外を覗こうと試みる。

「おぉっと。外に行ったら危ないから駄目だぞ」

ほんのちょっと確認するだけなのに父親が行く手を阻み、自分は父親の両足の間で塞《せ》き止められた。

それでも外を確認したかったので、父親の両足の間から覗いてみたが誰もいなかった。

今日の夕食は日本で言うところの和食だ。

白米に野菜がたっぷりの味噌汁、それと豆腐とこんにゃくの味噌田楽。自分は絶対に白米や味噌や醤油がないと駄目、というタイプではないが、やはり和食が食べられるのは嬉しい。

夕食後に最大限の魔力を練って召喚をしなければならないので、モリモリ食べる。

「食欲もちゃんと戻ったようだな。神殿から手紙で知らせをもらってはいたが、本当になんともないようで良かった」

「!?　とーしゃん　てがみ　くる　したの？」

「母さんが神殿から手紙を飛ばしてくれたぞ」

一緒にいたから知っているだろう？　と父親に聞かれたのだが、母親が手紙を飛ばしていたことに全然気がつかなかった。

いったい、いつ飛ばしたのだろうか。

「うふふ。ピアニーはお友達と楽しくお話していたから、気がつかなかったのねぇ」

なんとマルメロと話しているときに飛ばしたようだ。

母親同士で井戸端会議をしているだけではなかったのか。

「ちょっと不安になっただけのようだが、今日もちゃんと父さんと母さんが一緒に寝るから安心していいぞ」

「とーしゃん　かーしゃん　いっしょ？」

「そうだぞ。神殿のスタッフが言っていただろう？」

「しんでん　の　ひと　は　にーしゃん　の　よーふくのなか　いる　しなさい　って　いう　した　なの」

　どうやら手紙のやり取りが上手く伝わらなかったようで、神殿スタッフから言われたことを、キチンと正確に父親に教えてあげたのだ。

「そこは、父さんの服の中でもいいと思うぞ」

「またぁ、そんなこと言ってピアニーが信じるわぁ。服の中にいなさいって意味じゃないわよぉ」

　父親と母親が食後に話し込んでいたのだが、自分は食べ終わったので玄関近くに行き、最大限の魔力を練って召喚を唱える。

「にーしゃん　ちょーかん！」

　これだけ魔力を練って唱えれば、ちょっと遠くても寝る前にはオーキッドが召喚されることだろう。

　もしかしたら、もうすでにオーキッドが家のどこかにいる可能性もあるから巡回をして確認しなければならない。

　一階はほぼ仕切りのない開けた空間なので見渡せるのだが、柱や家具に隠れて見えないところもあるので一つ一つの場所を丁寧に巡回する。

まずはキッチンだ。

アイランドキッチンの周りをグルリと一周。

「いじょー　なし　なの！」

指差し確認をして異常なしと声に出す。

母親が夕食の食器洗いをしていたが、もちろん邪魔にならないよう気をつけて確認する。途中ちょっとだけ母親の尻尾も触って確認しておいた。

次に自分の工房。

ここは大きい錬金釜の中に召喚されている可能性があるので、しっかり釜の中まで見る。

こちらも異常はないようだ。そのまま玄関に行くが、まったく隠れる場所がないので軽く見て回り、洗面所の扉を開ける。

洗面所、風呂場と確認し、一階は全て確認済みになった。

「ピアニー、衛兵ごっこか？」

気がつけば父親が後ろから付いてきている。

いちおう、巡回の結果を敬礼しながら報告してみる。

「いない　した」

「そうだな、悪い奴《ヤツ》はいないな。二階も見るか？」

今朝母親は巡回に対して困ったような、呆れたような顔をしていたのだが、父親はとても協力的だ。二階に連れて行ってくれると言うので、お願いして二階の巡回もしたのだがオーキッドはどこにも召喚されてない。

寝るまでにはまだ時間があるが、ここはもう一度手紙を飛ばしておいたほうが良いだろう。

手紙を数通書き終えると、母親がニコニコしながら側に来て鶴の折り方を教えてほしいと言ってきたので、父親も交えて鶴の折り方を教える。

両親はさすが大人というべきか、一回で鶴の折り方を覚えた。

自分が手紙を書き、それを両親が鶴にする。

そんなことを繰り返していたらいつの間にかに三十羽ぐらいの鶴ができているではないか。

「ちょっと作り過ぎだが、もったいないので飛ばすか」

自分と両親で次々と鶴を飛ばすと、まるで鶴が群れで飛んでいるように見える。

「手紙出し過ぎたかしらぁ。野営先で問題にならなければ良いのだけどぉ」

一度に三十通の手紙は確かに少し多いかもしれないが、所詮折り鶴なので両親が心配するようなことにはならないだろう。

手紙には何の問題もなかったはずだ。

「どして　どして　にーしゃん　こない？」

寝る時間になっても一向にオーキッドが召喚されないので、ベッドの上で数十回召喚をしてみたのだが、それでもオーキッドは帰ってこないのだ。

「かーしゃん　とーしゃん　にーしゃん　まいご　かも　たいへん！」

迎えに行ってあげないと可哀想だと訴えたのだが、全然両親の心に響いていないようだ。

それどころか大変なのは自分だと言われ、何故か父親は急ぎ子供部屋に行き、オーキッドの衣類を数枚手に持って来た。

オーキッドのパジャマをシーツ代わりに敷き、その上に寝かされる。さらに右手と左手にオーキッドの衣類を握らされ、体の上にオーキッドの衣類を掛けられてから布団を掛けられる。

「よし！　これで完璧だ」

いったいこれはなんの儀式なのだろうか。

「これでも駄目なら、ちょっと息苦しいかもしれないが、父さんか母さんのパジャマの中で寝ような」

女性のパジャマの中に入るのは、幼児といえどもちょっと赦されざる行為のような気がする。

「はぁ。洋服の中に入りなさいって意味ではないって言ったのにぃ、しょうがない人ねぇ。ピアニー、お熱が少しだけ出てきたみたいなのよ。寝られないようならポーション飲みましょうね」

父親に呆れた様子の母親だったが、熱があるようだと自分に教えてくれたのだった。

熱が出てきたのには気がつかなかった。

それならなおさら寝ている場合ではない。急いでオーキッドを召喚しなくてはならない。

なにせ、神殿スタッフからオーキッドの上衣の中にいるように言われているのだ。

「ちょーかん　する　しないと！」

「ピアニー。寝ましょうねぇ」

「もう　ねる　した　めんたま　つむる　してる　れす」

昨日より一段と凄みのある母親の声に、すでに寝ていますと答えたのだった。

翌朝起きてもオーキッドは召喚されていなかった。

しかも、また微熱があり低級ポーションを飲む。

「(にーしゃん　どこ?・)」

「今日帰ってくるぞ。しかもいつも学校が終わる時間より早く帰ってくるはずだ」

「…………」

「すぐ帰ってくるぞ。ほら、着替えるからバンザイしような」

熱が出たので元気が出ないが、着替えさせてくれるようなのでバンザイをする。

昨日何度も召喚したのに成功しなかったことは少しショックだ。これでは必殺技とは言えない。

熱は今はポーションで下がってはいるが、今朝また発熱したのが何故なのか、思い当たる節がある。

それは神殿のスタッフから安心安全なオーキッドの上衣の中にいるよう言われていたにもかかわらず、召喚に失敗したためできなかったからだ。

これ以上ぶり返さないためにも早く上衣の中に入らなければならない。

「うぅぅぅ　にーしゃぁぁぁぁん！　どごー?・」

「うわっと。よしよし、朝御飯食べような」

いや、今は朝食どころではないのだ。

「ごはん　めっ　にーしゃん　さがす！」

とにかく、外に捜しに行くんだと伝え暴れてみるが、父親は自分を抱っこしたままヨシヨシと言っている。

「ほら、母さんのご飯は旨いぞ。あーんして？」

「ちない　も」

「ちゃんと朝御飯食べて、母さんのお支度待てる良い子ならぁ、オーキッドを迎えに学校に連れて行ってあげるわよぉ？」

「‼　とーしゃん　あーん」

母親の言葉を聞いてすぐさま口を大きくあけた。早く食べてオーキッドを迎えに行ってあげよう。

# 可愛すぎる僕の弟 ――オーキッド――②

学校で野営訓練があると説明を受けた。二泊三日。初めての外泊だ。

通常であれば僕の学年では行わないため、準備期間をたっぷりと用意してくれている。

しかし僕としては、僕の準備よりも、ピアニーの心の準備が必要だと思う。

授業で僕が留守にすることを、ピアニーは理解できるだろうか？　理解できたとして、どこまで頑張れるかなど、考えれば考えるほど心配だ。

とりあえず父さんと母さんに相談してみよう。

「父さん、母さん。今度二泊三日で野営訓練があるのだけど…………」

夕食時に泊まりで訓練があることを話題にしてみた。

チラリと膝の上のピアニーを見ると、全然気にせずモリモリと夕食を食べている。

一方、父さんと母さんは動きを止め、心配そうな顔でピアニーを見た。やはり、僕と同じようにピアニーのことが気掛かりなのだ。

早速父さんが「今日から自分たちと一緒に寝よう」とピアニーに提案してみたのだが、ピアニーは口をモグモグ動かしながらなんでそんなことを言われるのか不思議だという顔で、僕と父さんを交互に何度か見る。

「にーしゃん　と　いっしょ　ねるる」

そう言って僕にピッタリ張り付きながら僕の顔を見上げて、「今日も一緒に寝ようね」とニコニコしている。

　できれば僕も毎日一緒に寝たい。しかし、訓練が始まる前に僕抜きで寝られるようにならなければ、ピアニーが苦労してしまう。

　父さんが、学校の訓練で僕が留守にすることを伝え、両親と一緒に寝る練習をしようと再度丁寧に説明したのだが、ピアニーは僕が夜いないという想像ができないようで、練習なんて必要ないし今日も一緒に寝るんだと提案を断ってしまった。そして自分の寝る練習よりも、僕の訓練の方が気になるみたいで、どんなことをするのかと興味深く聞いてくる。

　簡単な訓練だが、町の外に寝泊まりするため僕が帰ってこられないことを伝えてみたのだが。

「おしょと　で　ごはん　たべる　するの？　ぴくにっく　っていうの　それ！　いっしょ　いったら　めっ　なの？」

　うん。僕が泊まりで帰ってこられないことはまったく理解できてないみたいだ。

　それどころか、一緒にピクニックに行きたいとまで言っている。

「ちょっと寂しいかもしれないけど、すぐに帰ってくるからね？　訓練の一つに、野営中に家族から連絡を受け取るっていうのがあるから、ピアニーが僕宛に手紙を書いてくれる？　残念ながら返事は出すことができないのだけど」

　ピクニックは今度父さんに頼んで連れて行ってもらおうと伝え、訓練で泊まっている僕に手紙を出してほしいとお願いしてみる。

しかし、泊まるというキーワードはスルーされて、手紙を書くことに注目されてしまった。

「夜いなかったことがないから想像できないみたいだな。まぁ今夜からオーキッド抜きで寝る練習をすれば、嫌でも理解できるようになると思うぞ」

父さんが、とりあえず今晩から練習しようと言う。

確かにこの様子だと、理解してからの練習では間に合わないかもしれないので、今夜から始めるのがいいだろう。

「にーしゃん　はかる　して」

この頃ピアニーは身長を測るのを楽しみにしている。

先日まではピアニーの芸術的な落書きの対策として母さんが壁に紙を貼り付けた場所に、印を付けるようにしていた。だが、あまりに毎日測るので同じ場所に印を付け続けることになる。

丁寧に優しく印を付けるよう心掛けていても、紙なので同じ場所に書いていると穴があいたり破れたりしてしまう。

今後は別の場所に印を付けてみない？　とピアニーに聞いてみたのだが、どうやら同じ場所が良いらしい。どうしたものかと少し悩んだのだが、ピアニーがお願いをしてきた当初は柱に印を付けてほしいと言っていたのを思い出し、偽の柱を作れば良いのだと思いつく。

立派過ぎる柱だと、万が一倒れたときに危険なので、薄い木の素材にし、ピアニーが使うからちょっと可愛いデザインにしてみる。

完成した柱をピアニーも気に入ってくれて毎日コレに印を付けているのだが、毎日付けても残念なことに変化はない。

「きのう　と　おなじ　とこ　あしたは　きっと　のびる　してる」

ピアニーは今日もとても真剣に印のチェックをしているが、僕は明日もきっと同じ場所に印を書くことになるだろう。

毎日測っても変化は見られないので、期間を空けて測ることを提案したいのだが、キラキラした目で測ってとお願いされ、いろいろな角度から真剣に印を見つめる姿が余りにも可愛くて、なかなか提案することができずにいる。

今日もやはりピアニーは可愛い。

グラグラと体を揺らしながらも、精一杯背伸びをして真剣に印を確認している。

そんな完全に無防備なピアニーを、父さんは後ろから抱え上げた。

「よし、今日は父さんたちと一緒に寝ような！」

ピアニーは、言われたことをすぐには理解できなかったのか、抱き上げられたまま固まっている。

しばらくピクリとも動かずにいたのだが、先ほど言われた寝る練習が今夜から始まるのだと理解した途端に、父に抱き抱えられたまま手足をバタバタ動かしたり、海老反りをしたりと大忙し。

「にーしゃん　と　いっしょ　だも」

練習など必要がなく僕と一緒に寝るのだと、大暴れしながら必死に訴えている。

「ピアニー、落ち着いて。ピアニーは父さんと母さんと一緒に寝る練習で、僕は一人で寝る練習だよ。寂しいけど僕の練習にも協力してほしいんだ」

「にーしゃん　さみしい　する？」

「もちろんだよ。ただ、どうしても必要な練習だから、ピアニーが頑張ってくれると僕も頑張れるかな」

父さんが抱っこしているので、ピアニーを落とすことはないはずだ。

だが、暴れて壁などに手をぶつけたら大怪我をするかもしれないため、早く落ち着いてもらおうと、顔中にキスをしながらお願いをする。

「にーしゃん　なむなむ　される　した　でも　さみしい　も　いった」

僕からお願いをしてみると、ピアニーは暴れるのを止めてお願いされた内容を真剣に考えてくれているようだ。考え込んでいる隙に、とは言葉が悪いのだが、父さんは階段を静かに上がって行き小声で「おやすみ」と僕に伝え、母さんと一緒に部屋に入っていったのだった。

家では常にピアニーと一緒なので、一人で部屋にいることに違和感を覚える。

物思いにふけっている間に騙し討ちのように両親の部屋に連れていかれたピアニーは大丈夫だろうか？　いつもなら、寝る前に必殺技の練習をしたり、僕の尻尾を丁寧にブラッシングしてくれたりする。そんな当たり前が今夜からしばらくないと思うと、僕も少し寂しいのだが、野営訓練までにはなんとか僕がいなくとも、大丈夫になっていてもらわないといけないのだ。

今夜はピアニーの泣き声が聞こえてしまうかもしれないので、あえて聴覚スキルを完全に無効にすることにした。

獣族には、エルフ族やドワーフ族のように必ず備わっている適正魔法がない代わりに、無音スキル・俊足スキル・察知スキル・嗅覚もしくは聴覚スキルのどちらか、この四スキルが必ず備わっている。

嗅覚もしくは聴覚スキルは、自分の意思でスキルの強弱を変更、または無効にすることが可能だ。特に嗅覚は調節が利かないと、普通の生活が困難になる。

僕は聴覚スキルを持っており、調節しないといろいろな声や音が聴こえ過ぎて、嗅覚スキル同様に生活がしにくくなるので、普段はピアニーの泣き声だけはどんなに小さくとも聞き取れるようにし、それ以外はスキルを無効に近い状態にしている。――スキルを無効にすると、小さい音や声、自分が集中している時など、音が拾いにくくなるのだ。つまりスキルが無いものと同じ程度しか聞き取れなくなる――

普段は、まだ幼く睡眠時間もたっぷり必要なピアニーと早い時間に一緒にベッドには入るが、同じ時間にはとても寝ることができないので、ピアニーを寝かしつけたあとは、ベッドから出ずに本を読んだり、勉強をしたりしている。

何故僕がベッドで過ごしているのかと言うと、ベッドから出るとピアニーが起きてしまうからだ。何度か静かにベッドから出てみたことがあるのだが、必ず気付かれるし、隣に寝ていないと「にーしゃん　どこぉ?」と泣きそうな声を出したこともあったので、悲しくさせるくらいなら、少し不便でもベッドにいようと思ったのだ。

そしていつもならピアニーと一緒にベッドにいる時間なのだが、今日はピアニーがいないので学校から渡された野営のしおりを机で読むことにした。

口頭で簡単な説明は受けているが、詳しくはしおりを読んで準備不足にならないよう言われている。

・食料は現地調達のため、持ち込み禁止（飲料も生活魔法で協力し合って調達すること）
・家族から手紙を飛ばしてもらうようにお願いする（時間、枚数などの決まりはなし）
・武器持ち込み可（必ず手入れはするように）
・低級ポーション必須

などズラズラと記載されている。

最後までしおりを確認したが、野営のために買い足す必要がある物はなさそうだ。

※注意　アイテムボックスを持っている生徒へ。今回は、荷物を持っての行動がどれくらい大変か理解するためにアイテムボックスの使用を禁止とす。

必要な持ち物とは別に注意が記載されていた。

近頃では当たり前のようにアイテムボックスを使用していたので、使えないとなると不便になるなと感じたそのとき。

「ぅえっく　にーしゃぁぁん　ひっく　あける　ちてー！」

ドアの向こうからピアニーの切羽詰まった声が聞こえる。

聴覚スキルを無効にし、さらに真剣にしおりを確認していたので、ここまでピアニーが大泣きしていることに気づけなかった。大失態だ。

スキル無効を解除すると、急いで、けれどもピアニーが怪我をしないように気をつけてドアを開ける。

ドアを開けた途端にパシッと尻尾を握られた。

いつも思うのだが、ピアニーは僕の尻尾を掴むときだけは人族とは思えないぐらい素早い動きをする。今も、こんなに泣いて涙で前が見えないだろうに、尻尾を掴む速さだけはいつもと変わらない。いや、むしろいつもより速いかもしれない。

尻尾を掴んだところで体力がなくなったのか、はたまた安心したのかは定かではないが、ピアニーはしゃくり上げながらその場にしゃがみ込んでしまった。

「ごっち　で　ねる　するの！　ぅえっ　ごっち　なの！」

一生懸命に小さな体で、泣きながら必死に訴えてくる。

僕はピアニーを驚かせないようできるだけ静かにしゃがみ、目線を合わせてからゆっくり抱き上げ、背中をさすりながらおデコに何度もキスをした。

「にーしゃぁん　だっぎょ　だっぎょ！　する　ちて」

「うん。もう抱っこしているよ」

「だっぎょ　してる　ちってる　も！」

抱っこをしているのに抱っこをしてと言ったり、すでに抱っこをしていることを教えれば、知っていると言われたりで、どうやらピアニーはかなりパニックを起こしていることがわかる。

今も、しゃくりあげながら大粒の涙を流して「抱っこ抱っこ」と泣いている。こんなに大泣きしては喉に負担がかかり、痛めてしまうのでそろそろ落ち着いてほしい。

「うん、よく頑張ったね。こっちで一緒に寝ようね」

落ち着かせてから、もう一度両親と一緒に寝るのは無理だろう。

「父さん、母さん。今日はこれ以上は無理みたいだから、僕が一緒に寝るね」

「どーしゃん　がーしゃん　は　あっちの　おへや　いぐ　して　なの　おやすみ　だも」

父さんと母さんはピアニーが心配で追いかけてきたのだろうが、どうやらピアニーは連れ戻されてしまうのではと思っているようで、一生懸命父さんと母さんに手を振って「あっち　いく　して！」と言っている。

あっちに行ってくれと言われてしまった父さんは、とても寂しそうに母さんと一緒に両親の部屋に戻って行ったのだった。

「にーしゃぁん　にーしゃぁん」

「ここにいるよ。ちゃんとピアニーを抱っこしているよ」

「いっじょ　いちゅも　いっじょ　だも」

「そうだね。父さんと母さんは部屋に戻ったし、今日も一緒に寝ようね」

「…………ほんちょ？」

父さんと母さんは部屋に戻ったのだが、また来て連れて行かれるのではと少し疑っているみたいで、ピアニーは心配そうにドアのほうを見る。

「本当だよ。いっぱい泣いちゃったから疲れたよね？　安心して大丈夫だから、もう寝ようね」

信用できないのか、僕の顔を見て、ドアのほうを見て、としばらく繰り返していたが、少しずつ落ち着いてきたみたいで肩の力を抜いて泣き止んでくれた。

そろそろ寝ようと考えていると、ピアニーはアイテムボックスからいつものブラシを取り出した。

「え？　ピアニー、今日もブラッシングするの？」

散々泣いたあとなのに、何事もなかったかのようにブラッシングをしようとしているのに驚き、聞いてみたのだが、当たり前だと言わんばかりに頷かれる。

「れんしゅう　ちない　も！」

ブラッシングを丁寧にしてくれながら、練習はしないと言われる。

「そうだね。今日は頑張ったね」

可哀想だが、練習しないのを了承することはできないため、頑張ったことを褒める。

「ひちゅよう　ない」

まったく問題はないと大人の真似をするように、首を横に振ってため息まじりに言われたが、残念ながら僕なしでは寝ることが難しいという大問題がハッキリ判明したのだ。

明日にでも父さんと母さんにあらためて相談しようと思う。

泣いたので体力を消耗したのだろう。僕の尻尾とブラッシング用のブラシを持ちながら船を漕いでいる。

「眠そうだから、今日のブラッシングはここまでにしよう？」

「ちゃんと　ぶらし　する　しないと　ねる　してて　なの」

どうやら、眠たくともブラッシングだけはしないとピアニー的には駄目なようで、「ちゃんとブラッシングするので眠いなら寝てて良いよ」と言われてしまった。

しょうがないので、大人しくブラッシングをされていたのだが、数分もしないうちにブラシを持ったままピアニーは寝てしまったのだった。

ピアニーは寝付きも寝起きも悪くない。

僕が側にいれば、夜中に起きることもまずないのだが、今日は何度か起きてしまっている。

「にーしゃん　いる　した　よかった」

起きては、僕を目で見て確認して寝る、を繰り返していたので、僕の横に寝ているピアニーを僕の上に乗せてみた。

そうするとそのあとは目を覚ますことなく、スヤスヤと気持ち良さそうに寝てくれたのだ。

朝、目が覚めるとピアニーが僕の上に乗ったまま、愛らしい寝顔を見せてくれている。

「ピアニー、おはよう。朝だよ」

声を掛けると、瞼《まぶた》がピクっと動く。

「僕の身支度が終わるまで、もう少し寝ている？」

そうっとベッドから抜け出して、僕だけ朝の身支度をすることが可能ならピアニーを寝かせておいてあげられるのだが、僕がベッドから出てしまうと、すぐに起きて僕を捜し出すと思うので声を掛ける。

「おあよう　なの　おきる　する」

「喉痛くない？　顔を洗う桶を持ってくるね」

ピアニーは昨夜大泣きしたので、喉が痛くないか確認をする。

「だーじょうぶ　いたい　しない　いっしょ　いく　する」

顔洗い用のぬるま湯が入った桶を持ってこようとしたら、一緒に洗面所に行きたいと言う。

普段ピアニーの身支度は、全部部屋で済ませているので、顔洗い用のぬるま湯が入った桶は僕が部屋に持ってきている。

ピアニーの身支度が整ったら、ダイニングにいる父さんや母さんにピアニーを任せて、今度は僕の身支度をするのだ。しかし今朝は僕にベッタリとくっついて離れようとしない。桶を持ってくるだけでも、待っていられないようだ。

二人してパジャマのまま洗面所に来たが、やはりピアニーには洗面台の高さが合わないので、桶を準備して顔を洗ってもらう。

ピアニーは顔を洗い終わると、僕の足の間にチョコンと座り、尻尾を咥えながら僕が顔を洗うのを大人しく待っている。

「今日は甘えん坊さんで、赤ちゃんに戻っちゃったみたいだね」

じっと大人しく足の間に座っている姿が、あまりにも可愛くて笑ってしまう。

ピアニーが言うには、成長期なので情緒不安定になっているとのことだが、絶対に昨夜の寝る練習のせいだ。

とりあえず着替えるため、ピアニーを抱っこして自分たちの部屋に戻ったのだった。

「目元がほんのちょっと赤いけど、食欲もあるようだし大丈夫そうだな」

昨夜のことがあり、ピアニーの状態が心配だったようだが、いつものようにモリモリ朝食を食べる姿を見て、ほっと父さんは胸を撫で下ろす。

「少し甘えが増しているけど問題ないと思うよ。ただ、寝る練習はとても納得がいかないみたいだけど」

「今日の寝る練習はどうするかなぁ。子供部屋で父さんたちが寝るようにするか？」

「母さんは大丈夫だけど、僕たちのベッドは人姿態でも二百センチ超えている父さんには小さ過ぎるよ」

獣族の中でもシロクマやアムールトラなど体躯の大きい者たちのベッドはほとんど特注品だ。大きい家具屋でも数点しか商品が置かれていない。

僕のベッドも子供用で、大人になれば買い替えが必要になるだろう。

「父さんも前から一緒に寝とくんだったなぁ。完全に考えなしだった。風呂はいつも一緒に入っているんだけどなぁ」

そう、お風呂は父さんか母さん、または二人と一緒に入っている。

「お風呂に入るよ」と両親のどちらかに声を掛けられると、自らお風呂用のアヒルのおもちゃを持って準備するのだが、その数種類のおもちゃを選ぶピアニーの姿がなんとも可愛い。

「そうねぇ、お風呂はいつも一緒よねぇ。ただ、以前皆で寝たときに、ピアニーが余りにも小さくて一緒に寝るのがちょっと怖いって言っていたじゃぁない、仕方ないわぁ」

「ああ、そうだったな。寝ているときに気付かずピアニーの上に腕とか乗せたら、肋骨とかいっちゃいそうな感じだったんだ。あれは怖かった」

「どうするにせよ、寝る練習はしないとだわねぇ。子供たちのベッドで寝るのは無理だしぃ、なにか良い方法がないか考えておくわぁ」

母さんが言うなら、安心して任せられる。

これが、父さんだとピアニー可愛さに負けて「練習はするのを止めよう。父さんが仕事休むからコッソリ野営に付いていこう！」とか言いそうだ。

僕が学校に通うようになったとき、慣れるまではと遠回りになるのに通学路を途中まで一緒に行ってくれていたときがある。

僕のときでさえちょっとだけ過保護っぷりを発揮したのだ、ピアニーのこととなると父さんはきっと斜め上の考えになるに違いない。

ピアニーが僕の右足にピッタリ張り付いて離れようとしてくれない。

「できる限り早く帰ってくるから、『いってらっしゃい』してくれる？」

イヤイヤをして僕の右足にしがみついているピアニーの顔を覗いてみると、ピアニー自身もどうして良いかわからないといった感じで、「学校に行かないといけないのは知っている、言うこと聞かない悪い子になっちゃった」と自身の行動に戸惑っているようだ。

決して悪い子になったのではなく、寂しいから離れたくないだけだと思うのだが、自分では悪い子になったのだと強く感じているようだ。

「ピアニーは今日も良い子だよ。まったく悪い子じゃないからね？」

　これ以上は遅刻してしまうので、そっとピアニーを剥がして母さんに渡したのだが、あまりにも寂しそうな顔をしているので、手紙を飛ばしてほしいとお願いしたのだった。

「そんなに寂しいのなら、父さんが仕事を休んでもいいぞ！」

「はいはいぃ二人共、遅刻しちゃうわぁ。さっさと行きなさい！」

　日頃から父さんと僕はピアニーに甘過ぎると、二人して母さんに注意をされているのだ。

　母さんが言うには、人族なので怪我などには大袈裟《おおげさ》なぐらい注意が必要だが、それ以外のことは、万が一将来我が儘になってしまったらピアニーが苦労するので、あまり甘やかさず、助けてあげたいのは理解できるけど見守る程度にしたほうが良いと言われている。

　確かに、母さんが言うことはもっともだ。あまりに我が儘になったら、周りから嫌われてしまう。

しかし、父さんは甘いかもしれないが、僕は全然甘くない。ごくごく普通だと思うのだ。

　昼食は学校にある学食で食べる。

　学食は一階がテーブル席で、二階にゆったりとしたラウンジっぽい空間があり、とても広いので席が足りなく座れないなどという問題は起きない。

　メニューも豊富で、肉料理やお好み焼きなどの一部の料理は盛り付け皿が鉄板なので熱々のまま食べることができる。

学食で飲み食いする料金は、学費として支払いを済ませているので都度が発生することはなく、いくら食べても追加支払いを請求されることもない。

「週替わりランチも旨そうだな」

今週の週替わりランチ、青椒肉絲《チンジャオロースー》を選んだ僕のトレーを見てクインスが言った。メインが青椒肉絲で、そのほかに小さい小鉢とスープとライスが付いてくる。

僕はコレが食べたいという体の欲求がない限り、メニューがあり過ぎて選ぶのが面倒なので、日替わりか週替わりランチを選ぶことが多い。

「凄いモリモリ盛ってきたね」

クインスは、トレーを二つ持っている。

鉄板皿で出される熱々の大盛り焼きそば、それと大盛り親子丼（親子丼にスープと小鉢）だ。

「午前中の訓練でダッシュを数十本させられたんだ。もう腹減ってしょうがねぇ」

クインスが言っているダッシュと言うと、きっと坂道ダッシュの訓練だろう。

学校には訓練場がいくつもある。その一つに走り込むことを目的としているグラウンドがあるのだ。アップダウンが激しい作りになっており、角度のかなりキツい坂をダッシュで上がると今度は下り坂になっているので、そのままダッシュで下る。

地面にも工夫がされており、芝だったり砂利だったり岩だったりと多種ある。そんなグラウンドをただひたすら、ダッシュする訓練。

「ダッシュ訓練のあとなのに、よくそれだけ食べる気になれるね」

ダッシュ訓練は走るだけのとても単純な訓練なのだが、かなりキツいのだ。

学校に入ったばかりの頃は昼食前にその訓練があると、とても食事がとれなかったし、昼食後だともっと悲惨だ。今は慣れて食事に影響が出ることはなくなったが、クインスのようにモリモリ食べることは難しい。

「食べねぇと午後の訓練もたねぇよ」

そう言いながら、大盛りの昼食を気持ち良く平らげていった。

「うっわ。なんだ？　フライか？」

昼食を食べ終わり、学食でクインスと野営訓練について少し話していると目の前に白い物がパタパタ飛んできた。

それを目にしたクインスはフライ（飛行系魔物）と勘違いしたようだ。

「あぁ、ごめんごめん。僕の弟の手紙だよ」

朝ピアニーに、どうしても寂しくなったら手紙を飛ばしてとお願いしていた。昨夜の寝る練習のダメージがまだあったのだろう。きっと寂しくなって手紙を飛ばしたのだ。

「は？　手紙？　それが？」

クインスが不思議がるのもわかる。

ピアニーがヒコーキもしくは紙ヒコーキと呼んでいるこの形状はピアニー独特のデザインなのだ。

通常手紙は半分に二回くらい折ったものを飛ばすのだが、何故だかこの手紙の折り方にピアニーはこだわっていた。よく見れば紙を折ったモノだとわかるのだが、羽根らしきものがパタパタ動いているのを見ると、コウモリなどのフライ系魔物に見えなくもない。

「ビビらすための悪戯《いたずら》か？　弟って図書館で会った人族だろ？」

どうやら悪ふざけで、魔物に似せた手紙を飛ばしたのだと勘違いしたようだ。

「悪戯じゃないのだけど、驚かせてごめんね。弟が手紙を折るとちょっと魔物っぽい形状にしちゃうんだよ。コレがね格好いいらしいよ」

「あんな綺麗な顔してやがるのに、魔物が好きなのか？　人族ってよくわからねぇな」

とても理解不能だと言いたげな顔をクインスはしている。

僕はそんなクインスを放っといて、ピアニーから届いた大事な大事な手紙を破らないようにそっと開く。

「…………呪いの手紙だろソレ。やっぱり悪戯じゃねぇか」

ピアニーからの手紙を覗いたクインスが口をヒクヒクさせている。

「呪いじゃないよ。お昼寝一人でちゃんとできるからねって書いてあって、すっごく可愛いんだ」

「は？　どこに文字が書いてあんだよ。コレ文字として読めるってお前、ボディーガードなんて止めて考古学者になれよ」

まだ小さいからだと思うのだが、ちょっとだけ、そうほんのちょっとだけピアニーは文字と絵が下手なのだ。

しかし、読めなくはない。

「そっち側から見ているから読みにくいんだよ。ほらちゃんとした文字だよ」

クインスが読みやすいように手紙を見せる。

「いや、うん。悪《わり》ぃが全然字に見えねぇ。ってお前、顔緩み過ぎだろ」

せっかくピアニーからの大事な手紙を見せたのに、クインスには読解能力がないようだ。

「こんなに可愛い手紙なのに、読めないなんて残念でならないよ」

思わずため息が出てしまう。

「お前、午前中の訓練で頭打ってないか？」

「午前中は兵法だったから訓練はしてないよ」

「そうか…………昼休みまだ時間があるから、医務室行こうぜ」

午前中の訓練で足首でも捻ったのだろうか？

「良いけど、どっか痛めたの？　ポーション飲む？」

「俺じゃねぇ。顔がニヤケル呪いを受けたお前を診てもらおうぜ」

いったいクインスはなにを言っているのだろう。とりあえず医務室に付き添うことにしたのだった。


「呪いじゃなくて良かったな。でもよぉ、その形状はヤバいんじゃねぇ？」

午前中の訓練で、クインスがどこか痛めたのかと思い先ほど医務室に付き添ったのだが、何故か僕が呪われたのだとクインスが必死に医務員に説明していた。お蔭でピアニーから届いた、大事な大事な手紙を押収されそうになり、今度は僕が必死で医務員に説明するはめになったのだった。

「んー。凄く一生懸命に折る姿が可愛くてね、とても魔物に見えるとは言えないよ。それにピアニーは手紙飛ばすの好きみたいだしね」

「あの顔で、魔物に似せた手紙を飛ばすとか、想像すると怖過ぎだろ」

クインスはいったいどんな想像をしているのだろうか。

「ってか、手紙飛ばすの好きだってことは野営訓練は弟が手紙飛ばすのか？」

「もちろんだよ」

「…………とりあえず違う形にするように言っとけよ。野営で騒ぎになるぞソレ」

僕もちょっとだけピアニーの手紙の形状が気掛かりではあったのだ。

平常時なら、昼食時のクインスのように少し驚く程度だろうが、野営訓練の緊張しているときに飛んで来たら、少し問題になるかもしれない。

それとなくピアニーに言ってみようかな。


今日も安全を確保しつつ、猛スピードで帰宅する。

玄関でクリーンを自分に掛けていると、ピアニーがトテトテと走って大ジャンプ（八センチくらい）で飛び付いて来た。

ピアニーは僕が帰って来たことが嬉し過ぎたようで、しばらく僕の胸にグリグリと頭を擦り付けて甘えている。

「お手紙届いたよ。お昼寝できた？」

「ひこーき　かっこいい　でしょ！」

手紙のことを話すと、目をキラキラさせながら凄く格好よく折れたんだと、自信作だと言われてしまう。とてもじゃないが、魔物に見えるとは言えない。

「作れるヒコーキの形状は今日のだけ？　もし違う形状があるのなら、野営訓練のときは違うのが見てみたいのだけど、できる？」

ピアニーがショックを受けないように、野営訓練のときは違う形にしてほしいとお願いをしてみる。

「できる　する！　まかしぇて　にーしゃん　も　ひこーき　すき　なる　した？」

「そうだね。ピアニーがくれるお手紙がとっても好きだよ」

とりあえず、手紙の形状には触れないでピアニーからの手紙が凄く嬉しいことを伝える。

それと昼寝に関しては、しっかり一人でできたことをアピールされ、寝る練習は必要ないと力説されたのだった。

「ピアニー、そろそろ風呂に入るぞ」

父さんに言われてピアニーが用意するのは、パジャマではない。お風呂用のおもちゃだ。

特にこの頃のピアニーのお気に入りは、三個ある。

一つ、お湯で色が変わる三頁くらいしかない絵本。

一つ、風呂でお絵描きができるクレヨン。

一つ、小さめの人形をお風呂に浮かべて、小さい網ですくい取る遊びができる物だ。

やはり今日も床にこの三つを並べて、「うーむ」と言いながら、顎に手を当て迷っている。どうやら、大人が悩むときにする仕草を真似ているみたいなのだが、目線の先にあるのはおもちゃだから、なんとも微笑《ほほえ》ましい。

「ピアニー、そろそろ決まった？　父さん待っているみたいだよ」

「にーしゃん　おすすめ　どれ？」

「そうだね。この三個はよく遊んでいるから、コレなんてどう？」

僕が選んだのは、アヒルのおもちゃで、お湯を入れると口から蒸気が出る仕組みになっている物だ。

クズ魔石が付いている、ちょっとした魔道具のおもちゃだ。

「これ　に　して　みる」

今日は、僕が選んだアヒルのおもちゃにするようだ。

「おもちゃ決まったか？」

父さんに聞かれ、ピアニーは重大事項が決まったように、真剣に頷いてアヒルのおもちゃを見せていた。

「お！　良いの選んだじゃないか。よしよし、風呂だ」

ピアニーは、選ぶために床に出していたおもちゃを、ちゃんと片付けてからお風呂に入ったのだった。

「にーしゃん　おふろが　もくもく　なった」

お風呂から出たピアニーがとても楽しそうに話す。

僕が選んだ、蒸気の出るアヒルのおもちゃを気に入ってくれたみたいだ。

何度もお風呂のお湯を蒸気にして遊んでいたら、風呂場がもくもくになったとちょっと興奮して話している。

「ふふふ。随分楽しかったみたいだね」

「たのしい　した　にーしゃん　せ　はかる　して」

今日もやはり身長を測るようだ。

毎日測るので、ちょっとサービスして印を付けてあげることもできない。そんなことをしたら、後々困ることになるからだ。なので、今日も昨日と同じ場所に印を付ける。

「どう？　のびる　した？」

「うーん、どうだろう。昨日と同じくらいかな」

僕が付けた印を、前から見たり横から見たりして確認していたピアニーがもう一度測ってほしいと言う。

結局三回も測り直して、同じ場所に印を付けたのだった。

何度測っても、ピアニーは身長計に付けた印を、横から見たり前から見たりともの凄く真剣に確認している。

もう印しか目に入ってないようだ。

そんなときに父さんが後ろからソロリソロリと近付いて来た。

ピアニーは印に夢中になり過ぎて、真後ろに立っている父さんにまったく気がつかない。

あまりに気がつかないので、父さんが面白がってピアニーの真似をした。――印を見て、ちょっと首を傾げて、もう一度印を見る、を繰り返している――

そんな二人を見て、僕と母さんは静かに笑ったのだ。

もう十分印を見ただろうと思う頃に、父さんが後ろからピアニーを抱き上げる。

「今日も頑張るぞ」と父さんに言われたピアニーは、こんな時だけ勘が良い。すぐにそれが寝る練習だということに気がついて、父さんの腕の中で本人的には大暴れしているつもりだろう（まぁビクともしていないが）辛うじて腕に収まっていないピアニーの足だけピクピク動いている。

「にょょょ　れんしゅう　ちないも！　おひるね　できたも！」

ピアニーは、お昼寝は一人でできたので練習はしないんだと父さんに訴える。

「そうか、そうか。昼寝はできるんだな。今日は四人で寝るぞ」

父さんとピアニーがお風呂に入っているときに、母さんから今日の練習は「僕の隣ではない」ことに慣れさせる練習をすると言われた。

昨夜みたいに、いきなり「僕なし」では無理なので、まずは四人で寝るが、ピアニーの隣は僕ではなく両親になるとのことだ。

「う？」

ピアニーは僕も一緒に寝ると聞いたので少し落ち着き、ピクピク動かしていた足を静かにする。

それでも、抱っこは僕が良いのだと言って両手を差し出して「抱っこしてのポーズ」を僕に向けてきて、とても可愛い。

そんなピアニーを見て「たまには父さんでもいいじゃないか。どうせ抱っこしているんだし、な?」と言ったのだが、その申し出をきっぱりピアニーは断ってしまい、かなり父さんが凹んでしまったのだった。

両親の部屋に入り、ベッドにピアニーをそっと降ろすと、いつものようにワンドを取り出して元気よく振り回す。

それが終わると女豹のポーズをいろんな角度から数回してみせた。両親は終始手拍子だ。

しばらくして満足したのか、まったく汗は出てないが手でおデコを拭う仕草をしてピアニーの言う毎日の鍛練は終了だ。

次にピアニーは僕の尻尾のブラッシングを始めた。

ある程度ブラッシングも落ち着いた頃に、ピアニーをベッドに寝かせて布団を掛けてあげる。

安心しきっているピアニーにはちょっと可哀想だが、おやすみのキスをおデコにして少し距離を取る。

それと同時に、父さんがごく自然にピアニーの隣に寝たのだ。

「こっち　とーしゃん　こっち　かーしゃん　あれ?」

僕がいつものように横にいないことにまだ気がついてない。

「こっち　とーしゃん　こっち　かーしゃん　さっきと　おなじ　なんで?」

ピアニーはもう一度確認し「ちょっとなにか違うぞ」と感じたようだが、具体的にはまだわかってないみたいだ。

「しっぽ　が　ない！」

そのまま誤魔化せるかと思ったのだが、いつも握って寝ている尻尾がないことに気づかれてしまった。

「……むぅぅぅ」

なにか考えているような声でピアニーは唸る。

「にーしゃん…………」

そしてピアニーは父さんをよじ登って僕の側に何度も来ようと挑戦しているのだが、ことごとく父さんに阻止されている。まぁ、当たり前なのだが。

そのうちピアニーが少しグズリ出し、これ以上我慢させると明日以降の練習に差し障ると考えた父さんが、尻尾だけという約束をして、僕の尻尾を握らせたのだった。

うーん、僕の尻尾がビチャビチャになっている気がする。

多分ピアニーが尻尾をハムハムと咥えているのだろう。

まぁ、ピアニーの涎《よだれ》だし気にすることもないか。

翌朝、目覚めたピアニーは少し寝不足気味のように見えるが、お昼寝をすれば体調を崩すことはないだろう。

お昼寝は昨日も一人でできていたようなので、心配することもない。

ピアニーの顔を洗うための桶を僕が持ってこようとしたのだが、ちょっとでも離れるのは嫌なようで、一緒に洗面所に行き、そこで改めて桶にぬるま湯を用意した。

「顔洗ってサッパリしようね。尻尾は一旦離そうね」

ピアニーは言われるがまま頷いてはいるが、寝ぼけている様子なのでただ僕の言葉に頷いているだけだろう。しっかり手には尻尾が握られている。

ボチャン。

うん。そうなるよね。

僕の尻尾は桶の中だ。

「‼　にーしゃん　の　しっぽ⁉」

ピアニーは盛大に驚き、尻尾を桶から救済してくれる。そして桶の中に入っていたことを教えてくれた。

「にーしゃん　の　しっぽ　いつも　おけ　に　いる　ふしぎねー」

「そうだね。とっても不思議だね」

何故尻尾が桶に入っているのか、まったく気がついてないピアニーがあまりに可愛くて笑ってしまう。

今度こそと、桶の中をしっかり確認してからピアニーは顔を洗ったのだった。

身支度を整えたら朝食を食べる。

寝不足とはいえ、ピアニーはいつものようにモリモリしっかりと食べてくれたのだが、食べ終わったら僕の膝の上で寝てしまったのだ。

「やっぱり寝不足気味なのねぇ。しっかり食べていたから大丈夫だとは思うけどぉ」

「昨夜は父さんをよじ登る大冒険もしたからね」

「脇腹に足をかけようと一生懸命で、思わずお尻を支えて手伝ってやったぞ」

そんな会話をしながら、僕が学校に行くギリギリの時間まで、ピアニーを膝の上で寝かせておいてあげたのだが、よく考えると僕の膝の上じゃないほうが僕がいない練習になったのではないだろうか。


今日も安全を確保しつつ、学校から猛スピードで帰宅する。

自宅玄関前に着くと、扉の向こうでピアニーが待ち構えている気配がした。

なにか新しい遊びを覚えたのかもしれない。どんな遊びでも対処できるように注意深く家に入り、クリーンをする。

予想通りピアニーがいつもと違う動きで近づいてきた。

見つからないように歩いているつもりなのだろう。抜き足差し足といった感じで右手になにかを持って近づいてくる。

もちろん、玄関に隠れる場所など一つもないのでピアニーのことは丸見えだが、しょんぼりさせないために気づかない振りをする。

「うんしょ！」

ピアニーは右手をゆっくり上げてから、ゆっくりと下げる動きをする。

そのとき右手に持っていた物がピアニーの手から落っこち……いや、投げた？

どうやら右手に持っていた物を僕に向かって投げたつもりらしい。

また右手を振り下ろすと同時に、右足も膝を曲げずに少し上げて、膝を曲げずにトンとそのまま床に下ろすという、とても面白い動きをした。

ピアニーが投げたのは、おそらく魔法のサラシだと思う。

多分、投げて僕に巻き付けたかったのだろう。だが、このままだと僕のところまで届かない。なので、気づかれないように素早く前に出た。

もう目の前にピアニーがいる位置だが、それでも魔法のサラシは僕の足の爪先に落下。

このまま床にサラシが転がったらピアニーが悲しむので、なんとかしてみせる。

まだピアニーは気がついてないので、なに食わぬ顔で魔法のサラシをチョンと上に蹴る。すると魔法のサラシの性質が発揮されて、無事、僕の左太ももに巻き付いたのだった。

「にーしゃん　ちゅかまえる　した！」

魔法のサラシがちゃんと僕に巻き付いたので、とてもピアニーは嬉しそうだ。

その場でピョンピョンと小さく跳び跳ねて喜んでいる。

何故魔法のサラシをいきなり飛ばしてきたかと言うと、どうやら今度の研究対象のようだ。僕の野営訓練用に研究してくれるようで、訓練に間に合うようにするのだと、ピアニーの気合いの入り方が凄い。

「あらあらぁ。オーキッドにもサラシ飛ばしたのねぇ」

ピアニーは今日たくさんサラシを飛ばす練習をしていたみたいで、テーブルの脚や椅子に飛ばしたり、母さんに飛ばしたりしていたみたいだ。

「振りかぶって投げてくるのだけどねぇ。ピアニーの目の前に落下するからぁ、上手に対処できなくてぇ、可哀想なことをしたわぁ」

母さんもピアニーがサラシを投げる度に側に近寄ったみたいなのだが、どこにも巻き付かず、が床に転がって失敗に終わったらしい。

まぁ、ピアニーの目の前に落下するので確かに難しいと思う。

「それにぃ、あの投げ方。右手と右足が同時に動いちゃっていてぇ、可愛いやら面白いやらで思わず見ちゃっててぇ、動くのが遅れちゃうのよねぇ」

確かに右手右足が同時に動いて、しかも関節が上手く機能してないかのように、動きが硬いのだ。

特に右足には棒が入っているのではと思うぐらい、ぎこちない動きをする。

結果、もの凄く面白い動きになっているのだ。

神殿で人族の勉強をしたとき、人族は自分たちと比べるとかなり運動が苦手な種族だと教えてもらったのだが。

人族＝運動が不得意。なのではなく、人族＝運動ができない。が正解なのだろう。

決してピアニーだけが特別に運動ができない訳ではない…………と思う。

ここ数日ピアニーは、昼間は魔法のサラシの研究に没頭しているみたいだ。

僕が学校から帰宅すると、サラシを投げてくるのだが、相変わらず目の前に落下しており、投げ方が上達するのはちょっと難しいかもしれない。

身長を測ることも飽きずに継続中。

ただしここ最近は、ピアニーが印を真剣に確認している最中に、父さんに背後から近づかれ抱っこされて両親の部屋に連れて行かれるので、ピアニーなりに背後を警戒している（まったく隙だらけなのだが）。

そして寝るときは、僕の尻尾を口に咥えて、とりあえず寂しがらずに寝られるようになってきたので、今日からは尻尾なしで頑張ってもらおうということになったのだが………。

「にーしゃぁん」

いちおう尻尾の代わりに、僕が日中着ていた洋服をピアニーに渡したのだが、納得がいかなかったようで、また父さんによじ登ろうとしているようだ。

ピアニーは可愛い声で僕を呼ぶのだが、僕のほうからは、父さんの脇腹にピアニーの足がチョンと掛けられているようにしか見えない。つまり全然よじ登れておらず、ピアニーの足の裏しか見えないのだ。

ピアニーにとって、僕のところまで辿り着くことは、果てしなく遠い道のりなのかもしれない。

しばらくピアニーは、父さんをよじ登ろうと頑張っていたようなのだが、父さんに悉《ことごと》く阻止（？）され続けていたので、「起きたら不良になっている。髪の毛はモヒカンになっているに違いない」と可愛らしく拗ねて不貞寝したのだった。

不貞寝とはいえ、いちおうは尻尾なしで寝ているので頑張ったと言えるだろう。

しかし、どこで「モヒカン」なんて言葉を覚えたのだろうか。自分のことを「俺」とも言っているし、ピアニーが使うには不似合いな言葉だ。

今度、読んでいる絵本を隈なくチェックする必要があるかもしれない。

ただ、錬金術の本からの影響の場合だと、僕が読めない可能性もあるのでチェックは難しいだろう。

「おはよう。朝だよ」

チュっとピアニーのおデコにキスをする。

ピアニーはちょっと寝不足ぎみのようで、気怠そうにノソノソとベッドから起き上がり、しきりに髪を触って気にしている。

「もひかん　に　なる　ちてない」

昨夜、可愛く怒りながらモヒカンになる宣言をしていたが、どうやら一晩寝ても覚えていたようだ。もちろんモヒカンになどなっている訳はないのだが、ピアニーはとても信じやすい性格をしているので宣言通り「起きたらモヒカンになっている」と信じて疑ってなかったのだろう。

「大丈夫、寝癖はついてないよ。もうすぐ朝食だから着替えちゃおうね」

ピアニーはまだ髪の毛を触って気にしている様子だが、僕はあえて寝癖と言ってモヒカンから気をそらすことにした。

今日もピアニーはしっかり朝食を食べてくれている。

ちょっと寝不足ぎみっぽいが、これだけしっかり食べられていれば大丈夫だろう。

ピアニーは朝食後、中庭に出て久し振りにダンスを披露してくれた。母さんから、ここ最近またダンスらしきことを始めたと聞いていたのだが、今までの中で一番ダンスっぽい動きになっていた。左右にチョコチョコと動いて、なんとなくだがステップを踏んでいるように見える。

またステップ（?）と同時にはできてないが、右にチョコっと動いて腕を前に出し、左にチョコっと動いて腕を上に伸ばしたりしている。

同時にできないのがなんともピアニーらしいが、伸ばされた指先まで見ると、何故か矢印を作っている。格好つけているつもりなのだろうか？

残念ながら格好いいダンスにはなっていないが、非常に可愛らしくは踊れていると思う。

僕と父さんが、その可愛い動きに合わせて手拍子をすると、調子が上がったみたいでピアニーの動きが少し機敏になった。

満足するまで踊れたのだろう。ニコニコしながら中庭から戻ってくるピアニーに、父さんがやっぱりダンスを習いたいか？　と聞いたのだが、ピアニーはリズミカルな運動をしてセロトニンを出しただけだと言う。ん？　リズミカル？

「セロトニンを出す？　あぁ、リズム運動のことか。歩いたり、走ったりするのが良いって聞いたことがあるな」

ピアニーは父さんの言葉を受け、二、三歩後ろに下がり固まってしまった。

「ピアニー？　どうしたの？」

もの凄い裏切りに遭ったような顔をしているが、大丈夫だろうか…………。

「あうぅ　のりのり　ちあう　した　りずむ　だった　も」

どうやらピアニーは、セロトニンを分泌するためには、ノリノリ《リズミカルに》で踊ることが必要だと思っていたようだが、父さんの言葉で、一定のリズムで同じ動作を繰り返せばいいことに気がついちゃったみたいだ。

固まっていたのが直ったのだろうか、先ほどまでニコニコと笑顔を振り撒いていたのに、今度は元気なくトボトボと中庭から僕のところまで来て、無言で僕の洋服の中に隠れてしまった。

とってもとってもションボリしているように見える。

「ちょっと違っていたから、ショックだったんだね。大丈夫大丈夫」

大ショックを受けてションボリしているピアニーの頭を、洋服の上から優しく撫でたのだった。

それにしてもちょっと間違えた程度でここまでショックを受けるだなんて、かなり信じている必殺技、女豹のポーズが嘘の技だと知ったらどんな風になってしまうのだろうか。

必殺技に関しては毎夜毎夜一生懸命練習しているので、ちょっと嘘だとは言いづらいし、もう少し成長すれば自分で気がつくだろうと思っていたのだが、早く嘘だと教えてあげるべきだろうか？

ずっと気がつかないなんてことはないとは思うのだが…………でも知ったら知ったで、ショック過ぎて寝込んでしまうかもしれない。

なかなかに悩ましい問題だ。

「あらぁ、オーキッドの洋服に入っちゃってぇ。頼まれていた物ができたわよぉ」

クスクス笑いながら話す母さんの言葉に、ピアニーがピクリと反応し、僕の洋服の中で向きを変えながら顔だけピョコリと出す。

「かーしゃん　もう　できる　したの？」

ピアニーは母さんになにか頼んでいたようだ。

母さんが広げたサラシを、ピアニーは僕の服の中から顔だけ出した状態で確認していたのだが、母さんにちゃんと確認してほしいと言われている。

「にーしゃん　よーふく　なか　また　あとで」

名残惜しそうに僕の洋服の中から出て、頼んでいたサラシの確認をしに行ったのだったが、どうやらまたあとで僕の服の中に入るつもりらしい。


お風呂上がりにいつものように身長を測る。

ここ最近、ピアニーが印をチェックしているときに背後から抱っこされて寝室に連れて行かれるので、背後を取られてはいけないと学習したピアニーだが、それでも印のチェックはしたいのだろう、壁に背中をピッタリ付けて、横目で印を確認している。

ピアニーはとっても真剣なのだろうが、見ている僕たちは可愛いやら可笑しいやらで笑わないようにするのに必死だ。

「じぇんじぇん　のびる　してない」

毎日測っているのに、全然伸びないのが不思議過ぎるとピアニーは言うのだが、毎日測っているからこそ、伸びることが感じられないのだと思う。

これは言ってあげたほうがいいのだろうか……。

「毎日確認しても変化はないかもね。でもちゃんと伸びるから安心して？　そろそろ寝る時間だよ」

ヤンワリと伝えてピアニーを抱っこする。

「‼　にーしゃん　の　だっこ」

ピアニーは、父さんに背後を取られなかったので今日は寝る練習はしないと考えたのかもしれない。もしくは僕が抱っこしたので、自分たちの部屋に行くのだと思ったのかもしれない。

僕に抱っこされニンマリと笑い、父さんと母さんに何故か「勝った」と言わんばかりのドヤ顔をしてみせ、二人に優雅に手を振ったのだ。

これは完全に、寝る練習はしないと思っているだろう。

もちろん、ピアニーの勘違いなのだがちょっといたたまれない気分になる。しかし練習しない訳にもいかないので、そのまま両親の部屋に入った。

「わにゃ　だった！」

「あはは。詰めが甘いぞピアニー。背中を守るだけじゃだめだ。今日も頑張ろうな！」

父さんに頑張ろうと言われたと同時に、ピアニーは必死に僕を掴んできたのだった。

指先の色が白くなるくらい必死に、ピアニーが僕にしがみついている。

父さんに、練習にならないからいい加減諦めようと言われているのだが、まったく諦める様子がなく必死に僕に引っ付いている。

「指が痛そうよぉ。ほどきましょうねぇ」

母さんが、力を込め過ぎて白くなってしまっているピアニーの指を、一本一本優しくほどこうとしているのだが、それにも頑《かたく》なに抵抗をしてみせる。

「とーしゃん　かーしゃん　が　おでぇ　を　あくのみち　に　どうじょ　ちてる　もひかん　なる　する　も！」

ピアニーが必死に訴えるのだが、言っていることがとても可愛く口角が上がりそうになってしまう。

それにしても、いったいどんな絵本を読んで「悪い子＝モヒカン」の印象になっているのか不思議でならない。

「ピアニーの髪の毛が逆立ったらぁ、家族皆で同じ髪型にするから安心してぇ」

「かじょく　もひかん　しょんな　の　こあい」

ピアニーは想像力も逞《たくま》しかったようだ。

母さんの言葉を聞いてとんでもない想像をしちゃったみたいで、手の力が抜け、掴んでいた僕のパジャマを離したのだった。

毎夜の訓練もせずに、怨めしそうにピアニーが布団に潜ってしばらく経ってから、ボソボソと声が聞こえる気がする。

どうやらピアニーの声のようだが、寝言とはちょっと違う感じだ。

そのうち、布団をゴソゴソ、バサバサする音も聞こえてきた。

「みんな　ねる　ちてる　だいぼうけん　しゅる　も！」

これから悪戯しちゃうんだもんね！　という感じの声で元気よく独り言を言っている。

そう、元気よく。

「にーしゃん　いる　した！」

父さんの腰あたりにパシッと手を置いて、向こう側から僕を覗き込んでいる。

目が合いそうになったのだが、僕の側に来る手助けはできないので慌てて寝たフリをする。

ただ、目を瞑っていても、布団のバサッという音や、ピアニーの「んしょ　んしょ　えいっ」という元気な掛け声が聞こえてくる。

父さんも母さんも、最初の独り言で絶対に気がついているとは思うのだが、様子見のつもりなのか、僕と同じく寝たフリをしているようだ。

そのせいで、どうやらピアニーは皆、本当に寝ていて、まったく気がつかれてないと思っている。

なにせ「もう　ちょっと　ぇいっ　ぇいっ　あっ！　しー　しーよ　ないちょ」などといった言葉を自分に掛けているのだ。もしかしたら、静かに行動しているつもりなのかもしれない。

ピアニーは父さんをよじ登ろうと試しているようだが、一向に成功してない。

ただただ、布団を動かすバサバサした音と、父さんの腰に足をポンと掛け、気合いを入れてよじ登ろうとするピアニーの掛け声だけが聞こえてくる。

しょうがないと思ったのか、何度目かのよじ登り失敗のあと、父さんがピアニーを抱えて寝返りをしたのだ。もちろん、僕のほうに向かって。

「だいせいこう　した　も！　あしゃ　おっき　したら　びっくり　よ？」

嬉しそうに僕の布団に潜り込んで来たので、さすがに寝たフリはもうできない。

「眠れない？」

ピアニーのおデコにキスをしながら、眠れそうもないか聞いてみたのだが、父さんもピアニーの後ろでニコニコしながら聞いている…………。

「だーじょぶ　もう　ねる　できる」

父さんが聞いていることに気がつかないピアニーは、元気よくニコニコと答えてしまったのだった。

「そうか、そりゃ良かった。こっちに来ような」

言質を取られたピアニーは、まったく抵抗することができずに一瞬で元の位置に戻されてしまった。あんなに頑張っていたのにちょっと可哀想だが、仕方がない。寝る練習はとても大切なのだから。

「むぅぅぅ」

元の位置に戻されてから、ちょっとピアニーは唸っていた。

が、いきなりワンドを持って立ち上がった。

「にーしゃん　ちょーかん！」

えぇ…………。

召喚？

「にーしゃん　ちょーかん！　ちょーかん！」

召喚や召喚師。この言葉は、よく絵本に出てくる。

もちろんピアニーのお気に入りの、魔石の付いた仕掛け絵本にも登場する。

魔力を練って魔石に触ると、召喚した魔物等が味方として浮かび上がってくる絵本だ。

ただし、絵本の中だけに登場する職業だ。つまりは、御伽噺《おとぎばなし》なのだ。

いちおう、ピアニーが武器を生成する前までは、人族の特殊スキル武器生成は武器召喚とも言われていた。なにもないところから武器を呼び寄せると思われていたからだ。

「オーキッドは父さんの横に召喚されているから、安心して寝ような。ほら、ワンド仕舞って」

御伽噺の職業を信じて、大きな声で唱えたピアニーが可愛かったのか、父さんが笑いながら答えたのだが、ピアニーはここに召喚するのだとポンポンと布団を叩いている。

「くっくっく、面白過ぎる…………あははははぁ、仕方がないな。オーキッド、悪いが尻尾をこちらに貸してくれ。ほらピアニー、尻尾が召喚されたからワンドを仕舞って寝るぞ。っくっくっく」

どうにも父さんは笑いが止まらないようだ。しかし、信じやすいピアニーに尻尾が召喚されたなどと言っても大丈夫なのだろうか。

「ちょーかんは　できる　ちた　もっと　できる　する　ため　たんれん　ちないと」

やっぱり、信じちゃっている感じだ。

これはいつ誤解を解けばいいのだろう…………。

「尻尾が召喚されたなんて言うからぁ、信じちゃったわぁ」

そして、父さんが母さんに注意されたのだった。

昨夜ピアニーは、父さんをよじ登る（実際はできなかったが）大冒険と、絵本の中の職である召喚師に成りきっていたので、かなり寝不足なはずだ。

にもかかわらず、まったく不機嫌ではない。どちらかと言えば、ご機嫌だと思う。

「あたらしい　ひっさちゅわじゃ　できる　した」

昨夜から握りっぱなしの僕の尻尾を、自分の顔の前まで持ってきて、ご機嫌に尻尾に向かって話しかけている。

「きょーから　ちょーかん　たんれん　する」

ピアニーは今日から新しい必殺技、召喚を鍛練するのだと誇らしげに宣言した。

しかしいくら鍛練をしても、召喚が成功するはずもなく、どうしたものか。

普通は神殿の公園など、子供同士で遊んでいるうちに、なんとなくそんな話が出てきて、ごく自然に御伽噺の中の職業なのだと理解するようになる。

僕も小さい頃は、召喚師と同じくらい絵本に出てくる魔法使いという職業に憧れたこともあったのだが、友人たちと話している内になんとなくアレ？　と思うようになり気がついた。

友人の親に魔法使いという名の職業に就いている人はいないし、そもそも属性は違えど、どの人も魔法が使える。

よくよく考えれば、世の中魔法が使える人＝魔法使いだらけだ。

「魔法使いを生業《なりわい》にしている人っているの？」

「「「俺（私）は見たことない。親も違うし、ここに親が魔法使いっていう仕事の奴いる？」」」

「「「いないねぇ。じゃ、そんなのないんだな。嘘の職業だ」」」

このような何気ない子供同士の会話で、段々理解して常識を覚えていくのだが、ピアニーは公園で遊ばせられない。ほかの子供たちと一緒に遊ぶことは、運動能力が違うのであまりに危険過ぎる。周りの子供たちが気をつけると言ってくれたとしても、何気ない行動で怪我をする恐れがあるのだ。そうなると、僕たちが教えてあげないといけなくなるのだが、そのときの落胆した顔を想像すると、とてもじゃないが言えない。

昨日はとっても可愛らしいダンスを披露してくれたピアニーだが、今日は宣言通り召喚の鍛錬をしている。

何故か仰々しくワンドを掲げ、ゆっくりゆっくり「召喚」と唱えていた。

ただピアニーが喚んだのは、もともと側にいる僕や、父さん母さんなので、召喚が成功したのかよくわからないようだ。

もちろん、成功などはしてないのだが。

そこで、僕たち以外でよく知っている人物、冒険者ギルドマスターを喚び出すことにしたらしい。

「マシュタ　ちょーかん！」

ピアニーは召喚を唱えたあと、期待をした目でキョロキョロと周りを見てギルドマスターが喚ばれてないか確認している。

「マシュタ　ちょーかん！」

今日は冒険者ギルドマスターと約束していないので、ピアニーが頑張って召喚をしたところで来るはずがないと思って安心していたのに、何故か不吉なドアノッカーの音が聞こえてくるではないか。

「⁉　にーしゃん　マシュタ　ちょーかん　した　かも」

ピアニーは大興奮をしていて、僕の周りを「どうしようどうしよう」と言いながらグルグル回っている。

「落ち着いて。ほら一緒に玄関見に行こうね」

「うん　うん　にーしゃん　だっこ！」

興奮していても、一人で玄関に行かないのはとても良いことだ。

「誰が来たのだろうね？」

「じぇったい　マシュタ　なの！」

これで本当に冒険者ギルドマスターだったら、ピアニーはどっぷり召喚にはまりそうだ。

それに、玄関の向こう側の雰囲気が冒険者ギルドマスターのモノによく似ており、嫌な予感しかしない。

「よぉ。休みのところわりぃな」

タイミングが良いのか悪いのか…………。

そのまま玄関を閉めたい気分になったのだが、ピアニーが元気良く「どうじょ」とギルドマスターを招き入れたのだった。

ピアニーは冒険者ギルドマスターが召喚されたと大はしゃぎで、父さんと母さんに報告をする。報告している姿を見た冒険者ギルドマスターは、ピアニーが召喚師ごっこにはまっていると思ったらしく、しなくても良いリップサービスをしてくれた。

「喚ばれてやったぜぇ」

それを聞いてさらに気分が良くなったのか、お茶を出すと言って母さんのあとに付いてキッチンに行ってしまった。

「ピアニーが信じちゃうじゃないですか」

「ごっこ遊びだろ？　子供のときよくやったぜ」

まぁそのうち現実がわかるだろうと冒険者ギルドマスターは呑気《のんき》に笑っているのだが、そのうちっていったいいつだろう。

「どうじょ」

トレーに載せた紅茶を運ぶという大仕事をやりきったピアニーは、とても誇らしげにしている。きっと一生懸命、こぼさないように気をつけて持ってきたのだろう。ただ残念なことに、ソーサーにはタプタプと紅茶がこぼれていて、ソーサーだけではこぼれた分を受け止められず、トレーもビチャビチャしている。

大事な紅茶は一口分くらいしかない。

「一口分はあるな。ありがたくいただくぜ」

見た目に反して優しい冒険者ギルドマスターは、ピアニーが持ってきたチョビットしかない紅茶を飲んでくれた。

約束もなく冒険者ギルドマスターが来たのは、ピアニーが以前渡した七色の実の報酬を持ってきてくれたからのようだ。

報酬はピアニーが錬金術で使うアンプル瓶や素材が多いのだが、それ以外によくもらっているのが洋服や靴、下着などのピアニーのためのオーダー品。

どうしても既製品だとサイズが合わないので、オーダーで作ってもらっている。

デザインは冒険者ギルドマスターにお任せしているのだが、どれもこれも素晴らしくピアニーに似合う可愛いデザインなのだ。

今回は初めて水着が入っていた。

蜜蜂のイメージのボーダー柄でフリルビキニタイプだ。色はピンクと黒の二色使い。

触覚のついたキャップもあって、凄く似合いそうだ。

ちょっと着てもらいたいと思い、チラリとピアニーを見ると、魔石の付いた図鑑に夢中だ。読んでいるのは図鑑なので、通常子供が喜ぶ本ではない。

ただピアニーが魔石に魔力を注ぐだけではなく、父さんや母さん、冒険者ギルドマスターにまでお願いして、いろいろな魔力を魔石に注いで試している姿は、無邪気で子供そのものだった。

なにを思ったのか、今度は僕の尻尾を掴んで魔石に当てている。

「にーしゃん　の　しっぽ　は　へんか　なし　マシュタ　ナムナム　なの　しっぽ　かす　して？」

「俺の尻尾をチビが触るときは、ろくでもねぇときしかねぇから嫌だぜ」

まぁ、尻尾を噛まれたり、口から吹き出した紅茶を尻尾で拭かれたりしたので、イメージが悪いのだろう。ただギルドマスターは嫌だと言いながらも、結局はピアニーに尻尾を貸してくれたのだった。

　本当に見た目と全然違うなこの人。

ペッタン。ペッタン。ペッタン。

時々後ろを振り返り家族を見るが、すぐにまたペッタン。ペッタン。ペッタン。

母さんがピアニーのお絵描きに焦り、慌てて壁に貼った大きい紙がここぞとばかりに役に立っている。

『研究始めました。ピアニー』印をピアニーが押しまくっているのだ。

ピアニーはチラチラと家族の目を気にしているので、ちょっとだけ悪いことをしている自覚があるかもしれない…………いやドヤ顔しているので、違うかも。

「あ、あらぁ。素敵ねぇ」

と母さんは言ってはいるが、ピアニーがソファやテーブル、床に印鑑を押してしまうんではとヒヤヒヤしている。

一方、父さんは自分の手に印鑑を押されてしまった。

ピアニーがワザとやった訳ではないのだが。先ほどピアニーは床にちょこんと座り、画用紙を広げて印を押そうとしていた。が、見るからに画用紙に押せなそうな位置に構えているではないか。絶対に床に押してしまうと思ったときに、父さんの手が床を庇《かば》ったのだった。

「ら、楽でいいな」

楽しいことにとても積極的な父さんも、自分の手に印鑑を押されてなんとも言いがたい表情だ。

「…………俺は、そろそろ帰るぜぇ」

ピアニーにこの印鑑《おもちゃ》を渡したのは、冒険者ギルドマスターだ。いろいろなところに印鑑を押しまくっているピアニーを見て、さっさと退散しようとしている。

まぁ、冒険者ギルドマスターもおもちゃのつもりで印鑑を渡したのではない。

ピアニーがなにか研究を始めたら、知らせがほしいとギルド行きの手紙用紙と、『研究始めました。ピアニー』印をくれたのだ。

冒険者ギルドマスターはピアニーの字を読むことは難しいらしく、簡単で便利な印鑑をワザワザ作ってくれた。

ただ、冒険者ギルドマスターはちょっとだけ考えなしだったのだ。

ピアニーぐらいの子供が印鑑なんてもらったら、手当たり次第に押しまくるに決まっているということをまったく考えなかったようだ。

「マシュタ　どもちゃい」

ピアニーはお礼を言いながらも、印鑑を押す手を止めない。とっても真剣に、それでいて楽しそうに押しまくっていた。

「ピアニー、ギルドマスターが帰るみたいだよ。お見送りしようね」

お見送りするために玄関先まで行くと、いつものようにウサギが繋がれていた。

冒険者ギルドマスターが我が家に来るときによく乗って来ている、自分で調教したであろう愛兎だ。

特段変わったこともなく、普段通りお見送りしたのだが…………。

「にーしゃん　うちゃぎ　まで　しょうかん　できる　した！」

ピアニーはウサギごと冒険者ギルドマスターを召喚できたのだと、大興奮。通常絵本の中では、召喚すると目の前にいきなり召喚された魔物などが現れる。

ピアニーに召喚された冒険者ギルドマスターは、何故かウサギを繋ぎ律儀にドアノッカーを鳴らしている。が、召喚したと信じきっているピアニーにはそこら辺の違和感はないようだ。

大きなウサギまで召喚できたと思っているので、もうなんでもかんでも召喚できると信じてしまうかもしれない。

ピアニーがしょんぼりせず、召喚を止めさせる方法はないだろうか？

「ウサギさんは来たくなかったかもしれないよ？」

「う？」

「お昼寝中だったかもだよ？」

「うちゃぎ　ねる　ちてた？」

「ピアニーは召喚される前、ウサギさんがなにをしていたか知ってる？」

ピアニーは知らないと、ブンブン首を横に振る。

「好きに召喚できたら素敵だね。ただ、召喚されたほうはもの凄く驚くだろうし、嫌かもしれないよ？」

ピアニーは僕をじーっと見ながら、言われた言葉を考えているようだ。

優しく優しく言ったのだが、しょんぼりしてしまうだろうか……。

「しょうかん　する　びっくり　する」

「そうだね。吃驚《びっくり》しちゃうよね」

どうやら突然召喚するのは、よくないことで相手を驚かせてしまうと理解してくれたようだ。

「うん　にーしゃん　だけ　に　する」

凄く悩んでピアニーが出した結果が、召喚するのは僕だけ。

「……………最速で行くように心がけるね」

とても真剣な目で見られたので、僕を召喚するのも駄目だとは言えなかった。

もう喚ばれたら最速でピアニーの側に行くしかない。

「ピアニー、手紙はいつ飛ばしてくれても大丈夫だからね。寂しくなったら飛ばしてね」

何度もピアニーのおデコにキスをしながら、いつでも手紙を飛ばして大丈夫だからと教える。

ピアニーは凄い手紙を飛ばすんだと張り切ってくれてはいるのだが、今日から僕が野営訓練で二日間不在にすることは理解できているように思えない。

「にーしゃん　ぴくにっく　きをつけて　なの」

「野営訓練が終わったら急いで帰ってくるね」

「きょう？」

「うーん。今日は帰れないんだ、ごめんね」

今日は帰れないと伝えると、不思議そうにピアニーは首を傾げる。

「なんか全然わかってない気がする。心配だよ」

野営訓練で僕がいないことをまったく理解してない気がしてならない。寂しくなったら手紙を飛ばすようにお願いしているが、大丈夫だろうか。心配でしょうがないのだが、これ以上は遅刻してしまうので訓練に向かったのだった。

できれば今日から二日間、僕が訓練のため不在にすることを、ピアニーが理解してから家を出たかったのだが、学校が用意した馬車に乗って街の外まで行くので遅刻できないのだ。

先ほどのお見送りしてもらった言葉から考えると、野営訓練は街の外で行うピクニックで、帰って来るのは今日の遅い時間だと思っているみたいだ。本当に心配だ。

「オッス。ギリギリじゃねーか、来ねぇのかと思った」

クインスが言うように、僕が学校に着いたのは馬車の出発ギリギリの時間だった。

乗り遅れたら野営訓練を欠席したことになってしまうので、危なかった。

「おはようクインス。弟にね、ちょっと説明していたらギリギリになっちゃったよ」

「フライ系魔物の手紙のことか？」

「あー…………手紙のことは言えなかったんだ」

先日クインスには、訓練時に勘違いして危険だから、魔物に見える手紙を飛ばさないようにちゃんと言えと言われていたのだが、ピアニーが可愛くて言えなかったのだ。

「は？　言ってねぇのかよ。じゃあアレが飛んでくんのか？」

間違いなく、ピアニーの手紙はアノ形だろう。

「はぁ。まぁ一、二通だったらちょっとビックリする程度で済むか。飛ばすのどうせ夜だろ？　同じテントのヤツには説明しとこうぜ」

確かに、前もって言っておいたほうが良いだろう。

今回の訓練でクインスとは同じテントだが、ほかに三人いるので、馬車の中で説明することにしよう。

街の外まで行くのは時間がかかる。今回は野営訓練が目的のため、外までは馬車で行くことになっている。学校が用意した馬車は、大型の高速馬車だ。十人乗りで、時速は三百～三百五十キロ出る。街の外まで行くのに、徒歩だと三日～五日。馬車だと七時間～十時間。高速馬車を使うと三時間ぐらいですむ。

ただ普通の馬車は、地面から離れると揺れがほぼないのだが、高速馬車はかなり揺れると聞いている。なので、気分が悪くなったらすぐにポーションを飲むように出発前に学校で説明されたのだ。

「やっぱり高速馬車は格好いいワネ」

シランが言う。彼女は同じクラスのエルフ族。

「御者希望か？」

「ええ、そうよ。だから調教のクラスを取ってるんだけどね、なかなか難しいノヨ」

御者は簡単になれる職業ではない。

馬車を操縦できれば良いという単純なことではないのだ。

馬車を動かすのに魔力が必要になるので、そもそも魔力量が少ないと無理だ。また量だけではなく魔力のコントロールも必要になる。

もちろん、馬車を引く魔物の調教ができなければ話にならない。

一般的に馬車で使う魔物は飛べなければならないし、速度が速い魔物になればなるほど、調教は難しくなると言われている。ただ、馬車に使う魔物は数種類いるので、全部調教できなくとも良いのだが。

ちなみに今馬車を引いているのは、ユニコーンだ。遠目から見ると、色白でクリスタルのような綺麗な角がある馬で、とても美しく見える。が、近くで見ると、とにかく大きい。

見た感じ、冒険者ギルドマスターのウサギの二倍は軽くありそうなので、おそらく、七、八メートルはあり体重も七トン以上はあるだろう。

それが一つの馬車に三頭いるのだ、速いはずだ。

スラリと細身に見えるが、脚の太さは僕の体より太い。

こんなのに蹴られたらたまったものではない。なので調教はとても重要だ。

また街の外に出る馬車となると、魔物が出たときに多少なりとも戦えなければ客を守れない。

ピアニーみたいにまったく戦えない者が、街の外に行く馬車を護衛もなしに乗ることはないのだが、乗客の全員が戦闘できる訳ではないため、時には乗客を守るべく戦うこともあるのだ。

まぁほぼ、馬車を引いている魔物が、襲ってくる魔物を撃退するのだが。

あとは街の外に行く馬車は、魔物との戦闘で馬車が壊れたときには、修理する必要があるので、多少鍛冶のようなこともできなくてはならないしと、まだまだ言い出せば細かいことが必要になってくる職なので、いろいろと器用にこなせないと難しいのが御者だ。

「確かに格好いいっちゃ格好いいが、細けぇ仕事が面倒そうだぜ？」

「まぁクインスにはムリね。戦闘は一級だけど、それ以外ができなそうダワ」

「シランの家は、商いをしていたよね？」

確かシランの家は雑貨屋をやっていたと思った。

まぁシランが大人しく、平和に、雑貨屋を継ぐとは思えないのだが。仕入れ等で街の中と外を行き来する役割で、家業を手伝うこともできるはずだし、その手伝いなら客を乗せないが、御者と一緒のようなものだ。

「家業は兄貴たちが継ぐ予定だよ。ってか勝手に思っているだけだケド。兄貴たちはテンと、カコミスルだから弱すぎて商いしかできないんだヨ」

「マジか！　スゲー可愛いヤツじゃん。俺、紹介してくれよ」

「あー、それよく言われんダワ」

獣族の中でも戦闘が余り得意ではない者は、見た目が可愛いと相場が決まっており、一般的にモテるのだ。

母さんもフェネックなので、声を掛けられることが多い。まぁでも、獣族なのでそれなりの運動能力は持っているのだが。

「オーキッドはウチの兄貴たちに興味ないの？　もしかして夫じゃなく、誰かの妻になることを希望してんの？」

クインスのように、お兄さんを紹介してと頼まなかったのが不思議だったのだろう。

それぐらいテンもカコミスルもモテるのだ。

「僕は弟にしか興味ないよ。弟は天使だからね」

「此奴《こいつ》弟に呪われてやがる。弟は魔物が好きなんだ、怖《こえ》ぇよ」

「ええ？　呪いってナニ？　魔物好きって、ゲテモノ専門？」

先日、医務室に行ったときに、呪いじゃないと理解したと思っていたのだが、実は納得してなかったようだ。

「呪われてないし、弟はゲテモノ好きでもないよ」

「此奴の弟、顔はビックリするぐれぇ綺麗だぞ。だからこそ余計怖ぇ」

クインスは図書館でピアニーに会ったことがあるのに、どこでどう間違ったらそんなイメージになってしまうのか。

「あと、小《ち》ぃせー。こんぐらいしかねぇし」

「そんな小さくないよ。それじゃぁ五センチくらいしかないじゃないか」

クインスが左右の人差し指でピアニーの身長を表現したのだが、人の大きさではなかった。

「綺麗で小さいんなら、それこそ紹介してもらえばいいワヨ。ゲテモノ趣味はちょっとだけ我慢すれば済むことじゃナイ」

「イヤ、無理だ。触ると壊れる」

「ねぇ。アンタの弟って陶器かなんかでできているの？　ちょっとアブノーマルな臭いがするんだけど、ナニ族ヨ？」

「人族だよ」

「人族!!　愛《め》でさせて！」

「僕に殺されたいの？」

「…………イエ、ナンデモナイわ。ワスレテチョウダい」

「やっぱり呪いじゃねぇか。弟のことになるとオカシクナル呪いだ、間違いねぇ」

クインスはどうしても呪いが頭から離れないようだ。ちゃんと穏やかに笑って答えたのに何故なんだろう。

他愛もない話をしていたら、三時間ちょっとなどあっという間だった。

幸運なことに、一緒に馬車に乗っているメンバーは、誰一人酔うこともなく無事に街の門まで着くことができた。

一緒に乗っていたメンバーは、足取りも軽やかに馬車から降りたのだが、周りを見るとヨロヨロと降りてきて、その場で蹲《うずくま》る者も数人見受けられる。

「三時間座りッぱなしはキチィーな」

クインスは馬車から降りると、ググゥーと背を反らして体を伸ばす。

「馬車酔いしている人が結構いるから、ちょっとダケ休憩するみたいダワ」

いくらポーションを飲んでも、馬車に乗っている限り酔いは繰り返す。

病気などで具合が悪くなっている訳ではないので、三十分もすれば十分だろう。街の中ならば、歩きながらポーションを飲めばいいのだが、そこまで危険はないと言っても、街の外を歩くのだ。フラフラしながら歩く訳にはいかない。

「なぁ、俺らのメンバーが一番奥まで行くよな？」

訓練なので、仲良く固まって野営をする訳ではない。

かといって、引率する教師の数は限られているので、野営地はそんなに広範囲でもないのだが。ただ隣のテントまでの距離は一キロは取るように言われている。

チームメンバー＝同じテント。なのだが、メンバーの強さを平均して組んでいるのではない。

そのため弱いチームは街の近くの草原、または街道の側にテントを張る。

弱いチームからテントを張るので、強くなれば強くなるほど、街や街道から離れた森の中にテントを構えるようになるのだ。なので、一番戦闘力のある僕たちのチームが街より遠く、森の中にテントを張ることになるのは間違いない。

「そうなるワネ。しかも引率の先生はきっと、弱小チームに付きっきりになるから、放置プレイよ！」

なんだかとっても嬉しそうにシランが言う。

今回の野営訓練は、街の外の歩き方、テントの張り方、魔物が出たときの対処や戦闘、食の確保と外での料理など、基本的な訓練が目的なのだが、それ以外は自由なのだ。

「じゃぁよー、森の行けるギリギリのところまで行って、旨い魔物狩ろうぜ」

「のったワ！　個人戦にして誰が一番狩ったか勝負しまショ」

「そうとくれば、ボクチン今から罠作ろっと♪」

ドワーフのニンファーが、自分の鞄の中から罠を作るべく道具を取り出している。

「あなたたちくだらないわね。ワタシはそんなことしないわよ」

子供ね、と言いたげな顔でフフンとデイジーが言う。

ちなみに、自分のことを『ボク』と言っているが、ドワーフのニンファーは女で、中性的な言葉を使うデイジーは男の獣族、蛇だ。

人によっては、蜥蜴《とかげ》や蛇は獣族ではなく、竜族だとか、または新しい種族用語を作ろうと言う者もいるのだが、生まれたときの卵が獣族と一緒なのだ。だから一般的に毛がなくとも獣族と言われている。

「狩りしねぇと暇じゃね？　テント張っちまえば、来る魔物倒す程度でやることねーじゃん」

暇だからちょっとソコまでのノリで狩りを提案するクインス。

狩りだなんて、花の方が素敵だと言って、デイジーはデイジーで勝手なことを言う。

「夜這いよ！　可愛い子見つけちゃったのよワタシ。性行為はまだ無理でもちょっと舐めるくらいはしてくるつもりよ」

　頭が痛い。

　強くなれば強くなるほど好き勝手をやる者が増える。このメンバーなら油断はしないだろうが、なんとも自分勝手すぎる。

「デイジー。夜這いするならその言葉通り夜にね。引率の先生に見つからないようにね。僕が怒られる。狩り勝負はいいけど、そんなに食べられないよ？」

「夜だからって駄目だ。こらオーキッド、お前自分のチームの操縦をもっとしっかりしろ。狩りは弱小チームに分けたら一ポイントだけやるぞ？　あいつらホーンラビットしか狩れないだろうから」

　僕たちの話をしっかり引率の先生に聞かれていた。

　別に僕がチームリーダーな訳ではない。チームであってもリーダーなどいない。だが、いちおう先生からはこのメンバーが暴走しないように見張っていろと前もって言われていたのだ。とても損な役目を押し付けられたと思う。

「んだよー。一ポイントだけか、まぁもらえねぇよりいいけどよぉ。引率が面倒くさがってるだけだろ？」

　弱小チームが食料を確保できなかった場合は、引率している先生が狩りをすることになっている。

　弱小チームは参加することが大切で、魔物を倒すことは期待されてないし、倒せなくとも学科の点数には影響しないのだ。

反対に、僕たちのように強いチームは目的地までは先頭に立ち、魔物が出たら討伐し、弱小チームを守ることも実は訓練に入っている。今回は目的地までなので、張ったテントまで守る義務はないが、今後は守ることを目的とした訓練も出てくるだろう。

「ワタシの狩った獲物は、あのチームにあげることにするわ。罠も作ったしねバッチリよ」

デイジーは一ポイントもらえると聞いて、素早く罠を作ったようだが、デイジーの場合はドワーフと違って罠より、戦闘で狩ったほうが早いはずだ。

何故罠など…………。罠になにか薬剤が塗られている。

「デイジー。罠とはいえ、毒を塗ったら食べられなくなるよ？」

「馬鹿にしないでちょうだい。毒じゃないわ、シビレ薬よ。食べたらちょっと痺れるだけだわ」

「痺れさせてどうするつもりヨ？」

「決まってるじゃない、介抱するのよ。痺れて動けないんだから」

…………とりあえずデイジーはサラシで縛っておくほうが良いかもしれない。ピアニーが開発した新しいサラシをたくさん持ってきたのだ。

三十分程度の馬車酔い休憩の予定が、食べられる者は軽い昼食を取って良いことになったので、ちょっと延びて四十五分くらい休憩してからの出発になった。

初日の昼食は「歩きながら食べられるモノ」なら自宅より持ってきて良かったので、僕は干し肉とサンドイッチを持ってきた。

今回アイテムボックスが使用禁止なので、できるだけ潰れないように注意してバッグに入れてきたのだが、残念なことに母さんに渡されたときより、厚さが半分くらいになっていた。

街の外の街道を四、五時間歩いた場所が今回の目的地だ。

歩き始めて一時間くらいは、魔物はまったく出なかったのだが、一時間を過ぎた頃からスライムなどの弱い魔物が出始めた。

もちろん、弱い魔物なので討伐するのは簡単だ。この程度の魔物なら、僕たちのチームにとってはなんの問題もない。

そう、むしろ問題なのは…………。

「この草原、魔物が見えにくくて、面倒ダワ」

僕たちが歩いている街道は、旅人等が歩いて踏み固められた道だが、少し逸《そ》れると草が生い茂る草原になっている。

手入れなどされてないので、背の高い草が生えているのだ。

「だな。魔物がよく見えるように焼き払うか」

「いいワネ。風魔法で手伝うワヨ」

「おお、頼むぜ。これこそチームプレイだな！」

とても危険な内容を、名案だと言って意気投合している二人がいる。

「二人とも、駄目だよ。大火災になっちゃうからね」

引率の先生は側にいない。シランが言ったように、弱小チームに付きっきりなのだ。僕しか止める人がいないので、もちろん、放火は駄目だと伝える。

ドワーフのニンファーがいきなり走り出した。

魔物に怯えて走っている感じではなさそうなので、なにか気になるモノでも見つけたのだろうか？　結構先まで行ってしまっているが、なんとか目視できるのでとりあえず好きにさせている。

ニンファーが行った先で立ち止まり、しゃがみこんでなにか作業をやりだした。

やはり街道にナニか落っこちていたのか、埋まっていたのか？　穴を掘っているように見える。

僕たちがやっとニンファーに追い付いた頃に、作業を止めたのだが。

「ニンファー。スゲー勢いで走ってたが、なんかイイモンでも落ちてたのかよ」

クインスはそう言って地面をキョロキョロと見ている。

「ボクチン罠仕掛けてみたんだ♪」

とっても嫌な予感がするのは気のせいだろうか。

「どこに？　ナニ用の罠しかけたの？」

聞きたくはないが、聞かないといけない気がしたので聞いてみる。

「街道に♪　人用の罠♪　魔物が掛かっているのは見たことあるんだけど、人はないからね、よほど運が悪くなきゃ死なないから安心♪」

だから、皆で草むらに隠れて引っ掛かるヤツを見学しよう♪　と嬉しそうに言っており、クインスなんて「そりゃいいや」と喜んでいる。

「駄目だよ。危ないから解除してね」

今回も僕しか止める人はいない。

「せっかく仕掛けた罠なのに。ボクチンの力作なのにケチィ♪」

頭痛が酷くなった気がする。ポーションを飲んだほうが良いだろうか？

「ワタシを呼ぶ声が聞こえるので、ちょっと行ってくるわ」

「…………僕には聞こえなかったけど、どこから聞こえたの？」

「最後尾の弱小チームからよ。転んで足を挫いたのかもしれないじゃない？　抱っこしてあげなくちゃ」

思わずため息が出てしまったが、僕はデイジーに首を横に振って、行く必要がないことを無言で示した。本当に足を挫いたとしても、引率の先生が付いているのだ。まったく行く必要がない。

「なんだお前、急に色気づいたみてぇだけどよぉ。俺も可愛い子は見てぇが、それよりもまだ旨い飯のが興味あるぜ？」

どこの誰が可愛いとか、格好いいとか。この頃は周りでよく聞く話なのだが、その程度だ。

ちょっと前までのデイジーも、あの子が可愛いと言う程度で済んでいたのだが、いきなり恋に目覚めたのか。まだ僕たちの歳では好きな子は気になるが、クインスが言う通り美味しいご飯や探検（遊び）のほうに興味がある者が多いだろう。

「フフン。これだから子供は。ワタシねこの前、精通がきたの。大人になったのよ。だから試してみたいの、まぁまだわからないわよね。フフフン」

恋に目覚めたのではなく、性に目覚めたらしい。

しかしデイジーが言うことに対しては、同意する仲間はいなかった。

「…………はぁ、デイジー。僕としては下半身の強化より、もうちょっと脳ミソの強化をしてほしいよ」

とりあえず僕はポーションを飲むことにしたのだった。

誰も怪我もなく目的地に到着した。

このあとは、間隔を取ってテントを張って食材の確保だ。街道に近い草原では、スライムやホーンラビットの魔物、もしくは良くて鹿ぐらいだ。ホーンラビットは角と毛皮は人気だが、小さいので食べるところがあまりない。鹿は滅多に出ないし、意外とすばしっこいので面倒だ。スライムは当たり前だが食べられない。

やはり美味しい夕食を食べるためには、森に入って狩ったほうがいいだろう。

「焼き鳥が食べたいワ」

「旨いけどよぉ、捌《さば》くの面倒だぜ？　羽根をむしるのが怠い」

「火矢を射って狩るついでに、燃やせばいいワヨ」

「ボクチン見たことない茸《きのこ》食べてみたい♪」

「森に入ってイイコトしたいわ」

「皆。森を焼き払わないこと。安全じゃない食べ物は取ってきちゃ駄目だよ。下半身に忠実に行動することはやめてね」

本来なら、怪我しないようにとか、お互い声掛け合って注意してとか言うべきだろうが、このメンバーにはそんなこと言う必要はなさそうだ。

とりあえず、食材確保している間もテントの見張りは必要なので、僕が簡単な調理場を作りながら、テントの見張りをすることにした。

なんだか、とっても疲れたのだ。

早くピアニーの手紙が読みたい。

クインスたちは、とにかく美味しい夕食にしたいのだと、食い気によりやる気を出し、意気衝天の勢いで森に入っていく。

あのメンバーならば、怪我もなく美味しい魔物を獲ってこられることだろう。

ただ狩りの競争をすると言っていたので、夢中になりすぎて食べられなくなるような技を使ったり、森をとんでもない状態にしでかしたりしないかが心配だ。

とりあえず僕は、テントの見張りをしながら簡単な竈《かまど》を二口作ろう。

石などで作る簡易な竈だが、土に薪を置くだけの火よりも、竈のほうが火力が出るので、湯を沸かすだけでも差が出るのだ。

競争に夢中になりすぎて、時間を忘れているのかと思う程度にはメンバーが帰ってこない。やっと帰ってきたと思ったら、とんでもない獲物を狩ってきているではないか。

「喜べ！　牛だぜぇ」

狩りに行ったメンバー皆で運んでいるのは、毛が生えた牛だ。

かなり森の奥まで行かなきゃ狩れないはずの獲物。

「確かに食べられるけど、それ窮奇《きゅうき》（人によっては、チョンジーと呼んでいる）だよね？」

成牛よりは大分小振りの魔物で、鋭い体毛に覆われており、獰猛な肉食魔物だ。

「おう、窮奇って言われてっけどよ、味は高級牛そのもので旨いんだ」

なんでそんな魔物を獲って来たのか聞くと、初めは狩った数で勝負をしようとしていたのだが、それでは美味しい獲物は獲れないことに気がつき、では誰がより強い魔物を仕留められるかの競争に切り替わったようだ。

そうなると、森の奥に行けば行くほど強い魔物がいるので、全速力で森の奥に行ったら窮奇を見つけて、高級牛を食べるために力を合わせて狩ったのだそうだ。

食材を狩って来てくれたことにはお礼を伝えたのだが、あくまでも学校の訓練なのだから、森の奥に行きすぎないようお願いをする。

森林火災や、猛毒を撒き散らし自然破壊を起こさなくてよかったのだが、明日もある。そうまだ初日なのだ。

ポーションを飲んで治ったと思っていた頭痛が、ちょっとぶり返してきたようだ。

癒しがほしい。ピアニーの手紙が早く読みたいと強く思うのだった。

引率の先生が、食材をもらいに僕たちのところまできたのだが、狩った獲物が窮奇だとわかると、もっとメンバーの舵を取れと何故か僕が怒られた。

危ないと先生より散々注意をしてきたのだが、手にはしっかり窮奇の肉を持っており、もらう気満々で、ちょっと納得がいかない。

しかし、夕食は凄く美味しいステーキを食べることができた。

少量の塩コショウを持参して良かったので、これだけ良い肉になると余計な調味料は必要なく、十分美味しくいただけたのだった。


学校の授業だからと言って、健康的に早寝早起きをすることはしない。

さすがに、寝ずの番などはしないのだが、夜中まで起きており、翌朝は早くから朝食の狩りをするように言われているのだ。つまり睡眠時間を短くして、翌日も普通に活動をする訓練だ。

普段でもこの時間帯ではまだ寝ないのだが、訓練生のほとんどがテントに入らず焚き火を囲んでいるようで、遠くにポツリポツリと焚き火の炎が見える。

僕たちも誰もテントには入らずに、焚き火を囲んでワイワイと話していた。

ヒューン。

「ぉわっ。魔物か⁉」

クインスが少し腰を浮かして、武器に手を伸ばしたのだが、僕は手で待ったをする。

「弟からの手紙だよ」

やっと、ピアニーから手紙が届いたのだ。

「それが言ってた手紙ヨネ？　確かに魔物にしか見えないイワ」

「その手紙、ボクチンの罠よりやばいね♪」

「…………その手紙の形はないわ、ありえないわ」

皆の顔がちょっと引き攣《っ》っているように見えるのだが、そんなことはどうでも良い。

今はなによりもピアニーの手紙を読みたいのだ。大事な大事な手紙なので、そっと破れないように紙を広げる。

『にーしゃん』

紙いっぱいに大きく兄さんと書いてある。

なんて可愛い手紙なのだろう。もっといろいろ書きたいのに、大きく書きすぎちゃったと困るピアニーの顔が思い浮かぶ。

しかも、「ん」の字がちょっと切れちゃっているので、手紙からはみ出してテーブルとかに書いちゃっているかもしれない。

「ふふふ。本当に可愛い手紙だよ。皆も見る？」

ちょっとだけ皆にも癒しを分けてあげようと思い、手紙を見せてあげる。

「…………。コレのどこに字が書いてあるノヨ。呪文？」

「…………。形状もヤバイけど、中身は超ヤバイ感じ♪」

「…………。魔法陣の一部かしら？　字は書いてないわ」

「…………。だからよぉ、言ったろ？　呪いだっつーの」

せっかく大事な手紙を見せてあげたのに、誰一人ピアニーの字を読めないなんて、残念すぎる。

「こんなに可愛い手紙なのに、読めないなんて、残念すぎるよ」

本当に心から残念でならなかったので、声が出てしまっていた。

「残念だけど呪いネ。間違いなイワ」

「ボクチン呪われた人初めて見る♪」

「モゲる呪いとかじゃないわよね？」

「ちょっと周りがザワついてねぇ？」

クインスが言うように、少しだけ遠くがザワザワしているように感じるが、きっとほかの訓練生もこの時間帯に手紙を受け取っているのだろう。

焚き火で少し明るくなっている中、ピアニーの手紙が数通飛んでくるのが見える。

一通だけじゃなくて、何通も書いてくれたようだ。もう少しで届くはずだが、とっても待ち遠しい。

（フライ系魔物だ！　気をつけろ）

（伏せろ！　伏せろ！）

（テントだ、テントに入れ）

どうやら夜なので、魔物が出たみたいだ。

ただ、全然強い気配はしないので、テントに入ってやり過ごすか、まぁ夜でも余裕で倒せる程度だろう。

ああ、やっと先ほど飛んでいた手紙が届いた。早く読もう。

ヒューン。ヒューン。ヒューン。

「おいおいおいおい。何通飛んでくるんだよっ！」

「ほかのチームの子たち、魔物だと思ってルワ！」

「ボクチンよりもイカレテルね♪　超大騒ぎだよ」

「頭おかしすぎだわ。これは本当にイカれている」

ピアニーが僕のために書いてくれた手紙が、ヒューン、ヒューンと軽やかに飛んでくる。

周りがさらに少しザワザワしだす。

夜は魔物が出やすい。いちおう今回の野営訓練の中では僕たちのチームが一番戦闘能力が高いので、有事の際は協力するように前もって言われていた。

せっかくピアニーからの手紙が飛んできているので、早く読みたいのだが、しょうがなくあらためて魔物の気配を探ってみる。できる限り丁寧に、周りの気配を探ったのだが、強そうな魔力を持っている魔物は全然いなそうだ。

夜だから見づらく、音などに惑わされる。野営に慣れてないので、普段なら手で払える程度の小物なのに、驚いて騒いでいるだけだろう。

「僕たちが出なくても大丈夫そうだね。僕は大事な大事な手紙を読むから万が一のときはよろしくね」

いちおうクインスたちには一言断って、手紙に目を落とす。

次の手紙は字を書く場所がなくなっちゃったみたいだった。紙いっぱいに、グルグルと描き潰したちょっと楕円形の黒い絵（多分僕だと思う）と、こちらもグルグルと描き潰した丸っぽい絵（多分魔物かな）が描いてあった。

可愛いことに、手紙の表面には冒険者ギルドマスターからもらった『研究始めました。ピアニー』印が押されている。もらった印鑑を押したくてしょうがなかったのだろう。

ああ、夕食はお肉だったようだ。お肉らしき絵と、大きい字で「にく」と書いてある。きっと父さんが食べさせてくれているはずだが、ちゃんと食べられただろうか。

もう一つ絵らしきニョロニョロしたのが描かれているのだが、これはなんだろうか？　うーん、と僕がニョロニョロした絵に悩んでいると、引率の先生が二人、もの凄い勢いで走ってくる気配がする。

森の夜道なのに、あんな勢いで走ると地面から出ている根っこに足を取られて転んだりしたら怪我をする恐れがある、とても危険な行動だ。

「いったいなにがあった？　こっちに魔物が何匹も飛んで行ったと報告があったが、大丈夫か？」

「魔物なんて来ていませんよ？　気配も探りましたがまったく危険はないですね。それよりも夜の森を走るほうが危険です」

夜の森を走るという危険行為をしてまで、急いで来たようだったので、緊急事態かと思い、手紙を読むのを一旦やめたのだが、そんな必要はなかった。

引率の先生たちも魔物の気配ぐらいわかるはずなのに、そんなことで大事な手紙を読んでいる僕に話し掛けないでもらいたい。

「人体に危険はねぇけどよぉ。精神的にヤバイぜ？」

「野営は別にどうでもイイ。オーキッドが危険ダワ」

「イカレタ手紙で大喜びしてる♪　近寄りたくない」

「ワタシの心の安寧に、可愛子ちゃんを要求するわ」

まったく、手紙ぐらい静かにゆっくりと読ませてほしい。

クインスたちまで危険だと言い出したので、しょうがなくもう一度魔物の気配を探る。

「本当に、まったく、全然、危険はないから静かにして？」

やはり危険な魔物の気配はない。

「俺は静かにするぜぇ。ボコボコにされたくねぇし」

「どう考えても勝てないわヨネ。ボコボコは嫌ダワ」

「ボクチン大人しくしてる♪　言うこと聞くえらい」

「勝てるヤツなんていないわよ。顔を守らなくちゃ」

ヒューン。

本当にたくさん書いてくれたようだ。また飛んできたので、グシャっとならないように掌《てのひら》で優しく手紙を受け止める。

「な、な、なんだ⁉　なにが飛んできたんだっ。魔物じゃないのか⁉」

掌にある手紙を指差して、引率の先生は危険だと騒いでいる。

「魔物ではないですよ。弟からの手紙です」

ほら、と掌の手紙を先生の前に出して見せる。

「て、手紙？」

「ええ、手紙です。一生懸命この形に折って飛ばしてくれたんです。可愛いでしょ？」

「ちょっと、見せなさい！」

なんと、引率の先生はピアニーからの手紙に興味を持ってしまったようだ。

「僕が読んでからでいいのならお見せしますが、丁寧に扱ってください。匂いも嗅いではだめです」

「…………匂いなんて嗅がねぇだろうよ」

クインスがなにか言った気がしたが、気にせず来た手紙に意識を向けた。

引率の先生二人が心なしかやつれているように見えるが気のせいだろう。

手紙を見せたら、魔法陣だの呪いだのピアニーの字が読めないだのと好き勝手なことを言ってきたので、一つ一つ丁寧に絵と字を説明する。

「これは召喚するって書いてあります。ほらここ、ちゃんと読めるでしょ？」

こんなに丁寧に説明してあげているのに、何故か先生たちは白目を剥いている。せっかく大事な手紙を見せているのに、眠らないでほしい。

「このニョロニョロは僕もわからないのですが、とにかく可愛い手紙でしょ？　見ていますか？」

「意識が霞んできたような気が…………」

夜だからか、先生が見えにくいと言う。

「オーキッド、そろそろ先生たちを許してやろうぜ」

「白目ヨ。もう意識がないワヨ。呪われちゃったワ」

「タマシィが口から出ていっちゃったみたいだね♪」

「間違いなく呪いよ。朝モゲちゃったらどうしよう」

「モウ、勘弁シテクレ」

「はい？　まだたくさんありますよ？　読まなくて良いのですか？」

「ああ、腹いっぱいってか、喉までいっぱいで吐きそうだ」

どうやら引率の先生は、可愛いピアニーの手紙を読めて満足してくれたようだ。

最後まで読んでほしかったが、時間もないのだろう。

「ところで、明日もその形の手紙が飛んでくるのか？」

「ええ、そうですね。多分十枚ちょっとは来ると思います」

「わかった。訓練生に通達を出す」

なんの通達を出すのか不明だが、どうせ僕たちにも知らせがくるので詳しくは聞かなかった。とりあえず、引率の先生は帰って行ったのだが、何故か勢いよく来たときと違い、ヨロヨロした足どりで自分のテントに帰って行ったのだった。

「朝食は心温まる優しいスープとかがいいわ。昨夜は可愛子ちゃんエキスも補充できなかったし。心が寒いわ」

　野営訓練くらいで、どうにかなる体力でも精神でもないはずなのに、何故かデイジーは心が凄く疲れたと言って、朝食に癒しを求めてくる。

「ボクチン食べられる茸探してくるよ♪」

罠や毒が大好きで、普段の言動や行動がとても危険なニンファーも、何故か優しいスープの朝食に大賛成で、協力しようと申し出ている。

まぁいちおう、見付けてきた茸は鍋に入れる前にチェックはしないと危険だが。

「俺もなんか……茸取り手伝うぜ？」

戦闘が大好きなクインスまでもが、興味なさそうな茸取りを手伝うと言っている。

「だめヨ。クインスはちゃんと見張っててもらわなイト」

「テントなら僕が見張っとくよ？」

「テントなんてどうでもいいワヨ。危険人物を見張っててもらわなイト」

シランも訳のわからないことを言っている。

能力は高いが問題児だらけのチームなので、できるだけ皆が勝手な行動をしないように、僕が損な見張り役をさせられているのだ。シランはいったいクインスにテントではなく、ナニを見張らせようとしているのだろうか？

確かに通常の生活より今日は寝不足だとは思うが、それにしても発言が可笑しい。

昨日の夕食の食材はちゃんとチェックしたのだが、気がつかないうちになにか変な食材でも摂取してしまったのだろうか。

「皆相当精神的に疲れているみたいだけど、弟からの手紙読む？　元気になるよ」

しょうがないので、癒しを分けてあげようと思ったのだが、皆遠慮してピアニーの手紙を読もうとはしなかった。

優しい味の茸スープを朝食に食べ終わると、昼の食材を狩るまでは自由行動だ。

昨夜の夕食も、今日の朝食も僕はテントの見張り役で狩りには参加してない。

今日は皆疲れているようだし、このまま問題行動を起こさず昼食まで大人しく休んでくれるのなら、僕一人で食材をなにか狩ってこようか、と申し出てみる。

「手紙は夜だよな？」

やはりクインスはピアニーの手紙を読みたいのだろうか。何故か手紙を気にしている。

「夜に飛ばす約束はしてないけど、多分夜になると思うよ」

「では私たちは夜までに精神力を回復しておけばいいワネ」

「ボクチン精神統一して、フライ系魔物の耐性をつける♪」

「目と心の回復のため、可愛子ちゃんを覗き見しなくちゃ」

「俺は引率の先生に、念のため夜だって知らせてくるぜ！」

なんだかよくわからないが、とりあえず皆大人しくしてくれるようなので、僕が昼の食材を狩ることになった。

自由行動とはいえ、ゆっくりしすぎてお腹が空かないらしく、少しだけ遅めの昼食にしたいと希望が出たので、今から食材を狩りに行く。

そういえば、昨日引率の先生が通達を出すと言っていたが、未だになんの知らせもこない。

「じゃぁ、行ってくる。通達が届いたら、あとで内容教えてね」

「…………。フライ系魔物のことだと思うぜ」

「…………。フライ系魔物のことダワ。絶対」

「…………。イカれたフライ系魔物のこと♪」

「…………。魔物よ。フライ系魔物のことよ」

まだ通達が来てないのにフライ系魔物のことだと断言された。何故だろう。

まぁ、昨日も今も強い魔物の気配はしないので、心配はないだろう。

昼食の食材を求め、一人で森を探索していると、とても大きな鶏を発見する。

波山《ばさん》だ。

本来ならもっと山の奥に生息しているのだが、喉を潤しにきたのか、または小魚を食べにきたのか、小川の側に数羽、嘴《くちばし》を川の中に突っ込んでいた。

鶏の解体は、羽根の処理がとても面倒ではあるのだが、皆でやれば早いだろうし、焼鳥にすると凄く美味しいので今日の昼食の食材はコレに決定だ。

無音スキルを使い、できるだけギリギリまで波山の側に行く。

波山は鶏に似た姿で大空を飛べないのだが、鶏とは違い少しなら飛行ができるため、近づいて刀やダガーで仕留める方法だと逃げられる恐れがある。なので通常の飛ぶ鳥のように、弓や飛び道具で仕留めるのが定石だ。

僕はハーネス（武器帯）より分銅鎖を取り出し、殺気を出さぬように気をつけて狙いを定める。

また、波山は火を吐きはするが、あまり危険な魔物ではなく、逃げ足が早い。

大きさはあるのだが、肉となる部分は少ないので、できれば一度に三羽程度仕留めたい。

分銅鎖を静かにクルクルと回転させる。

通常は鎖の先に付いている六角柱部分を魔物の頭等にヒットさせて、投石に近い攻撃方法を取るのだが、この方法だと一羽もしくは、運が良くて二羽しか狩ることができないので、今回は波山三羽の首に鎖を巻き付け動けなくしてから仕留めることにした。

狙い通り、三羽の首に鎖を巻き付けることに成功し、ダガーで首を落とし、木に吊るして血抜きをする。

魔力を練って波山の血の巡りを良くしているので、血抜きはすぐに終わるだろう。

そろそろ良い頃合いだろうと思ったときに、目の前にホーネットが飛んで来た。

ビーと違いホーネットやワスプといった魔物は攻撃性があり、とくにホーネットは蜂型の魔物の中でも大きめで毒性もほかより強めだ。蜂型の魔物はどの種類も巣を作り、集団で生活しているので一匹見れば百匹はいると思ったほうが良い。

できるだけ刺激しないようにと思い、注意深くホーネットの行動を見ていると、なにか紙のような素材でできているではないか。

おや？　と思い掌を出すと、ストンと落ちてきた。

よくよく見ると、ピアニーの手紙だった。

「にーしゃん　よる　しょーかん　きて　なの！」

この時間に手紙が来るとは思わなかったが、どうやら一通だけ飛ばしたようだ。

昨日の「ヒコーキ」の形状よりも複雑に折られていて、とても頑張って折ってくれたのがわかる。

夜召喚するから来てねっ、とのお誘いのお手紙だ。すっごく愛らしく可愛い手紙なのだが、希望に添えそうになく、なんとも悩ましい限りだ。

夜にならないと届かないと思っていた、ピアニーからの手紙を一通だけだが読めたことで、かなり癒された。

ゆっくりじっくり堪能しながら読み終わったとき、ちょうど、波山の血抜きも終わったので、血の痕跡をクリーンで綺麗にしテントに向かう。

アイテムボックスを使えないのは、とても不便だ。不便だろうなとは思っていたが、ただ荷物が重いだけではなかった。

むしろ、重いのはそんなに気にならないが、持ちにくい形で落としそうになったり、森を歩いていると荷物が木等に当たってしまって歩きにくかったりと、波山を肩に担ぎながら、これはなかなか大変だなと改めて感じたのだ。

「やった♪　ボクチン焼鳥大好き♪」

いち早くニンファーが、波山に気がつく。

「良いじゃねぇか。俺が滅茶苦茶早く湯を沸かしてやるよ」

クインスはその辺にあったちょうど良い大きさの石に竜族の得意技、炎獄魔法を掛け、鍋の水の中にポトンと落とす。

「あーぁ、お馬鹿ねぇ。鍋の水が全部蒸発しちゃったわ」

羽根の処理のために、湯を温めようとしたのだが、普通に火で沸かせばいいのに炎獄で熱した石を投入したので、一瞬で水が全部蒸発したのだ。

「柔《やわ》な水だぜ。ちょうど良い湯加減になるまで水を鍋に入れよぉぜ？」

そのあとは僕が鍋に水を入れ続けさせられたのだった。

今朝は皆何故か疲れきった様子だったが、午前中ゆっくり過ごし、昼食もかなり美味しい焼鳥を堪能したおかげか、だいぶ平常に戻ってきているようだ。

夕食は今度こそ、誰が一番大物を狩るかで勝負するそうで、僕は留守番だ。

ただ、昼が少し遅めだったので、夕食も少し遅くにしようということになった。森の奥に行くのはほどほどにしてほしいとはお願いをしたのだが、大丈夫だろうか。


夕食の食材はブラックピッグで、意外にも普通だった。

ちょっとだけ、森の奥の開けた場所に行かないと狩れないのだが、昨日みたいにかなり奥まで行く必要はない。ブラックピッグの走る速度はそんなに速くはないので、突進してきても十分避《よ》けられるし、静かに行動ができる魔物ではないので、不意打ちを喰らうこともない。

ただ、全員がブラックピッグを狩ったようで、食材としては食べきれないほどある。

どうやら同じ魔物にして、大きさを比べる勝負にしたようだ。慎重に大きさを比べたあと、余るだろう肉はデイジーが可愛子ちゃんに分けてくると言って、さっさとどっかへ行ってしまった。まぁ、食いっぱぐれないように夕食時には戻ってくるだろう。

ブラックピッグは割と手軽な魔物なのだが、なかなかに味も旨い。塩コショウのみのステーキでも、野菜と一緒に炒めても、ポトフや味噌スープに入れても美味しく、万能食材なのだ。

「スープのほうはできたワヨ。クインス、この大きい石に炎獄掛ケテ。各自、肉を石焼きにしまショ」

どうやら、石を熱し、その石で肉を焼いて食べるようだ。

「おぅ。まかせろっ」

轟々と石が熱されている。

間違って石に触ったらかなり危険だし、熱が冷めるまでは半日ぐらいかかりそうだが、まぁこれぐらいは良しとしよう。

「分けてきたわ。あら、石焼き！　良いじゃない、美味しそう」

良いタイミングでデイジーも戻ってきたので、各自自分の肉を石で焼く。

「すっごく良い匂い♪　ボクチン涎出そう♪」

涎はさすがに出さないが、ニンファーが言う通り肉の焼ける匂いと、ジュージューする音がとても食欲をそそる。

ブゥーン。

ブンブン。ブゥーン。

ブーンブーン。

「なんか音が聞こえルワ」

シランがキョロキョロと辺りを警戒する。

「ビー？　違う、大きい！　ホーネットだ、毒持ちだよ♪」

何故か毒を持っていることに喜ぶニンファー。

夜なので、少し見えにくいのだが、皆が警戒しているのはピアニーの手紙だ。昼間見た形状と同じものが、まるで群れで飛んでいるように見える。

「あ、言ってなかっ「刺されたら大変よ。顔が腫れちゃうじゃないっ」

「あのね、魔物じゃ「クインス出番ヨ」」

「ちょっと聞いて？「毒をあとで採取したい♪」」

「待って、攻撃駄目だよ「おうおうおう！　焼き尽くすぜぇ」」

皆、全然話を聞いてくれない。

それどころか、ピアニーの手紙に攻撃をしようとして、それぞれ武器を手に持っているのだが、一番危険なのはクインスだ。

炎獄魔法をぶっぱなして、手紙を灰にしようとしているではないか。

僕の刀は味方には攻撃できない。ちょっと血迷った味方の攻撃を受け止めることはできるが……………あとは鞘で鳩尾辺りを狙う程度だ。

ダガーでは短すぎるし、鎖は手加減ができない。早くどうにかしないと、大事な手紙が消し炭になってしまう。

「！」

これだ。

とりあえず、一番危険なクインスに向かって投げる。

「なんだっ！　どっからの攻撃だっ？」

皆がクインスを見ているうちに、シラン、ニンファー、デイジーにも投げる。

「オーキッドが毒にヤられて血迷った♪　ボクチンもちょっと毒喰らってみたいな♪」

足をバタバタさせて、木に括《くく》り付けられたままニンファーが言う。

「なによコレ。え？　サラシ？」

そう、僕が投げたのはピアニーが一生懸命改良してくれたサラシだ。味方に攻撃はできないので、サラシを投げて木に括り付けることにしたのだ。

ボーゼンとした顔のまま、シランが自分に巻かれたサラシを見ている。

「ワタシは可愛子ちゃんじゃないわ。縛っても面白くないわよ」

全てを諦めたような声でデイジーが答えた。

「ホーネットだぜ？　森林火災はだめとか言ってる場合じゃねぇよっ」

「よく見て？　弟からの手紙だよ。群れを成して飛んでいるように見えて、格好いいでしょ。そう思うよね？」

夜だから確かに見えにくいし、飛んで来る音も似ている。

僕も最初は少しだけホーネットと勘違いしてしまったのだが、ちゃんと魔力があるか調べればすぐに解ることだ。

「慌てずにちゃんと確認すれば大丈夫でしょ？」

「…………やっぱり呪いだ。そうに違いねぇ」

皆を木に括り付けたままだが、手紙を攻撃されないよう先に読むことにした。

「にーしゃん　まいご？　むかえ　いく　なの」

うんうん。相変わらず、もの凄く世界一可愛い手紙だ。

「俺の肉が、消し炭になる……」

確かに、石の上に肉が置かれたままで、ジュワジュワ……いや焼けすぎてプスプスといった感じだが、まだまだ容赦なく焼けていっている。

「三十通ぐらいだから、ちょっと待っていてね」

焼け焦げる肉を目の前に、優雅に手紙を読むのだった。

「大丈夫かっ⁉」

昨夜と同じ、引率の先生が大声を出して走って来る。

何故か一人増えて三人来た。

「特になにも問題は起きてないです」

また魔物騒ぎだろうか？　念のため周囲に危険な魔物がいるか確認したが、魔物の魔力は感じない。

少し遠くのテントがざわついてはいるようだが、問題はないと判断し、手紙から目を離さず答える。

「そこに飛んでいるのはホーネットだな？　毒にやられたのか？」

まだ読んでない手紙が、僕の側でブンブン飛んでいるので、勘違いしたのだろう。

しかし、昨日もそれとなく魔力があるかどうか調べるようにと伝えたのに、できてないし、危険だと教えたのに夜の森を走って来たのだ。

呆れてため息しか出ない。

「今助けるから安心しろ！」

なにを助けると言うのか。

まったく無視をしていたのだが、目の端に火の玉が見える。引率の先生がファイヤーボールを今にも投げようとしているのだ。しょうがないので、引率の先生三人にもサラシを投げて木に括り付けておくこととした。

「弟からの手紙ですよ？　燃やさないでほしいですね」

よく見えるように、引率の先生の目の前に手紙を出して見せる。

「弟からの手紙は、コウモリ型の魔物のような見た目だったろ？」

「新作です」

そんな会話をしながら大人しく手紙を読んでいただけなのに、何故か訓練最終日に親を呼び出して面談をすることになってしまった。父さんは仕事で来られないはずなので、母さんが来ることになるだろう。ってことはピアニーも絶対に一緒に来るはずだ。

ピアニーが僕を迎えに来てくれるなんて、とっても嬉しい。

「楽しみにしています」

「…………いや、面談だぞ？」

「だから言ったじゃねぇか。呪いとしか思えねぇ。俺の肉がぁ、ちくしょう！」

「ボクチンたちのチーム、誰もまともな人がいないね♪　オーキッドはヤバイ」

「唯一、真面《まとも》だと思っていたオーキッドが、一番アブノーマルな奴だったわ！」

「私たちはちょっと個性的なダケ。オーキッドは完全にぶっ飛んでいる人ダワ」

クインスたちは朝に弱いのだろうか？

今日は最終日で、朝食だけ済ませたら帰れるのに、何故か皆、覇気のない顔をしている。

まさか懐郷病《ホームシック》？　そんなモノを患うような繊細な心の持ち主ではないと思っていたのだが。

行動や言動と心は違うということだろうか？

「皆疲れてそうだから、休んでいて。僕ちょっと朝食狩って来るから」

昨夜の夕食の肉は、ベリーウェルダンよりもさらに焼かれており、ほぼ消炭になったので、さすがに申し訳ないことをしたなと思っている。特にクインスなんかは、ブルーレアが好きなので、僕が手紙を読んでいる間ずっと肉の心配をしていたのだ。

炎獄魔法で焼いた石はまだまだ熱いので、肉さえ調達すれば今度こそ好みの焼き加減にできる。

皆疲れているようだし、お肉でも食べて少しでも元気になってもらいたい。

ただ朝食なので、狩りにも調理にもあまり時間を掛けずに済ませたい、丁度良い魔物はいないかと、魔力を探ってみる。

小さめの魔物と、その側に親だろうか？　通常の魔物の魔力を察知した。

静かに近づくと、ウリボーがいる。親は突進してきてちょっと凶暴だが、ウリボーだけならとても簡単に狩れるので、朝食はウリボーに決めた。

親に見つからないようにウリボーだけ狩って、そぅっとその場を離れたのだった。

朝食を済ませたあとは野営の片付けなどをしたら出発だ。

今回の野営訓練では、どこのチームも病人や怪我人は出ていない。

もちろん、学校に着くまでが訓練なのだが、この調子で行けば問題なく終わることだろう。

「大きな問題もなく、訓練終われそうだね」

「本気《マジ》？　大問題勃発してたはずだぜぇ？」

「一人で大問題を起こしている人がいたワ」

「問題に感じないところが凄いと思うね♪」

「今後は戦闘能力での組分けは遠慮するわ」

行きの道中は、先頭だったにもかかわらず放置されており、引率の先生は誰も側にいなかったのだが、何故か帰りは戦闘能力のとても高い担任がビッタリ側にいる。

「儂《わし》は楽できると思っとったんじゃが。いろいろやらかしてくれたらしいのぉ」

担任のモンクシュッド先生は、昔は冒険者をやっていたらしいが、五百歳を超えた辺りから、定住をしたくなり教師になったらしい。

種族が虎なだけあって、父さんと同ぐらい大きく体格もとてもガッシリしている。

「いえ、特に問題は起こしてないですよ？」

初日の夕食はちょっと危険な窮奇を狩ってしまったので、少し注意はされたのだが、その程度だ。

「…………なんじゃ、どうなってんじゃ。無自覚か？」

モンクシュッド先生は何故か、クインス、シラン、ニンファー、デイジーたちと目を合わせ、クインスたちは凄い勢いで頷いている。

「このあと、面談じゃよ？　面倒だが儂が担任だからしなくちゃなんねぇのぉ」

「はい、聞いてます。待ち遠しいです」

今回、何故僕が面談されるのかは不明だ。本来ならちょっと問題を起こした程度では面談にはならないのだ。しかも面談になると、成績のポイントが一ポイント引かれるというペナルティーが発生するので、本来は皆嫌がる。

ポイントが足りなければ留年になってしまうし。

「…………」

モンクシュッド先生は無言で僕の顔を覗き込み、その後またクインスたちと目を合わせていたのだった。

「面談じゃなくてよぉ、呪いを祓ってやってくれよ。凄腕の薬師とか解除師とか、なんかいるだろ？」

# 第三章

「かーしゃん　おやつ　もつ　する？」

母親の家事が終われば、今日はオーキッドを迎えに学校まで行く。自分は邪魔にならないように、なにかお手伝いはないか母親に声を掛ける。

魔法があるこちらでは、家事もほんの少しやり方が違う。

特に掃除は、掃除機はなく箒《ほうき》でするのだが、これが魔法だなと思う仕様だ。

手作業で掃く訳ではなく、箒にクズ魔石が付いているので、魔力を通せば勝手に掃いてくれるのだ。現在五本の箒が、我が家の壁や天井・床などを掃いている。

洗濯は、洗濯機のような四角い入れ物があるのだが、電力で動くのではなく、これにもクズ魔石が付いており、魔力で動く。

食器洗いは手作業でやってはいるが、もしかしたら魔力で動く食洗機があるのかもしれない。

「そうねぇ。面談終わってからのお昼になるから、遅い昼食になっちゃうわねぇ。おやつ持って行こうかしらぁ」

そう言って母親はフルーツサンドイッチを作ったので、サンドイッチと紅茶と桃のジュースをアイテムボックスに入れたのだった。

「!!　それ　にーしゃん　の？」

学校には馬車を使わずに、徒歩で行くようなのだが、母親の手に持っている抱っこ紐を見てオーキッドから預かっているのかと聞いてみる。

「オーキッドのではないのだけれどもぉ、まったく同じ抱っこ紐よぉ」

自分は知らなかったのだが、父親も、母親も各自同じ物を持っているらしい。

「お熱も出てないし、天気も凄く良いわぁ。母さんが抱っこしても大丈夫なくらいには成長しているからぁ、今日は歩いて行くわよぉ」

「あるく　する　がんばる」

「あらぁ、ピアニーは抱っこよぉ。さすがに成長していても、外は歩かせられないわぁ」

体が成長しているので、重いのでは？　と伝えてみたのだが、重さはあまり気にならないらしい。

父さんやオーキッドと違い、母さんはそこまで身体能力が高くないので、普段は歩きの外出はせず、馬車を使っていたようだ。

今の自分ぐらい成長していれば、抱っこでのお出掛けも大丈夫だと思ったらしい。ただ、ちょっと外を歩いてみたかったので残念だ。

やはり獣族の身体能力はかなり凄いようだ。父親やオーキッドより身体能力が劣ると言っている母親でさえ、自分を抱っこ紐で抱っこしながら、車と同じ程度の速度で進んでいるように思う。

もちろん冒険者ギルド付近みたいに、出店や人通りが多い場所は、このような速度で歩いたら危険なので、いわゆる自分がよく知っている普通の、日本にいた頃の朝の出勤程度の速度で人々は歩いている。

あと数年したら、自分も学校に行くことになるのだが、どう頑張っても現在母親が出している速度で走るのは無理だし、距離もなかなかのものだ。

自分の感覚ではあるが、父さんやオーキッドは通常時速六十キロ程度の速度で移動しており、母親は四十キロ~五十キロの速度だろう。

自分が学校に通うようになったら、バスや電車はないだろうし、馬車通学とかできるのだろうか？ それは不明だが、なんだかちょっと自分の常識から考えると毎日馬車は贅沢すぎる気がする。

しかしこの距離を毎日歩くとなると、日本の成人男性で二時間は掛かるだろう。十歳程度の子供が歩いたら、それこそたどり着く前に行き倒れるに違いない。

自転車を開発するか？ ただ自転車といえどもこの速度は出せない。バイクや車はエンジンの仕組みがよくわからないので、開発は難しそうだ。クズ魔石を付ければエンジンの代わりになるだろうか？

とりあえず自分が学校に通うまでには、なにか手を考えなければならないと強く感じたのだった。

学校に着いたようだ。

距離にして十キロ程度だろうか。母親をチラリと見るが、特に息が上がっている等の様子は見られなく、いたって普通に「着いたわよぉ」と言われたのだった。

ちょっとだけ、ほんのちょっとだけ学校に通う自信が失くなってしまった。

「もう　にーしゃん　いる　する？」

「そうねぇ。オーキッドはまだ訓練から帰ってきてないと思うわぁ。先におやつにしましょうねぇ」

通学のことでちょっとだけ、気を落としていたのを母親が勘違いしたらしく、すぐにオーキッドに会えるわぁ、大丈夫よぉと言われたのだった。

「おや？　ピアニーさん、どうしたのです？」

学校とは思えない、ゆったりとして豪華な二階の学食で、母親と休憩をしていると、丁寧な口調で挨拶をされる。

ハイドランジア《教育ギルドマスター》だ。

「あらぁ、こんにちは。オーキッドがちょっとヤンチャしちゃったみたいでぇ、これから面談なのよぉ」

母親がニコニコ笑いながらハイドランジアと挨拶を交わすのだが、自分は母親の膝に向かって伏せのポーズで固まることにした。

ハイドランジアは一見とても真面目そうに見えるのだが、実は違う。

必殺技を教えてくれたのだが、到底人族ではできない難しい技をヤれるもんならやってみろと教えてくるタイプの人だ。

オーキッドからもできるだけ会わないように言われている。

「なんか拗ねていませんか？　どうなさったのです？」

「学校に来ればすぐにオーキッドに会えると思っていたみたいでぇ、ちょっとご機嫌ナナメなのよぉ」

「なるほど。必殺技の練習はしていますか？」

クスクス笑いながら言われてしまう。人族の身体能力ではできないと思っているのだ。

「ちょーかん　できる　する」

「召喚師ですか？　絵本の？　それはそれは。初めての学校はどうですか？」

「…………とおい　なの」

　母親の膝に伏せたままだが、気を遣って声をかけられているようなので大人として無視はできず律儀に答えた。

　声に出して遠いと言うと、ますます遠く感じてしまう。

　あと数年で通うようになるのだから、必殺技よりも早急に解決しなければならないのだ。

　魔法のように飛べるようになればいいのに…………ん？　そう、飛べば良いのだ。箒で。日本の絵本の魔女のように。

　こちらでは魔力があり、魔法が使えるのだ。魔女ぐらいいるだろう。

「人族だと確かに遠く感じるかもしれませんね。ただいろいろ学べて学校は面白いですよ。将来の夢はありますか？　召喚師、それとも錬金術師ですか？」

　ハイドランジアが言った召喚師や錬金術師になるとしても、それは遠い将来の話で、とりあえず近い目標としては魔女だ。箒に乗って通学することが目標だ。

　母親の膝から起き上がり、元気良く魔女になるんだと言おうと思ったが、魔女は女性なので言い換えることにした。

「がっこう　いく　じぇったい　まおちょこ《魔男》　なる　も！」

「間男！」

「あらあらぁ、ピアニー。それはちょっとお薦めできないわぁ」

ソファの上でピンと手を挙げてはっきりと魔男になる宣言をしたのだが、母親はあまり乗り気ではないようだ。

ちなみに自分の靴は、綺麗な花の刺繍がされている柔らかい布でできており、外を直に歩いていないのでほぼ靴下のような感じで綺麗だ。ソファの上に立っても問題はないだろう。

「間男！　それは良い。貴方の容姿ならば大成功するでしょう」

ハイドランジアはなにが面白いのか、笑いが止まらないようだ。

「容姿からすれば確かにそうかもしれないわぁ。でも人様の恋人を取ってしまうのはちょっとねぇ。ごめんなさいしなくちゃいけなくなるわぁ」

母親の心配は惚れ薬のことだろう。

魔女《魔男》が作る薬のイメージといえば、毒薬と惚れ薬が思い浮かぶ。母親の口ぶりだと、こちらでも惚れ薬は魔女《魔男》が作るのだと相場が決まっているのかもしれない。

惚れ薬を作ってほしいという依頼がたくさん来て、深く考えず依頼をこなしてしまえば、いらぬトラブルに巻き込まれる可能性も高くなる。ただいくら依頼が来たとしても、毒薬や惚れ薬などの危ないのは受けなければいいのだ。

錬金術師が作る薬と、魔女《魔男》が作る薬の違いは、今度機会があればチャイブ先生にでも聞いてみよ

う。

「じぇったい　まおちょこ《魔男》　なる　する　も！」

「クックックック。だ、大成功することを期待しています！」

ハイドランジアは大笑いしながらも、応援するので是非頑張ってくださいと励ましてくれた。

そして、ギルドに戻らなければならないと名残惜しそうに笑いながら去って行ったのだった。

「そろそろ時間だわぁ。面談室に行きましょうねぇ」

移動するようなので、紅茶と桃のジュースをアイテムボックスに仕舞い、再び母親に抱っこされた。

コンコン、と軽く母親がノックをして部屋に入るが誰もいない。面談室と言っていたが、この部屋にもゆったりとしたソファが置いてあり、とりあえず座って待つことにした。

「かーしゃん　にーしゃん　もう　くる　する？」

「そうねぇ、そろそろ来るとは思うわぁ」

ちょっと待ってみたが、来る気配がない。しょうがないので、アイテムボックスをゴソゴソと漁り良い物を取り出した。

「かーしゃん　これ　かた　まく　して」

取り出した良い物を母親に見せて、いつものように自分の肩に巻いてほしいとお願いをする。

「あらぁ。オーキッドのパジャマ持って来ちゃったのねぇ。でも今日はお花模様の着ぐるみだからぁ、ちょっと似合わないのでやめましょぉねぇ」

なんと、断られてしまった。ショックだ。

「せち　あらい《世知辛い》　なの！」

文句を言いつつも、駄目だと言われたのでパジャマはアイテムボックスに戻す。

とても聞き分けの良い子供だ、さすが大人なだけあると我ながら思う。普通の子供なら、駄々をこねて泣き叫んでいることだろう。

少しだけ心の中で自分を褒めていると、ココンとノックの音と共にドアが開いたので、オーキッドがやっと来たと思い振り向いた。

「…………………うぅぅぅ」

オーキッドではない。

凄く体格の良い男性が入ってきたのだ。父親と同じぐらいあるが、男性なので父親よりも体の厚みがあるように見える。

「おぉ、なんかチマいのがいるのぉ」

グワァシ、グワァシ、と自分の頭を撫でながら母親と挨拶を交わしている。

どうやらオーキッドの担任で、モンクシュッド先生と言うらしい。

「あの　あのっ　にーしゃん　は　どこ　れす　か?」

待てど暮らせどオーキッドが来ないので、自分で捜すことにした。

とりあえず担任だという、目の前の大きな男性にオーキッドの居場所を聞いてみる。

「チームの反省会等が終われば来るはずじゃよ」

今回のキャンプでなにをしたかなどを、チームで確認し簡単な提出物をまとめているそうだ。そのときに反省や意見交換などもして、各チームそれが終われば終了らしい。

「むかえ　いく　してくる　なの」

ふかふかソファから下りようとすると、オーキッドの担任モンクシュッド先生が着ぐるみのフード部分を掴み止めてくる。

掴まれたので、被っていたフードが脱げてしまった。

「獣耳なし。髪の色は紺。チマいと思ったが人族じゃな。一人歩きは許可できんのぉ」

なんと、またもや駄目出しを喰らってしまったではないか。

「せち　あらい　なの！」

自分でも頬《ほ》っぺたがプクーと膨れているのが解る。

大人気《おとなげ》ないとは思うのだが、連続で駄目出しを喰らってしまったから仕方がない。まぁ、生徒でもない者が校内を勝手に歩くのは確かに良くないだろう。だったら、やはりパジャマを肩に巻くことにしよう。ちょっと不格好になるかもしれないが、まぁ自分は気にしない。

ゴソゴソとアイテムボックスを漁っていると、コンコンとドアを叩く音がする。

オーキッドが入ってきた。なんだかとても久しぶりな感じがするのは気のせいだろうか。

「‼　にーしゃぁん　だっきょ！」

「あらあらぁ、ピアニー。そんなにソファの上で跳び跳ねたら駄目よぉ」

母親になにか言われた気がするのだが、とりあえず大急ぎでオーキッドの上衣の中に入らなければいけないので、覚えていたら後で聞くことにしよう。

「ピアニー、待たせてごめんね？」

「にーしゃぁんっ！」

　オーキッドに飛び付きたいのに、フカフカのソファに足を取られてジタバタしてしまう。

「むむぅ」

　片足ずつ上げるので、フカフカのソファに足を取られるのだ。だったら両足で飛べば良いのだと思い付き、グッと両足を踏みしめ、少し屈《かが》みオーキッドに向かって大ジャンプをする。

「えいっ　なの！」

　今までの中で、最高飛距離が出たに違いないジャンプをして見せた。

　しっかりとオーキッドに抱き止められる。

「凄い大ジャンプだね。ソファからドアまでのジャンプは危ないから、今度からは僕がピアニーの側に行くまで待っていてね？」

　ドアまでジャンプしたのに、抱っこされている足元にはソファがある。何故だろう？

「……………今のは大ジャンプなのかのぉ、そうは見えなんだが。寧《むし》ろ手に持っているパジャマに足が引っ掛かったように見えたがのぉ」

　オーキッドの担任モンクシュッド先生が奇妙なことを言っているのだが、もちろん大ジャンプは大成功したのだ。とりあえず、オーキッドが来たのでパジャマはアイテムボックスに仕舞っておくことにした。

母親と、オーキッドの担任、オーキッドがなんだか難しそうな話をしている。

実際よく聞けば難しくはないのかもしれないが、ここ最近の寝不足のせいで、オーキッドに抱っこされながら、うつらうつらしてしまう。

「あらぁ。これはピアニーに教わって私たちが飛ばしちゃったのよぉ」

「かーしゃん？」

名前を呼ばれたような気がしたので、眠くともちゃんと答える。

「これよぉ。ヒコーキって言うのでしょぉ？」

母親が手に持っているのは、二日目に飛ばした折り鶴だ。

「困ったわぁ。じゃぁヤンチャしたのはオーキッドではなくてぇ、私たち両親だわぁ。あらぁどうしましょぉう」

母親は頬に手を当てて少し首を傾げ、困ったと言ってはいるが、全然困ってなさそうだ。

そして飛行機ではないので、訂正しなければならない。

「それ　つる　なの」

「ん？　ピアニー、これはヒコーキじゃないの？」

こちらには鶴はいないのだろうか？

「つる　いる　しない？」

「どう見てもワスプかホーネットだがのぉ。鶴とはどんな生き物じゃ？」

やはり、こちらには鶴はいないようだ。

「んちょね　しろい　とり　くびと　はね　の　さき　が　くろ　あちゃま　が　あか　なの」

口だけの説明だとわかりにくいと思い、オーキッドの両股の上に片足を上げて立ち、両手を広げて見せる。

「こんな　かんじ　なの」

鶴と言えばこのポーズ、というのをやって見せたのだった。

「…………儂が知っとる狂暴な霊鳥とよく似とる特徴だのぉ。もしそうなら、ホーネットより最悪な魔物だのぉ」

「つる　まもの　ちあう　たんちょー《丹頂》　とも　いう　なの」

「儂の知っているのも、丹頂と言うのだがのぉ。霊鳥と言って、鳳凰・鸞《らん》・鸑鷟《がくさく》・鴻鵠《こうこく》、ほか何種類かいるがひっくるめて霊鳥と言って、狂暴だのぉ」

自分の知っている鶴（丹頂）は狂暴ではない。

しかも地球では伝説と言われていた鳳凰の名前まで出てきた。丹頂という同じ名前だが、まったく違う鳥に違いない。これ以上自分の知っている鶴の説明ができかねるため、得意の「笑って誤魔化す」を披露しておく。

「狂暴な魔物と聞いて嬉しそうに笑っとるわい。困ったもんじゃ」

誤魔化したら、モンクシュッド先生にため息をつかれてしまったのだった。

「この際、ヒコーキでも鶴でもいいがのぉ。確かに飛ばしたのはオーキッドではない。そこは親御さんにも反省してもらわにゃのぉ。ただサラシがのぉ、これが事件だのぉ」

「にーしゃん　サラシ　つかう　した？」

モンクシュッド先生がサラシが事件だと言ったのだ。

時間がなくてじっくり改良はできなかったので、少し心配だったのだが、なにか問題があったのだろうか？

「うん、しっかり使わせてもらったよ。とても役に立ったから助かったよ、ありがとう」

お礼と共におデコにチュッとされる。

嬉しいことに役に立ったようだ。ただ担任のモンクシュッド先生はあまり良い感じではないようなので、使いにくい場面でもあったのだろうか？　もしそうなら、さらに改良を加えなければならないので、確認しておいたほうが良いだろう。

「つかい　にくい　した？　かいりょー　する？」

オーキッドの担任、モンクシュッド先生に直接聞いてみる。するとモンクシュッド先生は、よく外国人がやる片眉を上げる仕草をしてみせた。

「パジャマを握りしめていたし、発言もちょっと微妙で、常識を心配していたのじゃが、やはり人族じゃのぉ。錬金術を使えるのじゃな？」

パジャマはいつも自宅で肩に掛けている。今日はたまたま花の刺繍の着ぐるみなので似合わないだけで、なんの問題もないはずだ。

発言に関しては、子供らしからぬ発言をしてしまったのかもしれない。

自分は大人なので、見た目とチグハグな発言をしてしまうのは許してほしいものだ。

「れんきんぢゅつ　ならう　してる」

「なるほどのぉ。人族は魔力もあるし頭も良いと聞くからのぉ。将来は錬金術師かのぉ」

「ちょーかん　も　たんれん　する　してる」

「召喚！　絵本の召喚師じゃな？　そういう子供らしい発言は好きじゃのぉ」

褒められてしまった。

なんだか少し照れ臭いが、気分が良くなったので近い将来の夢を語っておくことにする。

「いちばん　は　がっきょー　まおちょこ《魔男》　なる　する」

「…………大問題発言じゃな。この子、大丈夫かのぉ？」

ニコニコしながら通学のために魔男になるのだと、力強く宣言する。

通学の問題を自分で解決したのだ。箒に乗る練習は必要かもしれないが、時間はたっぷりあるので毎日練習すればきっと乗りこなせるようになるだろうし、家に箒は何本もあるので準備もいらない。

「ピアニー。間男ってどういうことだろう？　教えてくれる？」

大量の氷でも食べたのだろうか？　オーキッドが喋る度に、冷気が漏れて頭上が寒い。

「んーちょ　のる　する　なの！」

魔男になって、箒に乗るのだと説明をする。

「ん？　誰に乗るの？」

なんだか、どんどん寒くなってきた。不思議に思い、上を向いてオーキッドの顔を見ると、般若《はんにゃ》のお面を被っているではないか。

「にーしゃん　おめん　とる　して　なの！」

オーキッドがお面を被っている姿を見るのは初めてではないのだが、このお面は好きではないので取ってほしいとお願いする。

「僕の質問に答えてね。間男って、どうしたの？」

いつもの優しいオーキッドなら、お願いすればなんでも聞いてくれるのに、般若のお面を被っているときは、様子が違う。

「マシュタ　ふれー　ふれー　して　くれた　も！」

魔男を反対されそうな雰囲気だったので、教育ギルドマスター、ハイドランジアが応援してくれるようだと伝える。

「ハイドランジア《悪魔》に会ったんだね？　僕がたっぷりお礼をしておくよ」

よくわからないが、ハイドランジアにオーキッドからお礼を伝えてくれるようだ。

とにかく冷気がとても寒いし、般若のお面は被ったままだしで、うんうんと頷いておく。

「にーしゃん　つの　はえる　ちてる　なの！　かーしゃんも　きのう　の　きのう　つの　はえる　した　なの！」

一向にお面を取ってくれないので、角が生えていていつもと様子が違うので嫌だと文句を言ってみる。

ちなみに、一昨日の母親――夜、内緒で召喚をしていたら、ワンドを仕舞って目を瞑りましょうねと声を掛けてきた——とちょっとだけ似ていることも、伝えておく。

「あらぁ、ピアニー。角って、なんのことかしらぁ？」

「！　んちょ　んちょ　なんでも　ない　なの」

オーキッドを見ると般若のお面を被っており、角が生えているように見えて怖い。

母親もなんだか、耳がいつもよりも鋭い三角になっており怖い。

「ふむ。自業自得じゃのぉ」

どうやらオーキッドの担任、モンクシュッド先生は助けてくれないようだ。

キョロキョロと三人の顔を見るが、言葉が出てこない。

「なんじゃ、手など振りおって。どこかに行くつもりかのぉ？」

とりあえず、どうして良いかわからなかったので三人にバイバイと手を振って、当初の目的であるオーキッドの上衣の中に入ったのだった。

「…………オーキッドの腹に隠れおったわい」

「僕の洋服に入るのはいいけど、ちゃんと間男について答えてもらうよ？」

やはり魔男は反対なのだろうか？　オーキッドの上衣の中なのに、冷気を感じる。

「腹に隠れるのは気にしないのか？　いろいろと間違っとるのぉ」

「間男になって、どうしたいの？」

上衣に入ったまま上を見ると、胸元からオーキッドが覗いている。

「まおちょこ　なって　ほうき　のる　がっこう　かよう　する　なの」

「ん?」

ちょっとだけ冷気が収まってきた。それに、ちゃんと理由を話せば魔男に少しは理解をしてくれるかもしれないので、一生懸命説明をすることにした。

「まじょ　の　おちょこ　だから　まおちょこ　でちょ?」

「魔女の男で、魔男ね。ピアニーは絵本の中の魔法使いになってみたいんだね」

「あらあらぁ、そういうことねぇ。一度は魔法使いになりたいって思うわよねぇ」

「いや、だから、まずは魔男じゃないと説明すべきだと思うがのぉ」

「じぇったい　まおちょこ　なる　も!」

「うんうん。そうだね、箒に乗れたら凄いね」

どうやら誠心誠意説明をしたら、魔男にも理解を示してくれるようだ。

「ただ、箒の柄《え》は細いし、動けば風圧などかかるけど、ずっと乗っていられる? クルンってひっくり返って、地面に頭ゴチンってならない?」

確かに、細い棒にずっと乗っていることになるのだが、わりと筋力がないと難しいかもしれない。

「そうよねぇ。支えもないしぃ、あまり安全ではないわぁ」

「そういうことじゃなくてのぉ。魔男については教えないのかのぉ?」

オーキッドと母親の意見は納得ができる。

地球での絵本では、簡単に箒に乗っていたが、確かに言われてみると難しそうだ。

ちなみに、魔男の説明は聞かなくてもちゃんと知っている。

きっと惚れ薬や毒薬などをよく作るので、イメージがあまり良くないと言いたいのだろう。昔からのイメージを覆すのはなかなか難しいかもしれないが、惚れ薬や毒薬を作る気はないので、そのうち悪いイメージもなくなるだろうと思っている。

「ほうき　れんしゅう　する　なの！」

「危ないから、僕のいるときに練習しようね？」

「あらあらぁ。箒に乗る姿はとっても可愛いでしょうねぇ」

「いや、そうじゃなくてのぉ。常識は教えんのか？　凄い子に育ちそうだわい」

「家庭環境に問題有り。っとしとくかのぉ」

　オーキッドと母親が、魔男について少しは理解してくれたので、そのあとは大人しく上衣の中にいたのだが、どうやらまたウトウトしていたようだ、話し声で少しだけ目が覚める。

「あらぁ、家族円満なのにぃ。ホーネットに似たお手紙を飛ばしちゃっただけだわぁ」

「僕もなんの問題もないと思いますよ？　まさか、呪いなんて思ってないですよね？」

「…………いや、とにかく家庭環境。特に常識に問題有りじゃのぉ。クインスが言う呪いのほうがまだ治しようがあったわい。まぁ家庭環境要注意じゃが、それによって評価や点数が下がることはないのでのぉ」

　オーキッドのクラスメイトに、家庭環境があまり良くないご家庭でもあるのだろうか？　聞いたことはないが、きっとオーキッドは優等生っぽいので、今日の面談はそのクラスメイトのことだったのかもしれない。

まぁ、少し気にかけてほしいとか、そういったことだろう。優等生もなかなか大変だ。

「じゃぁ、面談は終わりじゃな」

母親がモンクシュッド先生に挨拶をして、面談は終了となった。

「ねぇ、オーキッド。慌てずに聞いてねぇ？」

面談が終わったが、その場で母親がオーキッドに話しかける。

一度、ソファから立ち上がった気配がするモンクシュッド先生も何故かソファに座り直したようだ。まぁ、自分はまだオーキッドの上衣の中にいるので、実際座り直したかは、見えてないのだが。

「もう全然平気なのよぉ？　えぇ、まったく問題がないのよぉ」

「うん、母さん。どうしたの？」

「ピアニーがねぇ、お熱を出したのよぉ」

自分が熱を出したことを、母親がオーキッドに報告をすると、居心地の良い上衣の中から出され、どこか痛いところはないかと聞かれる。

それどころか、頭を触ったり、おデコで熱を確認したり、手をグーパーしてみてと言われたりと、なんだか大忙しで目が覚める。

「心配ないと言っていたが、聞いておったかのぉ？　いくら人族だからとて、今学校に来られてるんじゃから、そこまで慌てる必要はないと思うがのぉ」

「いいえ、一大事です。母さん、学校の訓練なんて気にせずに、手紙を飛ばしてくれれば良かったのに」

「いやいやいや、手紙は十分飛んできたわい」

　そういえば、手紙は全部自分が書いて両親は一通も書かなかった。まぁ、たいした熱ではないので、報告する必要もないとは思うが。

「手紙に書こうか迷ったのよねぇ。だけど、知ったら帰って来ちゃうでしょぉ？」

　険悪なムードではないが、自分が熱を出したことで、なにか問題が起こってしまったようだ。

「もちろん、全速力で帰るよ」

「帰ってくるのは問題ないのだけどぉ。さすがに訓練先から一人で帰ってくるのは道中危険でしょぉ？　だから言わないでおいたのよぉ」

「いやいやいや、ズレておるわい。帰ることが問題じゃわい」

「安心してねぇ。ちゃんと神殿にも行ったわぁ」

「母さん、神殿はなんて言っていたの？」

「にーしゃん　の　よーふくのなか　いる　しなさい　いった」

　オーキッドは母親に聞いていたのだが、自分が直接神殿のスタッフに言われたので伝えてみる。

「…………絶対に違うと思うがのぉ」

「心因性発熱って言われたわぁ。まぁ知恵熱ねぇ」

「そう、大変だったね。ピアニー、僕の洋服の中にいなさいって言われたの？」

「うんっ　しょーなの　いわれる　した」

「好きなだけ中にいていいよ。僕が学校のときはお手紙くれればすぐ帰るからね」

「お主の腹に隠れていても治らんわい。アノ手紙は勘弁してくれ、ってか授業中に帰ったら駄目にきまっとる」

許可も出たことだし、どうしても熱が出たときは自分でオーキッドに知らせることにしよう。

もちろん大人なので、熱が出ても我慢はしてみるが。とりあえず、了解したと頷いておくこととした。

「これから学食行くけど、まだ僕の洋服の中に入っておく？」

もうちょっと上衣の中に入っていようと思ったのだが、これから先ほどの学食でお昼を食べるようだ。上衣の中にいたら、メニューが見られないので、いつもの抱っこをお願いしたのだった。

「…………そのハーネス、ここ数年で開発されたモノじゃの？　なんだか嫌な予感がするのは儂だけかのぉ？」

いつものように、オーキッドが抱っこ紐で自分を抱っこすると、顔をヒクつかせながら、モンクシュッド先生が抱っこ紐について聞いてきた。

「ピアニーの安全のために作りました。ライセンス契約をしたら、冒険者たちに人気の商品になったみたいです」

「学校にも何個かそのハーネスがある。今回の訓練でも万が一ポーションで治らない怪我人が出たらということで用意してたのじゃが…………本来の使用目的を知ったら、ちょいとショックじゃわい」

「げんき　だす　なの！　これ　あげる　なの」

何故かもの凄くショックを受けて、疲れてしまった様子のモンクシュッド先生に低級ポーションを渡したのだった。

「ピアニーは優しいね。先生嬉しくて、言葉が出ないみたいだよ」

「そのチマいのに、気を遣われるなんて、ますますショックじゃわい」

低級ポーションを渡したのだが、イマイチの反応なので、特別な良い物をお貸しすることにした。

「しょうがない　なの　これ　で　げんき　いぱーい　よ？」

「…………パジャマを儂にどうしろと？」

「あらあらぁ。ピアニーの大事な物なのに、優しいわねぇ」

「先生も良い物すぎて、ビックリしちゃっているよ。ピアニーがこんなに優しい子で、僕はとても誇らしいよ」

「…………もう、突っ込みところがありすぎて、儂は疲れたわい。とりあえずポーションをもらっておくかのぉ。ハァ」

モンクシュッド先生と別れて、自分たちは遅いお昼を食べるために学食へ向かう。

「ピアニー、これがメニューだよ」

先ほど母親とおやつを食べたときはとても学食とは思えない、ゆったりとした豪華な雰囲気の二階で過ごしたのだが、今は一階にいる。

大きなボードにメニューが書かれているのだが、一部はチョークのようなモノでカラフルに描いた絵付きで、とてもわかりやすくなっている。

学食とは思えない豊富なメニューが揃い、日本のショッピングモールによくあったフードコートのように、メニューによってカウンターが別になっていた。

「いくら　たべる　する！」

なんと、イクラ丼と茶碗蒸しとお吸い物がセットになっている。

本当に学食とは思えない豪華なメニューだ。

「イクラ丼セットだね。じゃ、僕はマグロとサーモン丼セットにしようかな」

オーキッドはマグロとサーモンにするようだ。丼の種類は違うが、セットメニューとして茶碗蒸しとお吸い物は同じものが付いてくる。

「あらぁ二人とも良いもの選んだわねぇ。じゃぁ、海鮮丼セットにするわぁ」

こうして三人とも丼セットにした。自分と母親の食事代は母親が出してくれたのだが、オーキッドはどんなに食べても無料だと言う。

「いぱーい　たべる　しても？」

「学食代は学費の中に含まれているからね。お昼だけではなく、放課後残って訓練する前とかに食べる人がいるけど、それも無料だよ」

訓練する前に食べるのかと驚いたが、さすがに夜遅くまではやってないので、学食が閉まる前に腹ごしらえをするようだ。また昼時以外の時間では、全部のメニューが食べられる訳ではなく、残っている物のみとなるらしい。

「すいてる　なの」

二階ほどとはいかないが、一階も学食とは思えない高級レストランのようなゆったりとした作りをしている。

学食と言えば、混雑時は空いている席を探すのが一苦労なイメージがあるのだが、今はガラガラだ。

「お昼時間を大分過ぎちゃっているからね。僕と一緒の学年以外は授業中だよ」

確かに、昼食の時間は大分過ぎていた。

「学食は結構なボリュームがあるけど、この分なら全部食べられそうだね」

自分の選んだイクラ丼は、スプーンでイクラをすくい取っても下のご飯が見えないくらいにたっぷりとイクラがかかっている。粒も大きく潰れてないので、口の中に入れると弾ける感じがしてとても美味しい。

しかもオーキッドに食べさせてもらっているので、食べやすいのだ。ちゃんと口の中の物がなくなってから、次に食べたい物がなにも言わなくても自動で運ばれてくる。先ほどもちょっとお吸い物が飲みたいなと思ったときに、お吸い物がスプーンで口の中に運ばれて来た。口の周りにご飯が付いてしまったときは、ちゃんと舐め取ってくれるので、口周りもスッキリしている。

ペロリと一人前を完食できたのだった。

「オーキッドがいると食欲がかなり変わるわねぇ。たくさん食べて安心したわぁ」

「しょーなの！　にーしゃん　が　いい　なの」

オーキッドはとてもタイミングよく口に食べ物を運んでくれるのだと伝える。

「あらあらぁ。オーキッドがいいのねぇ」

「じぇったい　にーしゃん　なの！」

父親も一生懸命食べさせてくれるのだが、一口の量が多かったり、口周りを気にせず衣類で拭くので、母親に自分まで怒られる。

母親はスパルタなので、練習しましょうねぇと言って、食べさせてくれないのだ。ただ、食べ方が下手でも怒ったりはしないのだが。

「ずっと僕の膝の上で食べようね」

上膳据膳が楽でとてもやめられそうにないので、力強く頷いたのだった。

「あらオーキッド。面談は終わったのかしら？」

どうみても男性だが、お姉言葉だ。

獣族のように頭の上に耳は付いてない。かといって、髪の毛は緑ではないし、銀でもない。

ただ、動きやすそうなTシャツにハーフパンツを着ているのだが、見えている肌に所々鱗のような模様？　があり、それがキラキラしている。

タトゥーだろうか？　まだ高校生にもならない歳で…………。

「イヤだ可愛い！　なに抱っこしてるのよっ。魔石人形ね。こんなにできがいいのは初めて見たわ」

この種族不明な、性別男性のお姉さんと目が合った気がする。

「こににちわ」

怪しい人物ではあるが、オーキッドの知り合いらしいので、大人として挨拶をしておく。

「ええっ！　喋ったわっ。ドラゴンの魔石でも使っているの？　どんだけ高価なのよ。もしかして伝説のホムンクルス？」

「おい、やめろっ。危険だ。呪われるぞ」

さらに男性お姉さんの後ろから、何人か来たのだが、一人は知り合いだ。

マルメロの兄で、確かクインスという名前だった。

「呪われるってナニよ？　古代遺跡からでもこんな素晴らしい人形出てこないわよ。完璧な美しさだわ。よっく見てちょうだいクインス」

なんだか指まで差されてしまった。

「魔石人形かぁ♪　ボクチンゴーレムなら興味あるんだけどなぁ。ホムンクルスなら解体してみたいね♪」

今度は自分のことをボクと言っている女性に、じーっと見られる。どうしたら良いのかわからなかったので、とても便利な秘術「笑って誤魔化す」をして見せる。

「あれ？　笑ったよ♪　ホムンクルスかも！」

「魔石人形でもホムンクルスでもないよ。僕の弟だよ」

「「ホーネット！」」

「僕の弟はそんな変な名前じゃないよ。ピアニーって言うんだ、可愛いでしょ？」

自分がオーキッドの弟だとわかると、クインス以外の三人は何故か後ろに飛び退《の》いたのだった。

「あらぁ。お友達？」

自分たちが食べた食器を母親が片付けに行ってくれていたのだが、戻ってきたようだ。

「そうだね。今回の訓練で一緒のチームだったんだ」

オーキッドは母親に自分の友人を紹介しており、お互いに挨拶をしている。

「かーしゃん　マルマロの　にーしゃん　なの」

オーキッドは知らないだろうが、先日神殿でマルメロと会い、親同士が仲良く話していたのだ。

「あらぁ！　マルメロ君のお兄さんなのねぇ。この前神殿でお会いしたのよぉ」

クインスは、はぁどうも…………と、素っ気ない返事をしている。

「あのね　なむなむ　なの　マルマロ　よーふく　なか　いれる　して　あげて　なの」

神殿で会ったときに、兄の服を引っ張っただけで拳骨を喰らうと言っていた。

いくら獣族だといっても、自分で掘った穴が安心安全な場所だなんて、可哀想過ぎる。それに、穴を掘ると母親に怒られてしまうとも聞いたので、ここはマルメロのために一肌脱いで、自分がクインスにお願いしてみることにした。

「間違いなく儀式ね。呪いの」

「儀式を勧められてるワヨ？」

「あは♪　ボクチン見てみたい」

「悪ぃが、それはできねぇな」

どうやらクインスはスパルタ教育指向のようだ。

オーキッドはなんの抗議や抵抗もなく、好きなだけ入って良いと言ってくれたのに、同じ兄でも大分違う。

「なむなむ　めっ　って　しょぼーん　なの」

唯一の友と言えるマルメロの力になりたかったのだが、クインスからは色よい返事がもらえずにちょっと悲しい気持ちになってしまう。

「ねぇ、クインス。なんで僕の弟を悲しませているの？」

面談のときより酷い冷気が…………。

もしやと思いオーキッドを見ると、やはり般若の仮面を被っている。しかも今回は目が、三白眼で大迫力だ。

自分はそぉっとオーキッドの上衣の中に入ったのだった。


「そろそろ起きないと夜眠れないよ？」

久し振りに熟睡できた気がしてスッキリと目が覚める。

とても爽やかな朝だ！　と言いたいが夕方というより夜だ。

どうやら学食で寝てしまったらしい。気がつけば家のリビングで、父親も帰ってきている。

「気持ち良さそうに寝てたな。夜、寝られるか？」

ちょっと寝過ぎてしまったようだ。

父親が心配しているが、ここ最近寝不足気味だったので、恐らく夜も問題なく寝られることだろうと思い、大丈夫だと伝える。

「オーキッドは体調どうだ？　疲れてないか？」

「僕は全然大丈夫だよ。馬車酔いもしてないし、危険なこともまったくなかったからね」

どうやら学校の訓練は順調にこなし、怪我もなく疲れも出てないようだ。

「そうか。じゃ、明日は早起きして小旅行をするぞ！」

「⁉　りょこー！」

明日は平日なのだが、オーキッドは学校が休みなのだ。まぁ、振替休日のようなモノだろう。

そしてもともと明後日と明明後日《しあさって》は皆が休みだ。

そこで父親も明日、休みを取って三連休とし、家族で小旅行に行こうと言うのだ。

「そうだぞ。キャンプはピアニーには難しいが、ピクニックもしくはバーベキューならできるだろうし、外で食事をして宿に泊まろう。なんと、近くにワイバーン育成場があるからそこも行くか？」

母親が作ってくれるサンドイッチなどのお弁当を持って、レジャーシートを広げてなんていうピクニックも素敵だし。

肉や野菜を炭火で焼いて、熱々をフーフーしながら食べるバーベキューも魅力的だ。

オーキッドも自分もアイテムボックスがあるので、とても身軽で移動も楽なはずだ。

ワイバーンを見られるのならスケッチもしたいので、画用紙と色鉛筆が必要だし、ワイバーンのオブジェを余り革で作ってもいいかもしれない。確か、まだ余り革があったはずだ。

「じゅんび　する　しないと！」

用意するものがあり過ぎて、どれから準備するか迷ってしまう。

「ピアニー、僕も準備手伝うから、落ち着いて？」

気がつけば部屋を行ったり来たりしているだけで、なにもアイテムボックスに入れてない。見かねたオーキッドが声を掛けてくれた。ちょっと大人として恥ずかしい姿を見せてしまった。

「なにを持って行きたいの？」

「わいばーん　かく　する！　おぶじぇ　も　つくる　する！」

「画用紙と色鉛筆と革と、クラフト用具だね。ピアニーの着替えなどは僕が持っていくから大丈夫だよ」

オーキッドに手伝ってもらい、必要な物をどんどんアイテムボックスに入れていく。

「オーキッド。これを入れといてくれ」

父親がオーキッドに渡したのは、今まで一度も使ったことがないお風呂用の浮き輪だ。ベビー用の首浮き輪に似ているが、首ではなく両足を入れるタイプで、アヒルの顔付きだ。顔の横に棒？が付いていて、握れるようになっている。

「大きい露天風呂があるんだ。アヒルに乗れるぞ」

なんと露天風呂もあるようだ。

「そうそうぅ、ピアニー。学校に持っていっちゃったパジャマを洗うからぁ、出してねぇ」

持っていったけど、結局肩には巻いてもらえなかったオーキッドのパジャマのことだ。

「あらう　ちない　よび　もつ　する」

洗ったほうが清潔で良いことなのは理解できるのだが、今日は結局肩に巻けなかったし、なにか必要になったときのためにこのまま持っていることにすると伝える。

「あらぁ、持っていたいのねぇ。しょうがないわぁ、たまに綺麗なのと取り替えましょうねぇ」

定期的に洗ったパジャマと交換するということで、許可が出たのだった。


「ねる　れんしゅう　おわり?」

そろそろ自分のベッドで寝たいので、寝る練習はしなくて良いか確認する。

「そうだね。寝る練習は終わりだから、また僕たちの部屋で一緒に寝ようね」

「ほんちょ?」

オーキッドは嘘はつかないが、いちおう真後ろを警戒しながら寝る練習は本当に終わりか確認してみた。

「本当だよ。さっきいっぱい寝ちゃったけど、ちゃんと眠れそう?」

たっぷり昼寝というか、夕寝をしてしまったので、心配してくれているが、まったく問題なさそうなので、大丈夫だと伝えたのだった。

「ちょっとピアニーには大きいみたいだね」

実は先ほど、母親にお願いをして箒を一本借りたのだ。

もちろん、箒に乗る練習のために。

必殺技《女豹のポーズ》、ヒーローへ変身の練習、ワンド《如意棒》が武器かもしれないので伸びるかの検証、召喚の練習、それと今回から増えた箒に乗る練習で、寝る前の鍛練が盛りだくさんになった。

「やること　いぱーいよ　きっと　つよく　なる　する！」

今のところ、極たまに召喚が成功するだけだが、毎日コツコツ鍛練すればいつの日かきっとできるようになるはずだ。ただ、女豹のポーズはオーキッドがいるときしか使用しては駄目だと約束しているし、召喚に関しては、いきなり喚ばれて迷惑が掛かってしまうのでオーキッドしか召喚しては駄目なことになっているので、せめて魔男の技（箒で飛ぶ）ぐらいは習得したいものだ。

魔女もしくは魔男のイメージとしては、三角の大きな帽子を被り、箒で空を飛んで移動し、媚薬や毒薬の薬を作るのが得意。このようなイメージなのだが、もしかしたらもっとほかに得意な技があるのかもしれないので、今度ハイドランジアにでも聞いてみようと思っている。なにせハイドランジアが一番魔男になることを応援してくれているように思うのだ。

母親は最初「お薦めできない」と言っていたし、オーキッドに関しては体温まで下げて理由を聞かれた。

先ほど、魔男の練習をするので、箒を貸してほしいと母親に伝えたら、父親が焦って「いやいやいや、それは駄目だ。そんなことはしちゃ駄目だ」と言われてしまい、説得するまでに時間が掛かってしまった。

それに比べてハイドランジアはベタ褒めだった。できるものならやってみろ、と人族がするには至難な業を言ってくる人物で、あまり信用はできないのだが、魔男のお薦めの技を教えてくれる可能性が一番ありそうなのだ。

「一通り鍛練が終わった？」

「おわる　した　あと　いちばん　だいじ　しっぽ　する！」

二日間も尻尾のブラッシングをしていないので、今日は念入りにしておいたほうが良いだろう。

「じゃぁ、尻尾は最後にお願いしていい？　ピアニーにお熱や体に痛いところがないか調べさせて？」

そう言ってオーキッドは、おデコで熱がないか測ってみたり、学校でも少し確認された関節がちゃんと動くか、動かして痛くないか等細かく確認したのだった。

「うん、問題なさそうで良かった。じゃぁ、僕の尻尾をお願いしてもいい？」

「まかしぇて　なの！」

凄く丁寧にブラッシングをしたのだった。


「にーしゃん　きょう　おけ　しっぽ　ない　した！」

魔法のクリーンで綺麗にすれば良いのだが、やはりぬるま湯や水で洗ったほうがスッキリするので、朝はいつも顔を洗う。ただオーキッドが準備してくれる桶に、何故か尻尾が入っていることがあるのだ。だから今日は尻尾が無事か念入りに桶の中を確認したのだった。

「そうだね、桶に尻尾は入ってないけど、ピアニーの首に僕の尻尾がグルグル巻きになっているよ？　苦しくない？」

「もんだい　ない　する」

これで尻尾が濡れないでいられるのなら、大丈夫だと伝えたのだった。

「かーしゃん　ほうき　どもちゃい」

昨日借りた箒を母親に返したのだが、また旅行から帰ってきたら鍛練するために借りようと思っている。

「あらあらぁ、魔男にはなれたかしらぁ？」

「きのう　は　まおちょこ　なれる　しない」

残念ながら昨夜は箒で飛ぶことはできなかったので、素直に報告する。

「魔女の男で魔男な。知っていても危険な感じがしてドキリとするな」

「だーじょぶ　あたま　ゴチン　してない」

父親は、箒に乗ったときにひっくり返って頭を打つのではと心配しているようなので、安心してもらえるように慎重に練習していることを伝える。

少しでも危ないと判断されたら、練習させてもらえなくなるかもしれないからだ。

「いや、そうだな。オーキッドがいるから頭は打たないとは思っているんだが……。魔男って響きがな」

「びやく　は　つくる　しない　あんしん　よ？」

「…………媚薬は作らないでくれ。頼むぞ？」

やはり魔女《魔男》が作るであろう、媚薬と毒薬はあまり良い印象ではないのだろう。今後魔女《魔男》の印象をよくしていけるように頑張ってアピールしていこうと思うのだった。

# 可愛すぎる僕の弟 ——オーキッド—— ③

「無事帰ってこれたのぉ。やれやれじゃわい」

帰りの道中も、弱小な魔物の出現程度で終わり、まったく問題なく帰ってくることができた。

初めての野営訓練で、近場とは言えまずまずの出来だと思う。

「今回の野営訓練の簡単な提出物があるからのぉ。反省会をする前に書いてオーキッドに渡すようにのぉ。オーキッドは面談のときに、持って来るようにのぉ」

すでにピアニーが学校に来ているかもしれないのに、反省会もしなければならないし、提出物もあるようだ。

提出物の内容を確認してみる。

・狩った魔物の種類
・狩りの方法
・狩りに使用した武器
・狩り後の処理方法
・狩った魔物の調理方法

など、十五問程度の質問形式で、ほぼ狩りに対しての報告内容な感じだ。狩り以外には、テントを張れたかとか、怪我や不調などはなかったかとか、あとはちょっとした感想などの欄があった。

感想といっても、一言二言記載すれば良い感じだ。これなら大して時間もかからず記載出来るので、すぐにでもピアニーに会えるだろう。

「完璧に書けたぜぇ」

一番初めにクインスが僕に持ってきてくれた。

運動以外、いわゆる勉強は大が付くほど嫌いなクインスが、僕より早く書けたことに驚き、未記入での提出ではないだろうかと申し訳ないが疑ってしまった。

念のため、チラリと内容を確認してみる。

・狩った魔物の種類

↓初日：ドラゴンよりは弱《よえ》ぇヤツ。　朝食：魔物じゃねぇ。　昼食：ドラゴンよりは弱ぇヤツ

二日目夜：ドラゴンよりは弱ぇヤツ。　最終日：ドラゴンよりは弱ぇヤツ。

・狩りの方法

↓初日：ぶん殴った。　朝食：危険人物《オーキッド》の見張り。　昼食：知らねぇ。　二日目夜：ぶん殴った。

最終日：知らねぇ。

・狩りに使用した武器

↓初日：俺の魂。　朝食：俺の心。　昼食：平常心。　二日目夜：闘争心。　最終日：汎心論。

・狩り後の処理方法

↓炎獄魔法。

・狩った魔物の調理方法

↓初日：ステーキ。　朝食：だから魔物じゃねぇし。　昼食：焼鳥。　二日目夜：消し炭。　最終日：ステーキ。

・感想

↓心は乱すな。乱心注意。

「…………残念だけど、書き直したほうがいいかもよ？」

訓練は終わったはずなのだが、僕にはポーションが必要だと思う。

クインスはなんでだ？　と聞いてきたのだが、答える気力が残念ながら僕にはない。

「ワタシも書けたわ」

デイジーがニコニコしながら持ってきたのだが、クインスのを確認した感じから想像するに、嫌な予感しかしないのは気のせいだと思いたい。

「悪いけど、僕が確認してもいいかな？」

駄目と言われても、確認しない訳にはいかないのだが。ただデイジーはなにも気にすることなく、「いいわよ」と言ってくれたので、遠慮なく確認することにした。

・狩った魔物の種類

↓魔物はワタシよ。今回は可愛子ちゃんは狩れなかったの残念。

・狩りの方法

↓言葉攻めしたけど失敗に終わったわ。

・狩りに使用した武器

↓未使用よ。次回はワタシのイチモツを使ってみせるわ。
・狩り後の処理方法
↓狩ってないので、賢者タイムがあるかは不明よ。
・狩った魔物の調理方法
↓魔物はワタシよ。いろいろな体位をしてみたいわ。
・感想
↓心配事が多いとご乱心するみたいだわ。一発ヌイてくることをお勧めしたいわ。

「…………正直なのはとても良いことだけど、質問の内容に答えてないみたいだよ？」

斜め上の回答をしているが、デイジー曰くちゃんと質問に答えているとのことだ。

頭が痛くなってきた。やはりポーションが必要なようだ。

「ボクチンも書けた♪　読む？」

ニンファーが書けたようだ。

クインスやデイジーと比べれば、まだまともに記載しているはずだ。読みたくはないが、読ませてもらうことにした。

・狩った魔物の種類
↓美味しそうな魔物♪
・狩りの方法
↓考えたことない♪　思うままに動いた♪

・狩りに使用した武器
↓ナワ♪　あれ？　ワナかもしれない♪　どっちかだよ♪
・狩り後の処理方法
↓毛を毟《むし》った♪　ぶった切った♪　血をドバーっと出した♪
・狩った魔物の調理方法
↓炭に近いウェルダン♪
・感想
↓ヤバい奴がいる♪　ご乱心していた♪

「…………これくらいなら、きっと、多分、許されるかな…………。うん、よく書けているよ」

あまり考えると頭が痛くなるし、前の二人と比べればとてもまともな回答だったので本人が良いと思っているのなら、それで良しとする。

「私も書けたワヨ。オーキッドに見せればいいのかシラ？」

前三人の提出物を確認していたので、シランは僕がチェック係だと勘違いしているようだ。別に僕に見せる必要はないし、本来であればチェックも必要ないのだが、無言で受け取って確認する。

・狩った魔物の種類
↓窮奇、波山、ブラックピッグ、ウリボー。
狩れなかった魔物↓紙で出来ているフライ系魔物。紙で出来ているホーネット。紙系魔物を攻撃するには最強な奴を倒さないと駄目だから無理。

・狩りの方法

↓チームで力を合わせることはせず、ほぼ個人戦。風魔法使用。引っこ抜く（茸）。サラシで木に括りつけられる。

・狩りに使用した武器

↓魔力と弓。サラシ。

・狩り後の処理方法

↓木に吊るして血抜き。毛を無心で毟る。肉が焦げるのをただ傍観する。

・狩った魔物の調理方法

↓炭焼き。石焼き。そして消し炭に。

・感想

↓私は二番目にまともだと思っていたけど、一番まともなことが分かったワ。ご乱心は良くないことヨ。

「シラン完璧だよ！　見本のような回答だよ」

意味が理解しづらい箇所もあるが、これなら全然問題はないだろう。

しかし皆が気にしている様子のご乱心なのだが、これは夜の森を引率の先生が走ってきたので良くないことだと訴えたかったのだと思う。僕は記載しなかったのだが、皆記載しているので付け加えておこう。

クインスとデイジーは、ちゃんと質問に答えていると言っており、書き直す気はまったくないと言う。それどころか皆の回答を見て、僕が書き直した感想欄に対し、酷過ぎると言われてしまった。【引率の先生がご乱心でした】と本当のことを記載しただけだ、皆も書いていたのに。

　引率の先生は魔物が出たと勘違いをし、夜の森を全力疾走したのだ。いくら慌てていたとはいえ、とても危険な行動で、もっと落ち着いて行動すべきだと言われても仕方がないと思うのだが、「先生」という名詞を出したのが良くなかったのだろうか。そういえば、皆、ソコの部分は濁していたように思う。

　僕もまだまだ思慮が足りていないようで、皆の意見がとても勉強になり、【ご乱心されていた方がいたようです】と書き直したのだった。

　とりあえず提出物は全員分集まったので、次はチームの反省会だ。しかしすぐ終わると思っていたのに、何故かピアニーの飛ばしたヒコーキがもの凄く話題になり時間が掛かってしまう。

「あの手紙はやべぇよ」

「ええ、凄かったワネ」

　確かに誰も考えつかないような、とても凝った折り方をしており凄いと思う。僕もピアニーが凄いと言われて気分は良いのだが、そんなことよりも早くピアニーに会いたい。

「特になにも問題はなく、反省することもないよね？」

　いつまで経っても手紙の話題が終わらないので、笑顔で皆に反省することはないと言い、反省会を強制的に終了することにした。

大急ぎで提出書類を持ちながら、面談室まで行く。

面談室の前で、ひと呼吸しクリーンをしてからドアをノックした。

「!!　にーしゃぁん　だっきょ！」

ドアを開けた途端、ピアニーに抱っこの催促を受ける。

ピアニーは僕と会えたことがとても嬉しかったみたいで、珍妙な舞をソファの上で披露してくれている。

何故か僕のパジャマを手に持ち、手と足を同時に大きく上げ下げしてジタバタ、ジタバタと踊っているのだ。

珍妙な舞でも、ピアニーがするともの凄く可愛い。

普段ならすぐに手拍子をするのだが、書類を持っているのでしてあげられない。

さっさとモンクシュッド先生に書類を渡そうと考えていると、ピアニーが両足で屈み、パジャマを持ったまま握りこぶしを作りググっと力を入れているではないか。

大ジャンプの姿勢だ。

どう考えても、ソファから僕がいるドアのところまではジャンプできない。隣に座っている母さんも、ピアニーがジャンプの体勢になったことに気がつき、支えるために中腰になる。

僕は少し乱暴にモンクシュッド先生へ書類を渡し、素早くピアニーのもとへ行き、大ジャンプを受け止めた。

僕がしっかり受け止めたので、母さんは何事もなかったように座り直し、いつものように穏やかに「あらあらぁ」と言いながら笑っている。

「凄い大ジャンプだね。ソファからドアまでのジャンプは危ないから、今度からは僕がピアニーの側に行くまで待っていてね？」

ピアニーは僕に抱き着いたまま、不思議そうに自分の足元とドアと僕を何度も見てなにかを確認している。

「にーしゃん　じゃんぷ　できる　した　あれ？　なの」

何故大ジャンプしたのに、ソファが足元にあるのだろう？　といった感じだろうか。

今までなら、全然気がつかなかっただろうソファの位置に、どうやら気がついてしまったようだ。

もちろんそれはピアニーが成長し、周りの状況が少し見えるようになったからなのだろう。

ただ、僕がジャンプを先に褒めたのが良かったようだ。

「しゅごい？」

「うん。凄いジャンプだったよ」

「とぶ　できる　した！」

褒められたことにより、気になっていた足元のソファの存在はすぐに忘れ、ご機嫌な笑顔になり、さらに僕のお願い「その場で待機」にも素直に頷いてくれたのだった。

一人、モンクシュッド先生だけは『ピアニーがパジャマを足に引っ掛けた』と言い、物事は正確に見るべきだと、白い目を向けながら言われてしまう。

見たままの距離だけではなく、ピアニーの可愛らしさも飛距離に入れてほしいものだ。

面談が始まると、ピアニーは僕の膝の上で大きな欠伸《あくび》をしてウツラウツラと船をこぎ始めた。僕の尻尾をグルグルと首に巻き、尻尾の先を口に咥え、ウトウトしている姿がとても可愛い。おかげで尻尾はベチョベチョになっているが、ピアニーの唾液なのでまったく気にならないのだ。

「チマいのを抱っこしたまま、面談するんかのぉ？」

ソファが空いているので、そこに寝かせていいと言ってくれたのだが、僕が抱っこしていないと起きて僕を捜してしまうので、このままで大丈夫だと伝える。

それを聞いたモンクシュッド先生は、僕と母さんを見て一瞬遠い目をしたように見えたのだが、気のせいかもしれない。

面談中でもどうしてもピアニーに目がいってしまう。できる限り気をつけてはいたのだが、モンクシュッド先生に弟を見過ぎだと注意をされる。

「チマいのを見るのもいいが、今は面談中だけんのぉ」

僕だけではなく、母さんも先生を見ずにピアニーの寝顔を眺めていたようで、母さんも注意をされてしまった。

さすがに申し訳ないと二人して先生に謝るのだが、すぐにピアニーの寝顔に心が奪われてしまい、

「二人共、チマいのに心を奪われ過ぎで、だめだめだのぉ」とため息交じりに言われたのだった。

先ほどの反省会と同じように、面談の話題もピアニーの手紙のことだ。ただ先ほどのように、凄いねという話ではない。

①手紙の数があまりにも多過ぎること。

②形状が問題で、初日も次の日も魔物が群れを成して飛んでいるように誤解させたこと。

③生徒や一部の引率の先生方を怖がらせてしまったこと。

④果敢にも魔物に立ち向かおうとしているチームメイトと、助けようとしている先生たちをサラシで木に括り付けたこと。

この①～④の件で、注意を受けることになった。

①は確かに、ほかのどの生徒より手紙が多かったとは思う。

②は遠目から見れば群れを成しているように見えたかもしれない。

③は魔力を感知すれば、魔物かどうかわかるはずだが、戦闘が苦手な生徒も大勢いたので百歩譲って悪かったと思うことにする。

④はピアニーの手紙を焼き払おうとしたので、括り付けられてもしょうがないと思う。ただ焼いていた肉に関しては、僕がゆっくり手紙を読んで焦がしてしまったので全面的に僕が悪い。

「肉が消し炭になったことは申し訳ないと思いますが、手紙を焼こうとしたので致し方なく。手紙を守るために結果的にそのような事態になってしまったのです」

「なるほどのぉ…………ってなる訳ないじゃろが。ちゃんと物事を正確に把握しろと言ったばかりじゃよ。ここでは肉がどうなったかは重要じゃない、謝りどころが全然違うわい」

モンクシュッド先生は肉はどうでも良いと言うのだが、クインスたちはもの凄く落ち込んでいたのだ。素直に謝っている僕に、何故怒るのだろうか？

「あらぁ。お手紙焼かれそうになったのぉ？」

事情を知らない母さんに、ピアニーが飛ばした手紙が焼かれそうになったことを説明する。しかし説明の途中でモンクシュッド先生から、飛んできた手紙は、ホーネットが群れを成しているようにしか見えなかったと言われてしまう。

「あらぁ。これはピアニーに教わって私たちが飛ばしちゃったのよぉ」

この手紙のことでの面談なら、ヤンチャしたのは私たち親だわぁと、いつものようにニコニコ穏やかに笑っているのだが、母さんのこの発言により、さらにモンクシュッド先生に怒られてしまう。

「二人共。いや父親もか？　ちゃんと常識を教えないと末恐ろしいことになるけんのぉ」

そんなことを言われても、一生懸命作っているピアニーの姿が可愛過ぎて、魔物に見えるから止めたほうがいいよなんて、冗談でも言える訳がない。

家族の中で誰一人、ピアニーを悲しませる発言などできる訳がないのだ。きっとモンクシュッド先生も、作っている姿を見れば理解してくれると思う。

名前が出たことにより、呼ばれたと勘違いしてピアニーが起きてしまった。

飛ばしてくれた紙ヒコーキの話をしていたことを伝えると、これは「ヒコーキ」ではなく、「鶴」なのだと教えてくれる。

初め「鶴」がどういったものなのかわからなかったのだが、ピアニーの説明を聞けば聞くほど、僕の知っている狂暴な霊鳥、「丹頂」にそっくりなような気が……。

そうこうして説明を聞いていると、ピアニーが僕の膝の上で「鶴」の姿をとって見せてくれた。

うん。可愛い。

「つる　まもの　ちあう　たんちょー　とも　いう　なの」

やはり狂暴な霊鳥である「丹頂」を手紙として飛ばしたようだ。

「モンクシュッド先生。このピアニーの姿、可愛いでしょ？」

「そこは見た感じを言うのではなく、言っている《狂暴な魔物発言》ことに注意をするべきじゃ」

手を斜め下に広げて、片足で立つこの可愛らしさを理解してくれないなんて、ちょっとお歳を取り過ぎているのではないだろうか？

ちゃんと目が見えているか心配になる。

モンクシュッド先生がピアニーに、丹頂はとても狂暴な魔物だということ、また鳳凰など、何種類もいてそれをひっくるめて霊鳥と言うと教えてくれたのだが、それを聞いたピアニーは何故か満面の笑みを浮かべている。

この笑顔の意味は、狂暴だと聞いて嬉しくなったのではなく、知識を得て嬉しかったのだ。きっとそうに違いない。

「この際、ヒコーキでも鶴でもいいがのぉ。確かに飛ばしたのはオーキッドではない。そこは親御さんにも反省してもらわにゃのぉ。ただサラシがのぉ、これが事件だのぉ」

まだまだ、お歳ではなかったようだ。

ちゃんとピアニーの可愛さを理解して、手紙に関してはお許しをいただけたようだ。良かった。

ただ、なんの問題もないはずのサラシのことを再度言われてしまう。

「にーしゃん　サラシ　つかう　した？」

どうだった？　と期待を込めた顔でピアニーが僕をのぞき込む。

もちろん、（手紙を守るのに）凄く役に立ったことを伝え、お礼をピアニーに言う。

すると、モンクシュッド先生はピアニーの可愛い姿からはあまり想像できないが、さすが人族。錬金術を使えるとははと感心をしている。感心してはいるのだが、凄く小さい声でボソリと「全ての元凶はこのチマいのか…………」と言ったような気がしたのだが、きっと気のせいだ。

大好きな錬金術のことを褒められたピアニーはとても上機嫌だ。

「ちょーかん　も　たんれん　する　してる」

絵本の中の召喚師になるんだと、一生懸命モンクシュッド先生に説明している姿が可愛い。

「召喚！　絵本の召喚師じゃな？　そういう子供らしい発言は好きじゃのぉ」

モンクシュッド先生は、子供の夢は壊さずに聞いてくれるタイプらしい。

召喚師などいないと言われなくて良かった。そんなことを言われたらピアニーが悲しんでしまう。

召喚師のことも応援されて、とても気分が向上したピアニーはモジモジしながら「あのね　あのね　なの」と話を続ける。

「いちばん　は　がっきょー　まおちょこ　なる　する」

大きな声で、自信を持ってピアニーが言ったのだった。

「言わんこっちゃない問題発言じゃな。この子、大丈夫かのぉ…………………オーキッドが鬼のような顔になっとるのぉ」

ピアニーはもの凄くニコニコしながら、間男になるのだと元気よく言っている。

「にーしゃん　まおちょこ　おうえん　なむなむ　なの」

それどころか、間男になることを応援してほしいと恥ずかしそうに、モジモジしながら言ってきた。間男なんて言葉を、いつ、どこで覚えたのか。

思い当たるとすれば、ハイドランジアしかいない。

なんでも信じちゃうピアニーに、いつも碌《ろく》でもない技を教えるのだ。

「ピアニー。間男ってどうゆうことだろう？　教えてくれる？」

もちろん、本来の意味など知らないでピアニーは発言しているはずだ。絶対にハイドランジアに騙されているのだと思うのだが、確認せずにはいられない。

「んーちょ　のる　する　なの！」

………誰に乗るというのか。

できるだけ冷静に話を聞こうと努めているが、冷静になればなるほど目がすわってきてしまう。

「寒いのぉ。なんだか十度ぐらい一気に気温が下がった気がするわい。しかし怒れば怒るほど、顔に表情がなくなるんだのぉ、クワバラクワバラじゃわい」

モンクシュッド先生がなにか話しているが、今はそんなことを聞く余裕がない。今、僕の耳は、ピアニーの言うことを一言ももらさず、全身全霊で聞き取らなければならないのだ。

もの凄く集中して耳を傾けているのだが、何故かお面を取ってくれとピアニーから頼まれる。

僕はお面を付けてない。ただ、ピアニーの可愛いお願いは、なんでも叶えてあげたいので、普段ならお面ごっこ遊びに付き合ってあげるのだが、今はそれどころではない。

　とにかく、どんな意味で間男と発言しているのか、答えてもらわなければならないのだ。

「僕の質問に答えてね。間男って、どうしたの？」

「そりゃー、間男は間男じゃろ。それ以外考えられんわい」

「モンクシュッド先生。残りの寿命が今ここでなくなりますよ？」

　お若くはないのだから、寿命は大切にしてほしいものだ。

「…………チマいのが元凶なのか、はたまた今まで本性を隠していたのか。性格に難ありと記録しておこうかのぉ」

「僕は極めて常識人ですが、難ありでもなんでもいいので、少し黙っていてもらえますか？」

「…………いや、今面談中なんじゃが」

「あらあらぁ。大変ねぇ」

「いやいやいや、お宅のご子息ですぞ？」

「マシュタ　ふれー　ふれー　して　くれた　も！」

　やはり。ハイドランジアになにか言われたようだ。

　ピアニーは人を疑うことを知らなく、素直なので、なんでも信じてしまう。とてもとっても可愛くて良いことなのだが、ハイドランジアだけは信じては駄目だと、どうやって教えれば良いのだろうか。

　そんなことを考えていると、今度はピアニーに角が生えていると言われる。なんと、母さんも一昨日角が生えていたと言い出したのだ。

「ぷんぷん　おこる　つの　はえる　おにー　なの！」

ピアニーは、両手の人差し指だけを立てて、頭の上に持っていく。どうやら、角を表現しているらしい。が、いつものようにニコニコしていた母さんが、その表現を見て、とても冷たく笑いながら「角って、なんのことかしらぁ？」と聞いたのだ。

笑いながら喋っているのに、口がほとんど動いてないのだ。

ちょっと怖いかもしれない。

「！　んちょ　んちょ　なんでも　ない　なの」

なにかを察したらしいピアニーは、キョロキョロしてから、何故か僕たち三人に手を振り、その流れのまま、当たり前のように僕の洋服の中に隠れてしまった。

うん。とてつもなく可愛い。

凄く可愛いけど、間男についてはちゃんと答えてもらわなければいけないので、僕の洋服に入っているピアニーを上から覗き込み、間男になってどうしたいのか聞いてみる。

ピアニーの答えによっては、今後は一歩も家から出さないようにしよう。そしてハイドランジアには、最大級のお礼をしなければならない。

「まおちょこ　なって　ほうき　のる　がっこう　かよう　する　なの」

ん？　箒に乗る？

人ではなく、箒に乗って学校に行く？

間男の説明だよね？　なんだか僕が思っていた間男と違うようだ。ピアニーも不安そうな顔で僕のことを見ながら、一生懸命説明しようとしている。

「まじょ　の　おちょこ　だから　まおちょこ　でちょ？」

僕の不機嫌は今の言葉で一気に消し飛んだのだった。

魔女の男で、魔男ね、なるほど！

やはりピアニーは最高に可愛い。間男のことなんてコレっぽっちも考えてなく、絵本によく出てくる魔法使いになりたいのだと言っているのだ。

「ほうき　れんしゅう　する　なの！」

魔法使いになって、箒に乗るのだと。とても可愛く平和な発想の魔男に、僕も母さんも安心し、どうやったら箒に乗れるかと一緒に考える。もちろん、練習するときは絶対に僕と一緒にしようねと、お願いをすることも忘れない。

しかし、モンクシュッド先生一人だけ何故かピアニーの心配をしているのだ。

「先生、安心してください。間男ではなかったのです。魔男です」

「そうねぇ。間男じゃなくて安心したわぁ」

「いやいやいやいや、魔男なんて言葉はないと教えんといかんじゃろ。なにを親子して良かったと喜んでおるんじゃ」

「新しい言葉ですよ？　今後は間男という言葉は滅ぼして、魔男にするべきですね」

「あらあらぁ、そうねぇ。そのほうが素敵な言葉よねぇ」

「…………いやいやいやいや、もともとある言葉を滅ぼすとか、なにを言っとるんじゃ。恐ろしいわい」

「家庭環境に問題あり。っとしとくかのぉ」

まったく問題がないのに、納得がいかない。

母さんも、家族円満なのにと腑に落ちない感じだ。

先ほどからモンクシュッド先生は、ピアニーにもっと常識を教えるべきだと、将来恐ろしいことになると言っているのだが、こんなに可愛いピアニーが恐ろしいことになど、なるはずもない。なので、母さんと一緒にピアニーの可愛いところを盛りだくさん説明して、まったく問題がない、恐ろしいことなんて起こるはずがないと伝えたのだが、何故か「家庭環境に問題あり」になってしまった。

念のため、クインスが勘違いしているように、モンクシュッド先生も呪いとか思ってないかと聞いてみたら、呪いのほうがまだマシだと言われてしまう。

何故なのだろうか？

家庭環境に問題があろうがなかろうが、面談したことにより点数は一点引かれることに変わりはないし、これ以上話をしたとしても、点数が変わることも、意見が変わることもないので面談は終了となった。

「ねぇ、オーキッド。慌てずに聞いてねぇ？」

面談が終わった直後、移動もせずその場で母さんが僕に落ち着いて聞いてほしいと話し掛けてきた。

もう全然大丈夫なのだけど、と前置きをしてくる母さんに嫌な予感しかしない。これだけ言ってくるということは、ピアニーのこと以外に考えられないからだ。

僕の洋服の中でスピスピ寝ているピアニーをチラッと見てから、母さんにどうしたの？　と聞く。

「ピアニーがねぇ、お熱を出したのよぉ」

熱。

熱？

熱⁉

母さんの言葉を理解するのに、一秒ぐらい掛かってしまった。

人族であるピアニーに熱が出ただなんて、一大事なのだ。

「ピアニー、寝ているところごめんね。ちょっと僕に痛いところがないか見せて？」

気持ち良さそうにスピスピ寝ているピアニーを起こすのは忍びないのだが、確認せずにはいられない。ピアニーは眠そうにしてはいるが、僕のお願いを聞いてくれて洋服から欠伸をしながら出てきてくれる。

「オーキッドでもこんなに慌てることがあるんじゃのぉ。慌て過ぎじゃて、落ち着かんかい」

モンクシュッド先生には是非神殿で人族の説明を受けてほしい。

僕たちのように丈夫な体ではないのだ。熱が出ただなんてとても大事《おおごと》ではないか。

僕はまずはピアニーに痛いところや、苦しいところ、いつもとちょっとでも違うところがないか聞いてみる。

おデコで熱がないか確認する。関節は動くか、関節を動かしたときに痛そうにしてないか、変な音が出てないか、腫れている箇所などないかを次々と早急に確認していく。

もちろん、ピアニーの顔色なども注意深く見る。

「…………いや、とにかく落ち着かんかい。大丈夫じゃて慌て過ぎじゃ」

「モンクシュッド先生、すみませんが静かにしてください。ピアニーの呼吸音も確認しているので」

「は？　呼吸音ってなんじゃい？」

「呼吸の速さや深さですよ。いつもと同じか確認しています」

「なにか？　普段の呼吸の速さや深さを知っとるってことか？　いやいやいやいや、怖過ぎるわい」

普段の呼吸の速さや深さなど知っていて当たり前なのに、なにが怖いのだ。

「クインスが呪いだって言っとる気もちがわかるのぉ。えらいこっちゃじゃ」

モンクシュッド先生はいくら熱が出たからと言っても、今は平気そうなのでそこまで心配しなくても大丈夫だと呑気なことを言っている。

「先生方はピアニーが入学する前までに、人族についての研修を是非神殿で受けてください」

あと数年すればピアニーも学校に通うのだ。こんな考えの先生ばかりでは、危な過ぎてピアニーを学校になど通わせられないではないか。

母さんに学校の訓練など関係なく、手紙を飛ばして知らせてほしかったと伝えると、「知らせることも考えたのだが、僕が野営地から一人で帰ってくることを考えると、それはそれで道中が危ないから知らせなかった」と言われてしまう。

確かに母さんよりは強いが、父さんから見れば、僕はまだまだヒヨッ子なのかもしれない。もっとより強くならなければ。

「僕、心配されないぐらいには強くなるよう努力するね」

「違うじゃろ？　強くなるとかではなく、まず訓練中だから帰っちゃいかんじゃろ？」

「全然違わないですよ？　僕がもっと強かったら、知らせてくれていたんです」

こんな調子で、モンクシュッド先生だけがズレたことを言っている。

まったくもって困った先生なのだ。

「安心してねぇ。ちゃんと神殿にも行ったわぁ」

うん。ちょっとの熱でも神殿に行くべきだ。

「母さん、神殿はなんて言っていたの？」

「にーしゃん　の　よーふくのなか　いる　しなさい　いった」

もう可愛過ぎる。

もの凄く真剣な顔で、ピアニーが僕に教えてくれる。

「……………絶対に違うと思うがのぉ」

なにを根拠に違うと言っているのだ。

母さんの話だと、どうやら心因性の発熱らしい。僕の洋服の中にいると安心するのであれば、ピアニーの言っていることはあながち間違いではないはずだ。なので、いつでも好きなだけ僕の洋服の中にいていいと伝える。

万が一学校で不在のときは、手紙を飛ばしてくれればすぐに帰るからとも伝えるが、モンクシュッド先生にまたもズレたことを言われてしまう。

「お主の腹に隠れていても治らんわい。アノ手紙は勘弁してくれ、ってか授業中に帰ったら駄目にきまっとる」

僕の授業よりも、ピアニーが熱を出さないようにすることのほうが大切なのに、本当に困った先生だ。

「モンクシュッド先生。神殿で研修するのがお嫌なら、僕が人族について詳しく説明しますよ？」

「儂が熱が出そうじゃ」

「先生が熱が出たときは、ポーションでの治療をお願いします」

「…………いやいやいやいや」

「ポーション治療は常識ですよ？」

「…………チマいのが入学するときは、担任は儂ではないように祈っとくとするかのぉ。ハァァァァ」

面談が終わり学食に移動するために、いつものように抱っこ紐でピアニーを抱っこする。

「…………そのハーネス、ここ数年で開発されたモノじゃの？　なんだか嫌な予感がするのは儂だけかのぉ？」

嫌な予感とはいったい何なのだろうか？

口をヒクヒクさせながらモンクシュッド先生が聞いてきた。先生の言う通り、ここ数年で開発されたモノだ。なにせ僕がピアニーを安全に抱っこするために、考えて作ったモノなのだから。

それがギルドではいつの間にか、人命救助用の紐として人気商品になっていたのだ。

ピアニーの安全のために僕が作ったことをモンクシュッド先生に伝えたのだが、本来の使用方法を知った先生は何故かショックを受けている。

「チマいの次第で、善にも悪にもなりそうじゃわい。心配じゃ」

そして何故か気を揉んで、「学校でも人命救助紐は準備していたのだが…………」とブツブツ言いながら勝手に意気消沈したのだ。

「げんき　だす　なの！　これ　あげる　なの」

本当になんて良い子なのだろうか。

先ほど、モンクシュッド先生が熱が出そうだと言っていたのを聞いていたのだろう。ピアニーがポーションを出してきたのだ。

「ズレとる。物の考えがズレまくっとるのぉ」

「ぽーちょん　げんき　でる　しない？」

渡されたポーションをモンクシュッド先生がすぐに飲まなかったので、ピアニーがさらに心配をして首を捻る。

「しょうがない　なの　これ　で　げんき　いぱーい　よ？」

と言いながらアイテムボックスから、先ほど手に持っていた僕のパジャマを取り出して、モンクシュッド先生に貸そうとしているではないか。

「とくべちゅ　の　とくべちゅ　よ？　すぐ　げんき　なる　する！」

絶大な効果があると、自信ありげにピアニーがモンクシュッド先生に説明し、とても真剣な面持ちでパジャマを渡そうとしている。

とてつもなく可愛いのだ。

しかし残念ながら、僕のパジャマはピアニーにしか効果が発揮されないだろう。モンクシュッド先生もとても困った顔をしている。だがせっかくのピアニーの好意を、困っていると伝えるのは忍びない。なので、良い物過ぎて先生もビックリしていると伝えると、ピアニーは「うん　うん　わかる」と仰々しく頷いたのだった。


お昼時間は大分過ぎているので、学食にはほぼ人がいない。

それもそのはずだ。通常なら授業中なのだから。

ガランと人がおらず寂しい学食になってはいるが、授業のない先生や学校の事務員等、混雑時を避けて食事をとる人たちもいるので、学食は休み時間などなく機能している。

ピアニーはキョロキョロと興味深く周りを見ているが、どうやらイクラ丼に心が惹かれた様子だ。

「にーしゃん　イクラ　キラキラ　してる　なの！」

僕は食にあまり拘りはない。もちろん多少の好みはあるし、不味い物は好きではないが。

反対にピアニーはとても食べるのが好きなようで、楽しそうに自分のイクラ丼を見ている。

スプーンで米とイクラをすくい、ピアニーの口元に持って行くと、大きな口を開けて美味しそうに食べてくれる。

お吸い物も、少しフーっと冷ましてから口元に持って行くと、これも大きな口を開けて食べてくれる。

茶碗蒸しも同じだ。

うん。いつもと同じように食欲はあるようだ。

これだけ食べてくれているのなら、熱も本当に一過性のものだったのだろう。しかも、僕に食べさせてもらうのが一番好きだと言ってくれたのだ。

今後もさらに精進して、絶妙なタイミングでピアニーの口に食事を運べるようにしよう。もう、僕以外からは食べたくないと思ってもらえるぐらいにはなろうと思う。

「あらオーキッド。面談は終わったのかしら？」

僕がピアニーを抱っこしているので、母さんが食器の片付けをしてくれている。そのときに、デイジーから声を掛けられたのだ。

「おねにー　しゃん？」

ピアニーは気遣い屋さんだ。喋り口調からデイジーをお兄さんとは言えず、しかし見た目は立派な男なのでお姉さんとも言えなかったようで、出た答えが「おねにーしゃん」だった。

小声で聞いてくるピアニーに、僕は同じように小声で、デイジーは男だよと教えてあげる。

「おちょこ　いっちょ　ん〜　いっちょ？」

ピアニーの世界は狭い。

まだデイジーのような人種には会ったことがないので、凄く不思議なのだろう。男ってことは自分と一緒だけど、一緒かなぁ？　と不思議そうにしており、なにを思ったのか自分のカボチャパンツの中を覗こうとしたので、ピアニーのウエストゴムをそっと押さえて阻止をする。

「そんなところは確認しなくて良いからね？」と心の中で言ったのだ。

ピアニーが自ら貞操の危機を招こうとしている最中に、デイジーはピアニーを人形だと騒ぎ、クインスは例のごとく呪いだと騒いでいる。

僕は二人の会話を聞いている振りをして、まだ自分のズボンの中を覗こうとしているピアニーを、何気ない顔をしながら必死で押さえていたのだった。

自分のズボンの中を覗くのは諦めたようで、今度は皆に愛想を振りまくべくニコニコとピアニーは笑う。

それを見たデイジーが、ホムンクルスかもしれないと言い出した。

人形に、ゴーレムに、ホムンクルスといろいろ意見が出たところ悪いのだが、僕の弟だと紹介する。

「「「ホーネット！」」」

何故かクインス以外の三人が、自分の武器に手をかけ、後ろに一、二歩飛び退く。そしていつでも戦闘ができるように、少し腰を落とし踵を浮かせるような体勢を取ったのだった。

どうしてそんな風に思ったのか、クインス以外はピアニーの名前をホーネットだと勘違いしている。そんな魔物みたいな物騒な名前ではなく、ピアニーという可愛い名前があることを教えてあげたのだが、なかなか警戒を解いてはもらえなかった。

一方ピアニーは、僕が訓練で不在中に神殿でクインスの弟マルメロと会ったようで、クインスはマルメロの兄だと母さんに説明をしていた。

「あのね　なむなむ　なの　マルマロ　よーふく　なか　いれる　して　あげて　なの」

ピアニーが唐突にクインスにお願いを言い出したので、少し驚いてしまう。

「マルメロがクインスの洋服に入りたいって言ったの？」

何故そんなお願いをするのか、ピアニーに聞いてみる。

「いう　ちてない　あな　ほり　おこられる　する　いった」

どうやらピアニーの話を聞く限りでは、マルメロは自分の掘った穴に入るのが好きなのか、落ち着くのかするようで、たまに中庭に穴を掘って入るらしい。

ただ、中庭に穴を掘ると、マルメロの母親に怒られるようだ。

まぁ、そうだろう。子供とはいえ、入れるぐらいの穴が庭にあくのだ。

「だから　にーしゃん　よーふく　なか　おすすめ　なの」

安心安全のための場所を作って怒られるのなら、自分のように兄の洋服の中に入るのがお薦めなので、自分がマルメロの兄にお願いをしといてあげようと気を遣ったようだ。

「なるほど。マルメロのためにピアニーがクインスに頼んであげているんだね」

「うん　しょーなの　ぜったい　おすすめ　なの」

とても真剣な顔で、ピアニーはクインスの出す答えを待っている。

「悪ぃが、それはできねぇな」

え？

こんなに可愛いピアニーにお願いされて、断るっていったいどんな思考回路なのか。マルメロがクインスの洋服に入ることを望んでいるかは不明だが、そこは快諾すべきだろう。

「しょんな…………」

ピアニーを見ると、かなりショックを受けている様子だ。

「ピアニー大丈夫？」

「なむなむ　めっ　って　しょぼーん　なの」

こんなにピアニーを悲しませるなんて、万死に値するのではないだろうか？

クインスになんの恨みがあって、僕の弟をこんなに悲しませるのか聞いていると、ピアニーがゴソゴソと動いて僕の洋服の中に入ってきたのだ。

「ほら。手本まで見せてくれているよ？　本当に洋服の中に入るだけだよ、いいよね？」

「良くねぇし。それに手本じゃねぇ気がするのは俺だけか？」

「君だけだね。今の話の流れから言って、手本に間違いないよ」

「ぜってぇ、違う理由がある気がするぜ？」

クインスはなにを勘ぐっているのか、まったくもって不明だ。

「スピー…………スピー…………」

「寝てねぇか？　ソレ」

「うん。寝てるね」

「やっぱり、手本じゃねぇじゃねーか」

「可愛いでしょ？」

「…………大丈夫かお前？」

　僕が大丈夫？　って聞きたいぐらいだよ。

　全然クインスと話が噛み合わず、苦労したのだった。

　帰宅するので安全確保のため、僕の洋服で寝ているピアニーを抱っこ紐で抱っこし直したのだが、気持ち良さそうにスヤスヤと寝ていて全然起きる様子がない。

「あらあらぁ。ぐっすりだわぁ」

「今日は学校に来て、先生を心配したり、マルメロのためにお願いごとを言ったりで、忙しかったしね」

「そうねぇ。大活躍だったわねぇ」

「可愛いね」

「えぇ、本当に。可愛いわぁ」

　ピアニーは僕が訓練中で不在だったのであまり寝られてないのと、今日の活躍でよほど疲れたのか、父さんが帰って来てもスヤスヤ爆睡中だ。

「魔男とは。なかなか風情のある言葉だな」

今日の様子からして、ピアニーは父さんにも「まおとこ」になるのだと、元気良く宣言しそうだったので、念のため間男ではないと説明をしておく。

「オーキッドが訓練でいなかったときは、中庭でバーベキューするんだとか言って大変だったらしいぞ？」

どうやらピアニーは珍しく、我が儘な一面を見せたようだ。僕も見たかった。

「そうなのよぉ。『にーしゃんと一緒だも！』って言っててぇ。どうしたって中庭でバーベキューするんだって言っててねぇ。お肉を庭に持っててっちゃったのよぉ」

母さんは可愛くて困っちゃうわぁと、笑いながら説明してくれる。

「錬金トレーにお肉置いて、焼くフリをしちゃってぇ、可愛いのよぉ」

「それ、食べてないよね？」

焼くフリなのだ。つまり焼いてない。生肉を僕たちが食べたってなんてことはないし、寧ろ好き好んで食べる人もいるが、人族はそうはいかない。

「ピアニーは焼くことがしたかったみたいなのよぉ。よく焼けた生肉はチャイブ先生が召し上がってたわぁ」

錬金術のチャイブ先生が素晴らしい先生で良かった。

「でだ。ピアニーは留守番を頑張ったし、どうしたってバーベキューをしたいみたいだから、行こうかって話をしてるんだ」

「中庭のあんな姿見せられちゃったらねぇ。うふふふ」

「行くのなら明日は早いぞ。夜中起きてしまったら、朝つらくなるから、ピアニーを起こすか」

ピアニーは凄くよく寝ている。

それこそ、夕食も食べずに。このままだと、夜中に起きてお腹も空くだろう。

明日朝早いのならやはり頑張って起きてもらって、軽い食事を取りお風呂に入って寝るのが良いだろう。

「ピアニー。寝ているところゴメンね。起きられるかな？」

んー。スヤスヤ気持ち良さそうだ。

「そろそろ起きないと夜眠れないよ？」

瞼がピクピク動いて、キラキラとしたピアニーの瞳が見える。

どうやら、起きてくれたようだ。

ピアニーは僕が声を掛けると起きてくれたのだが、まだ眠そうでボーっとしている。不機嫌ではなさそうだが、無言でゆっくりと右を見て、左を見る。

どうやら自分が今どこにいるのか確認しているようだ。何度か左右を見ているが、未だ一言も喋らない。そのまま無言で僕の尻尾を握りしめ、僕の洋服の中に入ってきた。

「にーしゃん　よぶ　した？」

洋服に入って落ち着いたのか、やっと喋ってくれた。

「うん。起こしちゃってごめんね」

僕の胸元から、ご用事なあに？　と聞いてくるピアニーは最高に可愛い。

父さんも、胸元からちょこっと顔を出しているピアニーに、夜は眠れそうか笑いながら話し掛ける。

「にーしゃん　と　いっしょ　もんだい　ない　する」

どうやら僕と一緒なら、まったく問題なく寝られると言っているようだ。

「なるほど、なるほど。問題なさそうだな」

父さんはピアニーの答えに頷き、今度は僕の体力が大丈夫か確認してくれる。

もちろん、体力的にはなんの問題もない。

日常の訓練に比べたら、今回の野営訓練は軽いものだった。道中、走ることなどせずに歩いていたし、魔物も弱いのしか出てこなかった。ただちょっとチームメンバーに翻弄されたが、これも大したことではない。

なにより、お留守番を頑張ったピアニーへのご褒美なのだ。全然平気だが、万が一疲れていたとしても、ポーションを飲んで頑張るべきところだ。なので、まったく問題ないと父さんに答えたのだった。

「そうか。じゃ、明日は早起きして小旅行をするぞ！」

「バーベキューもできるし、ワイバーンもいる」と聞いたピアニーは、それはもう大興奮している。

僕の洋服から出て、さらに膝抱っこからも下りて、僕の尻尾を持ったまま、右へ行ったり左へ行ったり、その場でジャンプしたり。凄い九センチくらい飛べている！

ウロウロしていたと思えば、今度はアイテムボックスをゴソゴソして、今日学校で持っていた僕

のパジャマを出したり、仕舞ったり。

結局パジャマを仕舞うと、またウロウロして余り革で作ったワームみたいなオブジェを持ってきた。

「にーしゃん　○▽□△ざうるす！　がおーっ」

突然魔物ごっこ遊びをし出したと思ったのだが、どうやらごっこ遊びではなく、旅行に持っていく物をいちおうピアニーなりに吟味しているようなのだ。

荷物選びをちょっぴり脱線して、ナントカざうるすと尻尾を闘わせていたが…………。

あまりの興奮ぶりに、父さんも母さんもお腹を抱えて笑っている。

「落ち着いて」と言いたいようだが、笑い過ぎていて言えてない。

「にーしゃん　なに　もつ　する？　おてつだい　する　なの！」

右手にワームっぽいオブジェ、左手に僕の尻尾を持ちながら、僕の準備を手伝うよって言ってくれる。なので、僕もピアニーの準備を手伝うので落ち着いてと伝え、なにを持って行きたいのか聞いて、一緒に準備をしたのだった。

父さんから、自宅のお風呂では広さ的にあまり使うことができない、ピアニー用足入れ浮き輪を渡される。

どうやら泊まる宿は、広い温泉があるようなのだ。そのぐらいの広さがあれば、このアヒルも十分に活躍するだろう。

母さんは旅行前に、家のことを済ませようとせっせと家事をしてくれているのだが、ピアニーに先ほど持っていたパジャマを出すように言っている。

言われたピアニーは、散々悩んだ挙句《あげく》に、僕のパジャマは洗わずに持っているという決断をしたのだった。

「かーしゃん　ほうき　ナムナム　なの」

飛ぶ練習をするので、箒を貸してほしいとピアニーは母さんに交渉中だ。

「あらぁ、いいわよぉ。飛べるかしらぁ？」

「たんれん　する　できる　なる！」

自分の胸を拳でドンっと叩いて、任せてくれと自信ありげにピアニーが答える。それでは、どうぞと母さんはピアニーに箒を渡しながら、僕に目配せをしてくる。

「頭打たないように、ちゃんと見ていてね」と言いたいのだろう。僕はもちろんという意味を込めて、頷いたのだった。

一方父さんは先ほど説明したのに、焦ったのか間男と勘違いしてピアニーに「だめだめ」と言っていたが、「魔男だよ！」とこっそり伝えたら、「あぁ、そうだった」と納得していた。

そのあと、寝る練習はもうしなくて良いことを伝え、僕たちの部屋に来たのだが、どうやらピアニーはまだ疑っている様子だ。いつものように鍛錬？をするのだが、合間合間に部屋のドアが開かないか警戒しているようで、全然集中できていない。ついには、僕の膝の上に乗っかって、鍛錬？をし始めた。

一生懸命に女豹のポーズをしたり、ワンドを掲げて踊ったり。僕の膝の上にいるのに、僕を召喚してみて、一人うんうんと頷いたりと大忙しだ。

そして新たに加わった箒は、ピアニーの身の丈より長いので、全てを持ち上げることができてない。それでもピアニーなりに真剣に鍛錬？　をしているようだ。

「いろいろ　つよく　なる　した！」

どうやら納得のいく鍛錬ができたようで、何よりだ。

最後は一番大切な、僕の尻尾のお手入れをすると言ってくれる。まずは自分のほっぺたに尻尾をこすり付けて、毛並み確認？　尻尾の先を口に咥えて、味確認？　付け根から尻尾先まで見つめて、長さ確認？　僕の尻尾なのだが、なにをピアニーが確認しているのかさっぱりわからない。だけど、一つ一つ確認しては、うんうんと頷いているので、ピアニーは納得しているのだろう。

散々僕の尻尾のなにかの確認をしたあとに「よっち！」と言って合格？　が出た。

合格が出たあとは、丁寧に丁寧にブラッシングしてくれたのだった。


段々と意識が覚醒する。

そろそろ起きる時間だろう。僕はいつものように、目を瞑ったまま耳に意識を持って行く。ピアニーが僕を呼ぶ声や、一人でウロウロ歩いている音はしないので、慌てずにゆっくり起きて大丈夫そうだ。

「にーしゃん　おはよー　なの！」

できる限り静かに起きたのだが、やはり僕が起きるとピアニーも一緒に起きてくる。

「おはようピアニー。よく眠れた？」

これもいつもしていることだが、起きたピアニーのおデコに軽くキスをして顔色と熱がないか確認する。さらに呼吸の深さや回数、どこか変な音を体が出していないか、聴覚と視覚、触覚で確認する。

隈もなく、顔色も良い。体もとっても元気そうだ。昨日学校に来た疲れも残っていないだろう。うん。大丈夫だ。

「ねる　した！　あとね　きんにく　つー　ない　ふしぎ　ねー」

「ん？　筋肉痛？」

「たんれん　ふやす　した！　もりもり　なる　はず！」

「なるほど」

いつも夜やっている鍛錬？　を昨夜から一種類（箏の練習）増やし、もの凄く鍛えたのに筋肉痛にならないので不思議だと言っている。

「いつもストレッチをやっているからだろうね。これからもストレッチを頑張ろうね」

今ピアニーが毎夜毎夜やっている、鍛錬？　は可愛いので良いのだが、筋肉痛にならないので、本格的に腹筋や背筋を鍛えると言われるとちょっと、困りものだ。なので、ストレッチしているからだと誤魔化してみる。

まぁ、あながち嘘でもないはずだ。

「すとれっち　がむばる　する！」

素直に信じてくれたようだ。柔軟な体は、それだけで怪我をしにくいので、ここは是非とも頑張ってほしい。

僕がピアニーのために用意した顔を洗う桶を、何故かピアニーは念入りに調査し始めた。

桶を上から見たり、真横から見たり、そして桶の下も確認している。

「おけ　はいったら　めっ　なの　みずあび　がまん　する　なのよ？」

わかる？　と僕の尻尾にピアニーは話し掛ける。

ここは、僕が返事をすべきなのだろうか？　どうしようかと悩んでいたら、今度は僕の尻尾を自分の首にグルグル巻きにしているではないか。

「ここ　で　おとなしく　しとく　なの」

どうやら尻尾に大人しくしておくように言い聞かせているようだ。

それにしても、僕の尻尾はかなり長い。本当にグルグル巻きになっているので、苦しくないか確認するが、これで大丈夫だと自信ありげにピアニーが言う。ちょっと心配だったが、僕はピアニーが顔を洗う間、首が絞まってしまわないように見守ることとした。

僕の尻尾を桶に入れちゃうこともなく、上手に顔も洗えて準備万全だ。

これからピアニーがとっても楽しみにしているピクニックに行く。ちょっとピアニーが興奮気味ではあるが…………今日も我が家は平和に過ごせるだろう。

# 特別書き下ろし　不運の原因　俺の運気はどこへ行った？

「この俺様が取ってきた素材に文句を言うとどうなるかわかっているんだろうなぁ!?」

此奴の様に粋がっている奴はたまにいる。大概がどうしようもない馬鹿だ。「この俺様」などと、ふざけたことを言っているが此奴のことを俺は知らない。

俺が知らないと言うことは、たいしたことがない冒険者だということだ。そう、俺はここ冒険者ギルドのギルドマスター。強ぇ奴の顔は覚えているが、目の前で吠えている此奴の顔も名前も聞いたことがねぇ。つまり強くもねぇただの雑魚だろう。

現に持参している魔石だが、ヒビが入って欠けており色もくすんでいる。強い魔物であればあるほど魔石の色は輝くし、大きい魔石で少し割れている程度なら残りの部分を利用することもできるのだが、コレはクズ魔石としての価値しかないだろう。なのに此奴は買い取りの値段に納得がいかないと言い、火炎瓶を持って暴れていやがる。

「くらいやが……………ギィヤァァァァァーッ」

持っている火炎瓶を投げようとしたので、手首を軽く叩いただけなのだが叫び声をあげられて煩《うるさ》い。

「大袈裟だぜ？　ちょっと叩いたくれーじゃねぇか」

「……………ギルマス。彼の手首の骨は粉砕されています」

受付業務員が冷静に状況を教えてくれたのだが、こんな程度で粉砕されるだなんてヘッポコすぎるだろう。

「あ？　骨粗鬆症《こつそしょうしょう》か？　スケルトンの骨食ったほうがいいぜ？」

せっかく骨を強くする素材を教えてやったのに、白目を剥いて気絶していやがる。弱すぎやしないか？

「ギルマス、緊急連絡が入っているようです。赤の点滅です」

赤の点滅ってことは、超重要で大至急ってことだ。ついにあのダンジョンから魔物が溢れたとかだろうか？　あのダンジョンは残念なことに俺の管轄だ。糞面倒くさいことにならなきゃいいが……………。

「部屋に戻る。そこの馬鹿は外に捨てとけ」

部下に指示を出し急いで部屋に戻る。

さて、スタンピードだったとしてだ。今使えそうな冒険者で手の空いている奴はいただろうか？

最悪、冒険者を引退して教師になっているモンクシュッドの爺《じじい》と俺と、あと数十人、リーダーを務められる奴が最低でも必要だ。

依頼したくはねぇが中央のダンジョン研究員に依頼をするか？　中央に依頼するなど絶対やりたくねぇが、腕っぷしは強ぇからいざとなればそうするしかねぇな。

「冒険者ギルドだ」

部屋に戻り、真っ赤に点滅している通信用オーブを起動する。

オーブは音だけではなく通信相手の姿も映し出されるので、どんな表情で話しているのかがわかる。通常なら自分の国のギルド&神殿間（たまに中央も）だけ、もしくは各国の冒険者ギルドの責任者で構成される連絡網なのだが、今日は全ての国の、全ての神殿とギルドと中央の代表がいやがる。しかも各国の王族まで。

どうやら俺が一番後だったようだ。

どっかの国が消滅したのか？　妖精が出たなんて聞いてねぇぞ。

「緊急連絡失礼しました。皆様お揃いですね？」

おいおいおいおいおい、ウチの国の神殿員じゃねぇか。此奴が緊急連絡をしたってことは、この国で何かあったってことだ。

「人族が覚醒しました」

……………………………………は？

……………………………………はぁぁぁぁ!?　通信用オーブの向こう側でいくつもの国、ギルドの奴らがざわついているのがわかる。俺も心臓が口から飛び出そうになった。

人族が覚醒など、いつぶりだろうか？　これは確かに緊急事態だ。

「人族は言い伝えの通り、いえ、それ以上に脆弱そうに見えました。信じられないことに本当に首が据わってなかったのです。風が吹けば肌が裂け、大きな雨粒にあたれば骨折することでしょう。よって全世界に特別警戒を発令いたします」

首が据わってないとは、どうやって生きているんだ？

学校に行くようになると、種族についての授業がある。その時に少し人族について触れるのだが、あまりにも大袈裟過ぎて笑えた。また俺のようにギルド員や神殿員になる場合、さらに人族について教わる——勿論、人族だけではなく魔物や薬草、ポーションのような薬、毒と、いろいろ勉強して初めてギルド員になれる——のだが、もう綿毛よりもか弱い存在だと教わるので、冗談も大概にしてくれと思ったものだが、オーブの向こうの神官の顔は真っ青で冗談とは思えない。

特別警戒か…………ウチは冒険者ギルドなので脆弱と言われている人族とあまり関わることはないだろう。人族だけが持っているスキル武器召喚で生成される聖武器には非常に興味があるが、仕方がない。主に神殿か、人族は非常に勉学に優れていると言われているので教育ギルドが密に関わっていくことになるだろう。

とはいえ、特別警戒が発令されるのなら、部下たちには人族について再教育をしなければならない。人族は非常に魔力が大きく妖精のお気に入りだという話がある。万が一キズでもつけて妖精から報復を受けでもしたらと思うと恐ろしい。

それに、一国を簡単に滅ぼす可能性がある妖精だが、全く恩恵がないというのも実は困るのだ。妖精が通った場所は空気が浄化されると言われている。言い伝えの範囲なのだが、浄化されなかった国が魔素だらけになり一瞬にして国が飲み込まれたとか、魔物の好む状態になりダンジョンが肥大化してそこら中に魔物があふれたとか言われており、そんな事態も避けたい。ここ最近妖精が出現したという話がなかったので、こちらも問題にはなっていた。

◇　◇　◇　◇

「…………うぇぇぇぇんっ」

なんだか扉の外から微かに子供？　の泣き声が聞こえる。たまにやんちゃな子供がギルド内を駆け回ることはあるが、ギルドマスターの部屋までは来られない。ここまで来るということはギルド員の誰かに案内されているからだろう。俺を呼ばずに部屋まで連れてくるのなら緊急を要するということだ。また面倒臭ぇことになってなければ良いが。子供ってやつはたまに考えられねぇことをしやがるから侮れない。

ため息交じりに部屋のドアを開けると、子供に抱っこされた、度肝を抜かれるぐらい綺麗な幼児が泣いていた。とてもか細い声で「うぇうぇ」と泣いている。こんな小せぇ子供見たことねぇ。獣の耳が付いてない。尻尾もなさそうだ。髪は銀でも緑でもねぇ。こんな種族いたか？　目は七色…………はぁぁぁ七色⁉　なんじゃそりゃぁ。

待て待て待て待て、獣の耳も尻尾もねぇとくれば例の人族じゃねぇか‼

おいおいおい、この人族よく見ると手にヤバイの握ってやがる。

人形だと思いてぇが間違いねぇ妖精だ。勘弁してほしいぜ、ひとまず落ち着くために上を向いて「フーッ」と息を吐く。

妖精が喋ると人族の子供は「にーちゃ　ちょちょ　ちゃべた」と言い、抱っこしている白い兄ちゃんに見せるためか、手に持っている妖精をブンブン振り回してやがる。頼むからやめてくれ。「ちゃべた」って何だ？　食べたいってことじゃぁねぇだろうな？　そんなことしたらこの国がなくなっちまう。

このチビ綺麗な顔して恐ろしいことをしやがるぜ。

とりあえず、今回の妖精事件は人族の子供が七色の実を作れたことで事なきを得た。というより人族のチビと、白い兄ちゃんは恩恵まで貰っていたし、ギルドとしても七色の実をランタンに付ければ妖精族や精霊の恩恵にあやかれるという情報も聞けたので良かったと言えるだろう。

特別警戒が発令されているので、人族に少しでも関わった者は記録を残す決まりだ。またギルドや神殿が関わった場合は情報共有をすることとなっているので、本日ウチのギルドで起きたことを今まさに全ての国に共有している。

妖精は意外にも寛大だと教えてやったのに、いろいろな国から何故か俺が責められている。勘弁してくれ。

「振り回すだなんて!!　報復されたらどうするのだ!!」

いや、俺がやった訳じゃねぇし、あるがままを言っただけだ。

「両指を合わせたら七色の実になったとは？　もっとちゃんと説明してくれ」

ちゃんとも何も、事実だ。

「人族の言葉がわからなかったとは、何て勉強不足なのだ」

そんなことを言われてもわからねぇものはわからねぇ。どいつもこいつも好き勝手なことを言いやがる。

しかも何故か七色の実を俺が代表して貰ってこいと言われたのだ、とんだトバッチリだ。次お前らのギルドや神殿が関わったら、俺も好き勝手に言ってやんぜ。畜生。

オーブ通信の奴らにいつか絶対に文句を言ってやるのだと思っていたが、人族のチビは今度は俺の目の前で武器を召喚しやがった。いや、スキルが見られてスゲー良かった。俺もかなり興奮したのは間違いないのだが、状況報告でまた俺が責められている。

「鳩尾に材料を入れたら武器が出てきたなんて、何ふざけた報告しているのですか？」

気持ちはわかるが、事実だ。

「作った本人から説明が聞けない？　ちゃんと聞いてください。使えませんねぇ」

人族のチビは笑っているだけだったし。そもそも言葉が通じねぇ、通訳が必要だ。

「人族の洋服のデザイン？　君が考えればいいではないか」

いや、七色の実の報酬だぜ？　冒険者ギルドだけが依頼したのではないのだから、俺だけが考えるのはおかしいだろう。

「尻尾で口を拭かれた？　どうでもいいことは言わなくて結構」

おいおいおい、自分の尻尾じゃねぇからって酷い言われようだ。

だいたいあのチビ、尻尾にただならぬ執着があるぞ。兄ちゃんの尻尾はゼッテー放さねぇし。たまに俺の尻尾と兄ちゃんの尻尾を人形遊びのように戦わせて、俺の尻尾をメチャクチャにしやがる。しかも毎回俺の尻尾は負けるんだ。

まぁ今回は俺の武器とヘレボルスの武器を作ってもらえたし、良かったっちゃー良かったのだが、此奴らに好き勝手言われるのは癪《しゃく》に障る。次こそは俺が文句を言ってやんぜ。

……………………俺が他のギルドや神殿に好き勝手言える日はいつ来るんだ？

ってか、何故こうなった？　いや、だいたいの原因はわかってはいる。人族のチビが美味しいポーションを作ったからだ。

今のポーションの在庫がはけるまでは市場には出さないようにしていたのだが、どこかから情報が洩れてしまって、今や各ギルドは人々から美味しいポーションを求められ凄いことになっている。

しかもハイドランジアが「教育ギルドにポーションなんて置いているはずないではないですか」と嘘をつきやがった。これによりポーションを取り扱っているイメージがない農業ギルドと教育ギルドはいつもとさほど変わらない様子。

それに引き換え、冒険者ギルドはどのギルドよりも低級ポーションの取扱いが多いだろうというイメージがあるようで、もう客が押し寄せて酷い状態になっている。畜生。

こうなったらポーションを作った本人に売り子になってもらうぜ。商人の子供などはちいせぇ頃から店番をするし、馬鹿みたいに過保護の白い兄ちゃんが絶対ついて来るだろうし、大丈夫だろう。と思っていたが、大後悔をした。

まず「あんなに小さい子供に売り子をさせるなど鬼畜だ」と部下に責められた。次に、チビと兄ちゃんが昼食を注文したのだが、その飲食店から後日抗議文が届いた。が、言っている内容が全然わからねぇ。魔物がどうとか書いてあったが意味不明。とりあえず謝罪はしたのだが、いったい何しやがったんだ？

そして売り子二日目は兄ちゃんがとんでもねぇモノを開発しやがって、後日商人ギルドとの打ち合わせをすることが決定し、俺の休日は返上になるだろう。畜生。

さらに何故かチビを見たいだけの客まで増えてギルドが大混乱。

あげくチビたちが来なくなった三日目以降もチビはいないのかとか、あの冷たい兄はどうしたとか（変態か？）ポーションとは関係がない問い合せも殺到し、売り子を頼んだ俺が悪いということになり、部下に冷たい目で見られるという苦しい立場を強いられたのだ。で、おそらくこの後の報告でまたもや俺が悪者になるんだ。

なんでいつも冒険者ギルドなんだ？　と言うかなんでいつも俺？

人族だぞ。見た目通りチビは小っこくて、柔らかくて、生きているのが不思議になるぐらい脆弱な生きものだ。あの何にも興味なさそうな白い兄ちゃんが過保護になるのも理解できる。そんな弱々しい奴がなんで冒険者ギルドと毎回関わりが出てくるんだよ。

チビも別に悪気はないだろうし、好んで冒険者ギルドと関わりを持とうとしているのではないと思うのだが、チビが関わると俺の立場が最悪になるのはどうしてなんだ？

いや、唯一誉められることがある。それはチビの洋服のデザイン…………糞どうでもいい。

だけどデザインするのも、ゴリゴリ精神を削られる。初めてデザインしたときは、可愛らしい洋服というのがよくわからず部下に相談したのだが、頭がおかしくなったのかと心配されたのだ。そう、俺が着るのだと勘違いされた。んな訳あるか！

そのうえ、ハイドランジアが糞なことを言いやがって、オーブ通信の面々にまで俺の趣味が疑われ始める。

「素晴らしいデザインです！　実は着たかったりしませんよね？　いえ、毎回あまりに素晴らしいデザインなので実は趣味なのかと…………」

もちろん、全力で否定した。が、何故か通信用オーブの向こう側の奴らは可哀想な目で俺を見やがる。いつもの報告のときのような酷い言われようをされることはなかったのだが、何だか視線が痛い。

「…………個人の趣味だし否定はしないが、似合わないんじゃないか？　いえ、着たいのなら否定はしないけど、ギルドで着るのはやめたほうがいいかな」

変な気を遣ったのか、神殿の奴がしなくても良いフォローをしやがる。

「だからっ、俺の趣味じゃねー。着る訳ねぇだろっ」

こんなことなら、いつもの言い掛かりのほうがマシだ。

「そんな恥ずかしがることはないですよ？　見た目的にはちょっと似合わないかもしれないですが、貴方のお名前にはとってもピッタリじゃないですか！　ねぇ、リリウム《乙女百合》ルベルト」

「その名前で呼ぶなって前々から言ってるじゃねぇかっ」

ニヤニヤしながらハイドランジアが俺の名前を言いやがった。此奴は本当に碌でもねぇ奴だ。普段から俺のことを『リリーちゃん』とか呼びやがる。

「俺のことはルベルトと呼べって言ったじゃねぇかっ。その名前嫌いなんだよっ！」

俺は冒険者ギルドマスターをやっているので、ギルマスとかマスターとか呼ばれることが多い。そして自己紹介する時は「冒険者ギルドマスターだ」と言い、敢えて名前は言わないようにしていた。どうしても名乗らなければいけない場合は『ルベルト』と呼んでくれと言っていたのに。

「そんな怖い顔で見ないでください。リリーちゃん」

ニヤニヤしながらわざと俺の名前をハイドランジアは呼んだ。

「糞がぁ！」

「名前なんてどうでもいいでしょう。ちゃんと報告してください」

ハイドランジアに叫んだらオーブの向こうの知らない奴に怒られてしまった。

何だかこの頃タイミングが悪いというか、運がないというか…………。

呪われているとしか思えない事柄が多いのだが気のせいだろうか？

まぁ、いつの日かほかのギルドに文句を言ってやるぜ！　首を洗って待ってろよってんだ。

# 特別書き下ろし　オーブ通信に夢中

休日の朝、ピアニーは必ず中庭をチェックする。それはとても大切に育てている野菜を小鳥が突《つつ》いていないか確認するためだ。自分の育てた野菜が小鳥に食べられていると、最強の必殺技だと信じてやまない女豹のポーズをして小鳥を追い払う。――実際に追い払える訳もなく、僕か父さんにお願いすることになるのだが――ピアニーにとって、とても大切な朝の儀式だ。

が、平日の朝は少し違う。とあることに夢中なのだ。もちろん中庭のチェックはするが、それよりもやることがある。今もピアニーは朝食を食べ終わりソレが始まるのを、今か今かと通信用オーブの前でじっと待っている。

『おはようございます！　早速、今日のお天気から…………』

リビングに置いてあるオーブがうっすらと光り、女性が映し出された。オーブ通信がいつもの時刻にいつもの天気予報から始まったのだ。

そう、ピアニーが夢中になっているのは、このオーブ通信だ。

平日の朝と夜、一日二回オーブ通信がある。内容としては今日の天気予報、妖精や魔物などの出現情報またはダンジョンなどの情報を発信する。また、緊急速報などがある場合にも、この通信で国中に知らせが発信されるのだが、僕は緊急速報を見たことがない。

ピアニーはせいぜい中庭に出る程度で、神殿などに遊びに行くことはないから天気が気になる訳ではない。もちろん、勉強ができるからといってもピアニーはまだ子供だ。世の中の動きがどうなっているのかなどに興味がある訳でもない。

では、何に興味があるかと言えば、最後の三分に満たない子供向けのこの企画。

『はいはーい！　みんな起きていますかぁ？』

「おっき　してる　なの！」

『朝食は食べたかなぁ？』

「たべる　した！　ちゃぱてー　うまうま　よ」

可愛すぎる！　一生懸命オーブに映し出される女性に話しかけているけど、一方通行なのでピアニーの声は向こうには届いてない。

『獣族の子！』

「…………」

『竜族の子！』

「…………」

『エルフ族の子！』

「…………」

『ドワーフ族の子！』

「…………」

『魔物はいないよね？』

「…………うぅぅぅー」

自分が何の種族なのかを理解させるとともに、返事の練習も兼ねているのだろう。ただ残念なことに人族は呼ばれない。今はピアニーがいるけど、珍しい種族すぎて定形文のなかに入っていないに違いない。ピアニーはちょっとだけ寂しそうにするが、僕が代わりに呼びかけてあげる。

「人族の子！」

「あい！」

すぐに元気を取り戻し、にこにこの笑顔でピアニーは手をあげる。もう可愛すぎる。

『あたま♪』

「あちゃま」

言われた箇所を手でポンポンと叩いて、遊びながら覚える練習が始まった。

『うーで♪』

「うーじぇ」

ピアニーはワンテンポずれているが、ちゃんと言われた箇所を間違えずに両手でポンポンと叩けていて凄い。

『おへそ♪』

「へーそ」

『おしり♪』

「おしり」

『左足♪』

「ひだり　あし」

『右足♪』

「みぎ　あし」

片足で立つ指示はないのだが、いつもピアニーは片足で立って左足、次に右足を叩く。バランスが取れずにヨロヨロとしているので、僕が腰をしっかり支える。ただ、ちゃんと左足、右足を言われた通りに叩けているので、左右の理解はできているようだ。

『じゃぁ最後だよ！　尻尾がある子！』

「あい！」

………いや、ピアニーに尻尾はない。

左右をちゃんと理解しているのに、何故かいつもココで間違えちゃうのだ。

『尻尾がない子は、その場でジャンプだよ！』

「…………」

いや、そこでこそ返事だと思うのだが。

『尻尾♪　もしくはジャンプ！』

「しっぽーっ！」

ピアニーは僕の尻尾を嬉々として振り回した。

『間違えないで上手にできたかな？』

「ばっちし　なの　まちがい　して　ない！」

ピアニーは得意気に答えている。

『じゃぁ、今日のお手伝いはハンカチをたたむことだよ！　ハンカチは準備できているかな？』

「ある　する！」

昨日のオーブ通信を聞いていた母さんが、ピアニーのためにオーブ横にハンカチを用意してくれていた。それを目ざとく見つけてオーブの女性にピアニーが見せびらかす。

『うん、みんな用意できているみたいだね。じゃぁ始めるよ！』

「あい！」

『ハンカチを一度広げて、それを半分にたたむ』

「あい！　うぅぅ　んしょ　できる　した！」

オーブの前に尻餅をつきながら一生懸命ハンカチをたたんでいる。角がちょっとズレちゃっているが、まぁたためているだろう。

『うんうん、みんな上手だね！　じゃぁさらにそれを半分にたたむよ！』

「う？　わかる　した！」

ちょっと考えてピアニーは「わかる　した」と答えハンカチをたたんだ。まぁ、確かに半分だけど…………。

ハンカチを二回たたんで正方形にする指示だったのだが、ピアニーがたたんだハンカチは細長い長方形になってしまった。

「なんか　ながく　なった　なの」

『凄い凄い！　これで今日のお手伝いは終了だよ』

ピアニーは形が変じゃない？　と思ったようだが、オーブの女性から褒められて――まぁ実際には見えてないので、一方的に言われているだけだが――何となく違う気もするけど、あっているらしいと思ってしまったようだ。

『お家のお手伝いをこれからも頑張ろうね！　明日は靴下をはく訓練だよ、靴下の準備をしておいてね！』

「あした　は　きびしい　くんれん　なの」

オーブを見つめてピアニーは真剣な顔をしたのだった。

「マシュタ　こににちは　なの」

冒険者ギルドマスターが七色の実の報酬を持って来てくれた。各ギルドや神殿で依頼がある度にギルドマスターが教えてくれて、取りに来てくれて、報酬の受け渡しもしてくれている。とても忙しそうな職なのだが、実はそうでもないのかもしれない。

「マシュタ　おーぶてれび　ひとじょく　いわない　なの」

「…………通訳頼む」

ギルドマスターは家族以外で、一番ピアニーと話をしているはずなのだが、いまだピアニーの言葉がわからないようだ。

「毎朝のオーブ通信を楽しみにしているのですが、人族は呼ばれないのでとても悲しんでいるんですよ」

　せっかく通訳したのに、何故かギルドマスターは「聞きたくなかったぜ」と暗い顔をしたのだ。

『朝だ、起きやがれこん畜生！　まずは天気からか？』

「!!　マシュタ？」

　オーブ通信がいつもの時間、いつもの天気予報から始まったのだが、いつもの女性ではなく、映し出されているのは冒険者ギルドマスターだ。さすがに僕も驚いた。

「マシュタ　どうした　なの？　てんしょく？」

　ピアニーはオーブに映っているギルドマスターに一生懸命話しかけている。もちろん一方通行でマスターには聞こえない。当たり前だが返事はこない。

　オーブ通信は、何か重大なお知らせなどはせず、変わったことは何もないですと言わんばかりに淡々と天気予報や妖精の情報、魔物の情報などを発信している。ただ一つだけ、いつもの女性は明るく丁寧な言葉使いなのだが、今日はもの凄く乱暴な言葉での発信だ。まぁギルドマスターが発信しているので仕方がない。

『朝食はちゃんと食ったか？』

「たべた　なの　マシュタ　たべる　ちた？」

　ピアニーはギルドマスターがちゃんと朝食を食べられたか心配している。優しい子だ。

『獣族、手あげろ』

「…………」

『竜族、手あげろ』

「…………」

『エルフ族、手あげろ』

「…………」

『ドワーフ族、手あげろ』

「…………」

『チビじゃなかった、人族、手あげろ』

「!!　マシュタ　はい　なの！」

初めて人族が呼ばれたのだ、凄く凄く嬉しそうにピアニーは手をあげた。

『妖精族、手あげろ』

「にょ?」

『魔物、殺すぞこら』

「にょぉぉぉー」

ピアニーは面白い声を出した。それでもオーブ通信はいつものようにルーティンをこなす。

『てめぇら、気合いをいれろっ!!』

「う?」

『頭、守れ!!』

「あちゃま　まもる？」

ピアニーは言われた通り、頭を両手で抱え込み守っている。

『声が小ぃせーぞっ。おらぁ、腕!!』

「うーじぇっ！」

ピアニーは腕と叫ぶ。

『臍《へそ》！』

「へーそっ」

『ケツ！』

「おけちゅー」

いつもは「おしり」って可愛らしく言うのに、「ケツ」に「お」がついても可愛くない。

『両足！』

「ぬ！　りょーほー」

どうしていいのかわからず、ピアニーはその場でジャンプした。

『最後だぁ、気合いをいれろっ！　尻尾ある奴！』

「あい！」

『ねぇ奴は、どっかから持ってこい！』

「にょぉぉぉーっ！」

『よし、尻尾を振り回せーっ！』

最後はいつものように僕の尻尾をピアニーは振り回したのだった。

「…………」

「えっと、どうしたの？　今朝のオーブ通信は終わりみたいだよ」

通信が終わったあとも、ピアニーはじっとオーブを見つめている。

「にーしゃん　マシュタ　てんしょく　ちっぱい　なの」

「…………え？」

「きょーの　おてつだい　を　わすれる　ちてる」

確かに、今日のお手伝いは何も発信がなかった。

「あす　の　おてつだい　よこく　も　わすれる　ちてる」

「えっと、確かに明日は何を準備すればいいかわからないね」

僕はピアニーが意外にもオーブ通信の進行をしっかり覚えていることに驚く。

「マシュタ　は　げーのうじん　は　あわない　みたい　なの」

ゲーノージンってなんだろう？　よくわからないが僕は頷いておいたのだった。

今日のオーブ通信は異例だったが、ピアニーはいつもと変わらず可愛らしかった。

# 特別書き下ろし　不運の原因　もしかしなくても此奴か？

「マシュタ　こににちは　なの」

ちぃせー。

いつものように白い兄ちゃんに抱っこされながら人族であるチビが出迎えてくれたのだが、いつ見ても生きているのが、いや、動いているのが不思議なくらい小さい生き物だ。

このチビが特別にちぃせーのか、人族が全員このようにちぃせーのかはよくわからない。

まぁ文献には人族は小さく脆く儚いと記載されているので、このサイズが人族にとっては普通サイズなのかもしれないが、俺だったら怖くて一緒に住めねぇな。

此奴の家族は、よく此奴のことを踏みつぶしたりしないものだと感心する。

「あぁ、報酬を持って来たぜ」

そう、今日はいつものように七色の実の報酬を持って来たのだ。

何故か冒険者ギルドマスターである俺が、各ギルドを代表して持って来るのが当たり前になっているが、そこはもう考えないようにしよう。

「あーがと　なの　マシュタ」

極上の笑顔でお礼を言われる。

相変わらず此奴は度肝を抜かれるぐらいの美人だ。

麗人って歳は関係ねぇんだなとこのチビを見る度に思うようになった。

報酬を確認するためか、大好きな兄ちゃんの抱っこから下りて、俺が持って来た報酬袋に頭を突っ込んでいる。

こういうところは子供らしくて可愛い。

が、報酬の中身は、子供が喜ぶおもちゃじゃぁねぇ。

このチビは錬金術師の卵なので、報酬は専ら錬金術に使う素材や道具、もしくは大人でも読まねぇような難しい本や図鑑などを好む。

ちなみに、報酬袋に頭を突っ込んでいるが、危険はない。

尖っていたり刃が付いていたりする物などはないし、万が一怪我をしそうな物は布を巻いてあるので大丈夫だろう。

ただ片手だけで袋の中の物を取り出しているので非常にやりにくそうだ。両手ですればいいのにと思うのだが、もう一方の手は兄の尻尾をしっかり掴んでいる。

このチビは自分の兄の尻尾にただならぬ思いがあるようで、抱っこされているときも、今のように抱っこから下りているときも、どんなときでも自分の兄の尻尾を絶対に放さない。

それこそ歩く範囲も、掴んでいる尻尾の長さの範囲しか歩かない徹底ぶり。

「マシュタ　いいもの　あーがと　なの！」

どうやらお気に召した物が入っていたようだ。

「おう。欲しい物が入っていたみてぇだな」

いつもの連絡網でのオーブ通信のときに、報酬の品は何が気に入ったのか、何が気にいらなかったのかと事細かく聞かれるので、しっかり把握しておきたい。

「これ！　いいでちょ？」

………………どこが？

チビが出してきたのは蛇の抜け殻だ。

ただの蛇じゃねぇ。大蛇だ。

普通は怖いとか、気持ち悪いとか思うんじゃねぇのか？　なのに此奴はとびきりの笑顔で、抜け殻を鷲掴《わしづか》みにして「すっごく　いい　なの！」などと言っている。

これをこのままオーブ通信で報告したら…………。

「大蛇の抜け殻を持ってニコニコしてたぜ！」と本当のことを言ったとして「いくら錬金術をやっているからと言って、子供がそんな物騒な物喜ぶ訳がないだろう」と文句を言われるに違いねぇ。

言いたい気持ちはわからなくもない。

しかし以前、子供が喜ぶ絵本を報酬として持って来たことがあったのだが、見向きもされなかった。

それどころか「こじょも　よむ　ほん　いく　ない」と悪いものだと言われたことがある。

それ以来、錬金術に特化した、俺からすると「何だか得体の知れない物」を数点必ず報酬として入れることにしているのだが、この「得体の知れない物」がなかなかこのチビには人気が高いのだ。

今回のように。

「マシュタ　おーぶ○▲◇　ひとじょく　いわない　なの」

……………あ？

報酬の確認が終わり、そろそろギルドへ戻ろうとしている時にチビに何か言われた。

次の報酬で欲しいものでもあるのか？

チビの言葉はかなり聞き取れるようになってきたのだが、今のはちょっとわからねぇ。

聞き漏らしたりしたらまたオーブ通信で文句を言われるので、チビの兄ちゃんに通訳をお願いした。

「毎朝のオーブ通信を楽しみにしているのですが、人族は呼ばれないのでとても悲しんでいるんですよ」

………………………………聞かなきゃよかった。なんだかスゲー嫌な予感がするぜ。

今日も今日とていつもの面々とオーブ通信の時間だ。

「大蛇の抜け殻？　子供が喜ぶ訳がないでしょう。もっとまともな報酬を渡せないのですか？」

わかってはいたが、オーブ通信で本当のことを言うと何故か責められる。

「そうは言うがよぉ、本当に喜んでたんだって。文句を言うぐれぇなら、おめぇらで報酬の中身を決めろよ。あとチビの洋服もたまには考えろ」

「お前がしっかり要望を聞いてくれればいいだけの話ではないか。言葉がわからないとかいつまでも言っている場合ではない」

だったらテメェが話を聞いてこいとオーブ越しに言ったのだが、初対面だと人族が怖がるかもしれないとかぬかしやがる。

「洋服はまぁ貴方の趣味でしょう？　貴方が考える報酬の中では、断トツで良い物ですし。デザインする喜びを取り上げちゃうのは忍びないので貴方に譲りますよ」

どいつも此奴も糞すぎる！

「他には何か人族は要望を言ってなかったの？」

…………スゲェ嫌な予感がするし、大したことじゃぁねぇから言わないでおくか？

「正直に言わないと、今度から名前で呼びますよ。ええ、このオーブ通信のメンバーだけではなく、ギルド員にも名前で呼ぶようにお伝えしましょう」

本当に糞しかいねぇ！

が、俺は名前で呼ばれるのが大嫌いなので、朝のオーブ通信で人族が呼ばれずにちょっと悲しんでいることを伝えた。

「悲しんでいるなんて、大変じゃないかっ！　これで熱など出てそこから大病を患ったら妖精族の報復を受けるかもしれない」

いや、ソコまでじゃねぇだろう。

ちょっとしょんぼりしている程度だろうし、大好きな兄ちゃんがフォローしているって聞いているので大丈夫だと思うと伝えたら、滅茶苦茶非難された。

「大丈夫じゃないだろう、人族だぞ。雨に濡れただけで骨折するかもしれない脆弱な生きものだ。ちょっと悲しいだけでも、寝込んで大変なことになるに違いない」

………………いや、確かにチビはちぃせー。

ちょっと力の入れ方を間違えたらそれこそ大変なことになりそうなぐらい脆弱だろう。

ただ、心は。

俺の勘だが、図太そうだ。

いや、間違いなく図太いだろう。

まぁ、朝のオーブ通信の挨拶に人族を入れればいいだけの話だ。

ちょっと明日から人族にも呼びかけてとお願いすれば済むだろうと高を括って傍観していたらとんでもねぇ話になっていやがる。

「これ以上人族を悲しませる訳にはいきません。ここは私たちの中で人族にとって一番信頼度の高いリリーちゃんに朝のオーブ通信で呼びかけてもらいましょう」

あ？

今ハイドランジアは何を言った？

「それは良い。いくら悲しんでいるとはいえ、オーブ通信でいきなり知らない者から呼びかけられたら脆弱な人族は心の臓が止まってしまうかもしれないからな！」

んな訳あるかっ！

と反論したのだが、あれよあれよという間に俺が、何故か俺が、明日の朝のオーブ通信をすることになってしまった。

「ちょっとギルドマスターさん、そんな怖い顔をしないでください」

寝不足なのでいつもより目が据わっているとは思うが、もともとこんな顔だ。

「今日のお天気から始まって、妖精や魔物の情報、ダンジョンの情報、で最後に子供たちに向けて発信ですよ？　間違えないでくださいね」

「何で俺が…………」

「それは私の言葉ですよ。いきなり今日はギルドマスターがオーブ通信をするだなんて言われて、こんなに怖いお顔ですし、もう困ります！」

俺が一番の被害者のはずだ。

「ほらっ。またお顔が怖くなっていますよ！　にこーっと笑ってください」

そんなに怖い顔じゃぁねぇはずだ。だが、笑えって言いやがるので笑ってみせた。

「ひえぇ。ニターじゃないですよっ。そんな犯罪者みたいな笑い方しかできないんですか？」

…………踏んだり蹴ったりとは、今の俺の状況を言うのではないだろうか？

何故、こうなった？

というか、俺はいつからこんなに不運になったんだ？

「はいっ、オーブ通信が始まりますよっ！　にこやかにですよ、ほら笑ってください！」

こうなったら、最高の笑顔でやってやるぜっ！

今日も今日とていつもの面子《メンツ》とオーブ通信の時間だ。

「今朝のあのオーブ通信は酷かったですね」

……………あ？

「ええ、酷かったです。極悪人がいるのかと思いました」

…………あぁ？

「明日からは、いつもの女性にお願いして人族も呼びかけてもらうようにしましょう」

「それが良いな！　うちのギルドにもオーブ通信に犯罪者が映し出されているって言いに来た奴がいたぞ」

………はぁぁぁぁぁっ？

「リリーちゃん。貴方の努力だけは認めましょう。ご苦労様でした。ええ本当に」

ハイドランジアがニヤリとオーブの向こう側で笑っている。

何故、こうなった？

この頃毎日のように思うことだが、本当に何故こうなった？

………………………。

………………………………。

「チビィーッ！」

お前のせいかっ！

# 特別書き下ろし　オーブ通信に夢中　転職失敗？

いつもより早くピアニーはオーブの前でオーブ通信が始まるのを待っている。

『おはようございます！　早速、今日のお天気から…………』

リビングに置いてあるオーブがうっすらと光り、女性が映し出された。オーブ通信がいつもの時刻、いつもの天気予報から始まったのだ。

「マシュタ　じゃ　ない　なの」

ピアニーが言う通り、昨日は冒険者ギルドマスターがオーブ通信をしていたのだが、今日はいつもの女性に戻っている。

「にーしゃん　マシュタ　くび？」

「いや、昨日だけギルドマスターだったんじゃないかな？」

「マシュタ　しゃちく　やめる　ため　てんしょく　した　なの」

ギルドマスターはギルドを辞めて新しい仕事に就いたはずなので、昨日一日だけではないはずだとピアニーは言う。

「えっと、どうだろう？　ギルドマスターは何だかんだ言ってやっぱり冒険者ギルドマスターが似合っていると思うし、本人も嫌いじゃないと思うよ」

「じゃ　でもどり　する　なの？」

「いや、出戻りとかじゃなくて、冒険者ギルドを辞めてないと思うよ」

「だぶるわーく　いう　する　それ！　マシュタ　ひま　なの　ねー」

……………無邪気に恐ろしいことを言っている気がするのだが、気のせいだと思うことにしよう。

『はいはーい！　みんな昨日は怖い顔の人でゴメンね！』

ピアニーとお話をしていたら、今日のお天気や魔物情報などが終わっていて、ピアニーが一番夢中になっている子供向けのコーナーまでオーブ通信が進んでいた。

「かお　すこし　こあい　けど　へいき　よ　マシュタ　しりあい　なの」

『昨日の怖い顔の人はもう来ないから安心してね！』

「やっぱり　マシュタ　くび？」

言っていることはアレだけど、一生懸命にオーブに話しかけるピアニーはやっぱり可愛い。

まぁ今度ギルドマスターが来たらそれとなく僕から謝っておこう。

『獣族の子！』

「…………」

『竜族の子！』

「…………」

『エルフ族の子！』

「…………」

『ドワーフ族の子！』

「…………」

『人族の子！』

「はい　なの！　にーしゃん　よばれる　した　なの！」

手をオーブに向かって上げながら嬉しそうに人族が呼ばれたと報告してくれる。

『魔物はいないよね？』

「うん　いない　なの」

もうピアニーは凄くご機嫌だ。

『じゃぁ、いつもの始めるよ！』

「はい　なの！」


『あたま♪』

「あちゃま」

『うーで♪』

「うーじぇ」

ピアニーはやはりワンテンポずれているが、昨日の衛兵の訓練のようではなく、可愛らしく言われた箇所をポンポンと叩けている。

『おへそ♪』

「へーそ」

『おしり♪』

「おしり」

『左足♪』

「ひだり　あし」

『右足♪』

「みぎ　あし」

『じゃぁ最後だよ！　尻尾がある子！』

「あい！」

……………元気に返事をしているが、やはりここで間違えてしまっている。

そして意気揚々と僕の尻尾を振り回したのだった。

『昨日はお手伝い予告をしなかったからね、今日のお手伝いはお休みだよ』

「やっぱり　きのう　マシュタ　まちがえる　したから　くび　なる　した　せちあらい　よーなか　なの」

腕を組んで眉間に皺《しわ》を寄せて、深くピアニーが頷く。

いや、ギルドマスターは首にはなってない。

そもそもギルドを辞めてないのだが、どう説明したものか…………。

『皆今日も間違えないでできたみたいだね！　じゃぁ明日は、昨日できなかった靴下をはく練習だよ』

「こんど　こそ　くんれん　なの！　がんばる　する！」

ピアニーが気合いを入れたところで、今朝のオーブ通信は終わったのだった。

「にーしゃん　マシュタ　おちこむ　してる　する？」

……………ピアニーには悪気はない。

悪気はないのだが、どうしたってギルドマスターを首にしたいようだ。

「うーん、どうだろう？　大丈夫じゃないかな」

「しょっか　たちなおり　はやい　なの　ねー」

「ピアニーはオーブ通信、ギルドマスターが良かった？」

「マシュタ　ざんねん　まちがえる　する　なの　でも　マシュタ　が　したい　なら　おちょなとして　つきあって　あげる　なの」

……………近い将来、冒険者ギルドマスターが殴り込みにきそうな気がするのだが、僕の気のせいだろうか？

とにもかくにも、我が家は今日も平和なのだ。

Part.2

# キャラクターデザイン公開

今回はオーキッドの学友たち４人のキャラクターデザインラフを
特別公開！

Illustration：北沢きょう

## クインス

種族　竜族

ピアニーと顔見知りなマルメロの兄。メイン武器は大鎌だが、拳で殴るのが得意。

## シラン

種族 エルフ族

ピアニーと顔見知りな商家出身だが、将来は御者になりたいと思っている少女。モテモテな兄がふたりいる。

## デイジー

種族　獣族（ヘビ）

女性っぽい口調が特徴の欲望に忠実な少年。とにかくカワイコちゃんが大好き。

## ニンファ

種族　ドワーフ

罠と毒が大好きな少女。
罠と毒を仕掛けるのが
生き甲斐で、トラブル
も辞さない問題児。

# あとがき

この度は『異世界の常識は難しい～希少で最弱な人族に転生したけど物理以外で最強になりそうです～2』を最後までお読みいただきありがとうございます。

人生二冊目の本になります。今回も周りの方のお力をお借りしてここまで辿りつけました。

本を出すにあたり、関係者の皆様には心から感謝を申し上げます。そして北沢きょう先生。お忙しい中とても素敵な絵をお描きいただきありがとうございます。

最後に、この本をお手に取っていただいた皆様、誠にありがとうございます。

◆　◆　◆　◆　◆

ピ「にーしゃん　マシュタ　おてがみ　かく　する」

オ「冒険者ギルドマスターに手紙？」

ピ「うんっ！」

オ「えっと、どんなお手紙か聞いてもいい？」

ピ「うんちょねー　おてつだい　いうの　わすれる　ちてる　って　おしえる　する」

オ「さっきのオーブ通信のことだね」
ピ「ちょーよ　おてつだい　よこく　も　わすれる　ちてる　から　おしえる　なの」
オ「確かに、いろいろと忘れていたものね。教えてあげるなんて優しいね。じゃぁお手紙書こう！」
ピ「うんっ　うんっ！」
手『マシュタ　おーぶ　まちがい　たくしゃん　なの　ちがう　ひと　が　いい　なの！』
オ「…………えっと、違う人がいいの？」
ピ「マシュタ　は　おーぶ　より　マシュタ　が　にあう　なの！」
オ「なるほど。マスターは冒険者ギルドマスターが一番似合うから、そっちのほうがいいよって教えてあげたいんだね」
ピ「にーしゃん　も　そー　おもう　でちょ？」
オ「そうだね。それ以外できなそうだしね。誤解されそうな文章…………いや、なんでもない。じゃぁこれでお手紙飛ばそうね」
ピ「よっち！　とんでけーっ」
冒「別の人がいい…………糞がぁっ！」
員「ギルマス、不幸の手紙ですか？」
冒「…………チビィーッ！」

つぶ餡

# 異世界の常識は難しい
## ～希少で最弱な人族に転生したけど物理以外で最強になりそうです～ 2

2024年3月3日 初版発行

【著　　者】つぶ餡

【イラスト】北沢きょう
【編集】株式会社 桜雲社／新紀元社編集部
【デザイン・DTP】株式会社明昌堂

【発行者】福本皇祐
【発行所】株式会社新紀元社
〒101-0054　東京都千代田区神田錦町1-7　錦町一丁目ビル2F
TEL 03-3219-0921 ／ FAX 03-3219-0922
http://www.shinkigensha.co.jp/
郵便振替　00110-4-27618

【印刷・製本】中央精版印刷株式会社

ISBN978-4-7753-2097-6



※本書は､「小説家になろう」（https://syosetu.com/）に掲載されていたものを、
改稿のうえ書籍化したものです。